한국 현대문학의 이모저모

곽 근 지음

국학자료원

이 도서의 국립중앙도서관 출판시도서목록(CIP)은 서지정보
유통지원시스템 홈페이지(http://seoji.nl.go.kr)와 국가자료공동목
록시스템(http://www.nl.go.kr/kolisnet)에서 이용하실 수 있습니
다. (CIP제어번호: CIP2013006543)

■머 리 말

한국 현대소설을 공부하며 가르치는 동안 어느 덧 30여 년이 지났다. 그간 어설픈 내용이나마 몇 권의 저서를 간행하였다. 거기에 싣지 못한 글들을 모아 이 책을 내기로 하였다. 그리고 보니 이삭글을 모아놓은 느낌이 없지 않다. 자칫 버려지거나 대수롭지 않게 흘려버릴 수도 있는 글들이기 때문이다. 이삭글이다 보니 쓰여진 시기가 들쭉날쭉이다. 1985년에 발표한 것이 있는가 하면 2010년에 작성한 것도 있다. 연구논문 형식이 있는가하면 가벼운 시사적 내용도 있다. 분량 면에서도 차이가 많은 편이다.

한편 이삭을 알뜰히 모아 정리하면 본 수확 못지않은 결실을 얻을 수도 있다는 생각이 든다. 그러한 결과를 얻지 못한다 할지라도 필자의 입장에서는 이글들이 소중할 수밖에 없다. 발표할 때마다 나름대로 열성을 다한 글들이기에 그렇다. 그런 연유로 요즘처럼 저서가 홀대받는 현실에서도 감히 책을 펴내는 용기를 내본 것이다.

이 책은 5부로 되어 있다. 1부는 학술논문집에 게재된 것들이다. 「동반자작가에 대한 논쟁 연구」는 박사학위 논문(「유진오와 이효석의 전기소설 연구─동반자작가 논의를 중심으로─」)을 쓸 때의 부산물이다. 박사학위 논문에 연관된 부분이 없지 않으나 특히 동반자작가에 대한 논쟁만을 문제 삼아 작성한 것이다. 「일제강점기 장편 연작소설 『황원행』 연구」는 이 방면의 본격적 연구로는 처음이 아닌가 싶다. 다시 말해 일본에서는 아주 유행했었고 한국에서도 일제시대 한때 인기 있었던 연작소설 말이다.

2부는 학술논문이라기 보다는 평소 관심 있던 분야를 다소 가볍게 다뤄본 글이다. 특히 「한국 현대소설의 연구동향」은 제목이 시사하듯 대만 학계에 한국 현대소설의 연구 동향을 알리기 위해 보고서 형식으로 작성한 것이다. 대만 국립 고웅 사범대학에서 발표한 글이다.

3부는 『예술세계』라는 잡지에 게재한 것으로 당시 문학적 시류와 관련된 문제에 대한 언급이다. 4부는 계간 『지구문학』과 월간 『월간문학』에 게재한 월평이다. 3, 4, 5부는 모두 청탁원고에 해당하는데 3, 4부를 제외한 나머지를 5부에 묶었다. 5부의 「신라배경소설의 연구를 제안하며」는 당시 학술진흥재단의 연구비 신청을 염두에 두고 쓴 글이다. 하지만 그 범위가 원체 방대하기 때문에 제안에 그치고 끝내 연구에 이르지는 못했음을 밝혀둔다.

책을 발간할 때마다 드는 자괴감이 이번이라고 예외일 수는 없다. 좀 더 내실 있는 저서를 발간해야 할 텐데 하는 바람은 여전하지만 그 실천은 쉽지 않다. 많은 이들의 질정을 바란다.

출판사에 별 도움이 되지도 못하는 책을 기꺼이 출간해 주신 국학자료원의 정찬용 원장님께 진심으로 감사의 말씀을 드린다.

2013년 4월

곽 근

■목 차

제1부

동반자작가에 대한 논쟁 연구

1. 서 론

현대문학사나 문단사에는 논쟁을 위한 논쟁이나 이론을 위한 이론식의 공소한 논전이 허다하다. 그렇지만, 당대의 문학 및 문단과 관련한 중요한 문제를 폭넓게 토론하여 의미를 남긴 것도 없지 않다. 이러한 논쟁들을 정리하고 평가하여 후학들의 관심을 불러일으킨 업적이 이를 잘 말해준다.[1]

동반자작가 문제는 1929년 이후 4, 5년간 문단의 주된 관심사 중 하나였으나, 그 후는 거의 검토되거나 연구되지 않은 상태다. 이 문제가 KAPF와의 연계선상에서 논의되고, KAPF가 이데올로기를 중시한 나머지 한국문학사상 결코 긍정적으로 작용하지 못했다는 판단에 그 원인이 있는 것 같다. 그러나 온전한 문학사를 위해서도 프로문학은 연구되어야 하고, 이 같

---

1) ㉠ 김윤식,『한국근대문예비평사연구』, 한얼문고, 1973.
　㉡ 조연현,『한국현대문학사』, 성문각, 1982.
　㉢ 홍신선,『우리문학의 논쟁사』, 어문각, 1985.
　㉣ 홍문표,「한국현대문예논쟁의 비평사적연구」,『관동대논문집』제2집, 1973.

은 이유는 동반자작가 문제에도 적용된다.

　본고는 동반자작가에 대한 전모를 파악하기 위한 전 단계로 이에 얽힌 논쟁과 그 주변의 논의들을 정리·검토해 보고자 시도된다. 먼저 이에 관한 중요 자료를 들어보면 다음과 같다.

1. 박영희 : 「『캅푸』작가와 그 수반자의 문학적 활동」(『중외일보』, 1930.9.18─9.26)
2. 이갑기 : 「문단촌침」(『비판』, 1932.1)
3. 채만식 : 「현인군과 캅푸에」(『중앙일보』, 1932.1.31)
4. 이갑기 : 「방랑적 작가에게」(『중앙일보』, 1932.2.4─3.8)
5. 채만식 : 「현인군의 몽을 계함」(『제일선』, 1932.7─8)
6. 신고송 : 「동반자작가문제」(『제일선』, 1932.9)
7. 이갑기 : 「동반자작가의 제문제」(『삼천리』, 1932.12)
8. 안조호 : 「푸로문학과 동반자문제」(『비판』, 1933.1)
9. 백　철 : 「동반자작가 문제」(『문학타임스』, 1933.2)
10. 백　철 : 「인테리의 명예(동반자작가에 대한 감상)」(『조선일보』, 1933.3.2)
11. 김우철 : 「동반자작가의 인도 문제」(『중앙일보』, 1933.6.3─6.8)
12. 안함광 : 「동반자작가 문제에 대하야」(『신계단』, 1933.5 게재금지됨)
13. 안함광 : 「동반자작가 문제를 청산함」(『조선문학』, 1933.10)

2. 본론

1)

동반자작가에 대한 논쟁은 이갑기가 시평 「문단촌침」[2] 중, '방랑적 푸

---

2) 현인, 「문단촌침」, 『비판』 9호(1932.1). 이 글은 (一)해소에 대한 안재좌군의 오론 (二) 방랑적 푸로문사군 (삼)여류문사와 이효석 (사)난무하는 시체들 등으로 되어 있다.

로문사군'이라는 소제목에서, 제목과는 달리 문사군이 아니라 채만식만을 문제삼아 비판함에서 발단된다. 그 논지는 프로작가 및 프로작품에 대한 규정과 채만식의 작가적 태도에 대한 언급으로 요약할 수 있다. 즉 ① 노력대중을 제재로 작품을 쓴 작가라고 모두 프로예술운동자라고 할 수는 없다는 것 ② 예술운동의 근본적 임무는 ×××××의 지도 아래서 움직이는 예술적 진영을 배경으로 항상 유기적 관계를 가진 조직적 생활과정에서만 수행된다는 것 등으로 요약할 수 있다. 프로문학을 창작한다고 모두 프로작가가 되는 것이 아니라는 것과, 프로문학은 항상 KAPF를 배경으로 그와 유기적 관계에서 산출되어야 한다는 것이다.

이것을 기준으로 하면 채만식은 프로작가는 고사하고 예술운동의 동반자작가로 진출될 가능성은 있으나, 현재는 동반자작가로 규정하기도 곤란한 낭인적(방랑적)작가라는 것이다. 그러니 채만식은 자칭 프로문사연한 수작을 단연 취소하라는 것이다.

채만식이 프로문사연한 태도를 취했다는 것은 함일돈과의 논쟁에서 채만식이 취한 태도를 두고 한 말이다. 함일돈은 채만식의 「사라지는 그림자」(희곡)에 대해 '봉건적 잔상을 그린 작품', '테마도 없는 일 구화'라고 혹평한다.3) 이 작품은 프로문학이 될 수 없고 채만식도 기분적 프로작가일 뿐 진정한 프로작가와는 거리가 멀다는 것이다. 함일돈은 채만식이 프로작가로 자처하고 이 작품도 프로문학으로 창작한 것 같지만 실은 거기에 배치된다는 것을 강조한 것이다.

함일돈의 비판에 대해 채만식은 즉각 반격한다. '계급적 ×으로부터 우리의 작품을 옹호'할 필요가 있다고 전제하고, 함일돈을 '프로레타리아 문예이론의 ABC도 알지 못하는 「박쥐」류 평자'4)라고 비난한다. 객관적 정세 때문에 사건 전개나 표현을 적극적으로 하지 못했지만, 「사라지는 그

---

3) 함일돈, 「9월창작평」, 『문예월간』(1931.11).
4) 채만식, 「문예평가 함일돈군의 기극」, 『비판』(1931.12), 108쪽.

림자」에는 ① 조선의 봉건적 잔재가 그림자처럼 사라진다는 것 ② 그 자취에 자본주의가 이식되었다는 것 ③ 외래세력이라는 특수관계로 계급투쟁의식이 강화되어 있다는 것 등을 나타냈다는 것이다. 이 세 항목을 보여주는 인물이 각각 김선달·종식·인원이라는 것이다.

이에 앞서 전무길은 "이 작품에서는 봉건층의 몰락과 자본층의 발호와 신흥급의 삼면상을 일시에 보여준다"[5]고 평가한 바 있다. 전무길은 이 작품을 프로문학으로 간주하여 매우 긍정적으로 평가하였는데, 그 논리는 다소 과장되어 있다. 채만식은 함일돈을 공격하면서 전무길의 창작평에서 힘을 얻고 이론적 암시도 받은 듯하다.

채만식은 과거의 봉건층이 몰락하여 현재의 프로레타리아가 될 수 있고, 현재의 자본가와 신흥급(프로운동가)은 과거에 각각 프로레타리아나 봉건층이었을 수도 있음을 간과한 것 같다. 작중인물들은 신분이 바뀌었을 뿐 의식전환이나 그에 걸맞은 구체적 행동을 보여주지 못한다. 세태변화에 따른 신분변화만을 보여주었을 뿐이다. 이처럼 채만식의 작품과 프로문학은 거리가 있지만, 채만식은 자신이 프로작가라고 주장한다. 이 점을 이갑기는 채만식이 프로문사연한다고 꼬집은 것이다.

이밖에도 이갑기는 독자 대중에 대해 아지·프로적 효과를 얻을 수 있는 작품을 생산하는 작가라 하더라도, 일정한 조직적 활동과정을 통하지 않으면 프로작가가 되지 못하고 동반자작가에 불과하다고 강조한다. 조직을 기준으로 작가를 분류한 예로, 작품에 표출된 계급의식보다 KAPF의 가입여부가 프로작가를 규정한다고 본 것이다.

이 글에서 프로문예운동자니 문예운동자니 프로문사는 프로작가를 일컬음이니, 이갑기는 프로문예운동과 프로문학활동을 동일시한 것이다. 프로작가를 행동가·선동자·지도자와 혼동하는 오류를 범하고 있다.

---

5) 전무길, 「9, 10월창작평」, 『조선일보』, 1931.10.27.

작품 이전에 조직을 강조하는 점에서 1927, 1928년 박영희 · 윤기정 등의 조직론에 연계되어 있으면서, 안막 · 김남천 · 임화 · 권환 등 「당의 문학」을 표방하는 「전투하는 계급의식」의 주창자에 연결되어 있음을 알 수 있다. 어쨌든 이갑기는 작가로서 최상의 위치에 프로작가, 다음이 동반자작가, 최하위에 방랑적 작가를 두고 있다.

채만식은 「문단촌침」과 함께 실린 「예술운동의 전망」을 대상으로 이갑기에게 응전한다.[6] 이글의 핵심은 이갑기와 KAPF를 상대로 한 9개 항목의 질문 형식인데, 그중 중요한 것을 요약해 보면 다음과 같다.

(一) 푸로레타리아 「的」作品과 푸로레타리아 作品의 區別 如何?

(二) 「同伴者」와 「放浪的 作家」와의 區別과 및 兩者의 政治的 意味의 差異 如何? 同時에 캅푸의 對 「同伴者」 및 「放浪的 作家」에의 態度의 差異 如何?

(三) 1931年度 中 嚴格한 勞力大衆的 見地에서 觀察하야 그 테마나 表現技術의 모든 것이……「最近에 어더 보지 못할 만한 傑作」이라고 말한 「工場新聞」, 「木花와 콩」 等이 「一定한 階級的 企圖下에서 具體的으로 進展식힌 組織的 作品 行動」임에 틀림없다면 그 物的 證據를 보일 것.

(四) 캅푸는 「×××××의 指導 알에서 움즉이는 (푸로)藝術的 陣營」임에 틀림이 없는가?

(五) 캅푸에서는 玄人君의 前記 「文壇寸針」(特히 「放浪的 푸로文士群」이라는 部分)에 對하야 그것을 全的으로 是認하는가? 否認하는가? ……

(六) 朝鮮의 「푸로文藝의 讀者가 根本的 對象인 勞力 大衆이 아니고 大槪가 一部 文藝에 趣味를 가진 인테리層으로 되여 있는 헐떡어리는 朝鮮 (푸로)藝術 運動의 畸形的 現象을 캅푸 作家가 恒常 克服하야 意識的으로 그를 正當한 合理的 코—스로 轉換식힌」 物的 證據를 보일 것.

(九) 玄人君은 蔡萬植의 1931年度의 作品 가운데 어느 것을 보앗스며

---

6) 채만식, 「현인군과 캎푸에—약간의 준비적 질문—」, 『중앙일보』, 1932.1.31.

그 어느 것에서「同伴者」도 못되고「放浪的 作家」임을 發見하였는가?

　채만식의 질문을 장황하게 引用한 것은 그 내용이 당시의 KAPF와 프
로문학 및 동반자작가 전반에 걸친 사항을 광범위하게 취급하고 있기 때
문이다. 여기서 채만식은 이념적으로 경색화 · 쎅트화된 KAPF가 실제 작
품 창작에 얼마나 영향을 미칠 수 있는가를 집중적으로 문제시한 것이다.
그 이면에는 프로작가의 배후에 KAPF가 존재한다 하더라도, 개별 작가
의 신비하고 오묘한 정신적 작용인 창작 행위를 통제할 수 있느냐는 회의
가 짙게 깔려 있다. KAPF의 역량은 물론 그 존재마저 의심케 하는 이러한
질문은 KAPF를 유명무실한 단체로 취급하려는 저의도 있는 듯하다. 스
스로가 프로작가연한 태도를 보인 점을 감안할 때, 채만식은 KAPF와는
무관하게 프로작가가 존재할 수 있다고 판단하고 자신을 이 부류에 넣었
던 것이다.

　채만식이 KAPF에 가담하지 않은 것은 ① KAPF 자체가 유명무실하고
② 조직이 문학 작품의 창작을 통제할 수 없다고 판단했기 때문이다. 그
가 프로작가나 동반자작가를 거부한 이유가 여기에 있다. 프로작가는 조
직을 중시해야 하고 동반자작가는 조직의 주의 · 주장을 지지하고 추종해
야만 하는 까닭이다. 채만식은 자신의 주의 · 주장을 표명하지는 않았지
만, 이갑기의 논리 중 불투명하고 추상적인 부분을 집중적으로 공격하였
다는 인상을 준다. 이갑기는 다시「방랑적 작가에게―약간의 준비적 질문
에 답함―」[7]에서 이에 응답한다.

　(一)에 대한 응답에서는 프로문학을 규정하는 근본적 조건으로 작가의
프로의식을 든다. 작품상에 표출된 계급의식을 문제 삼은 것이 아니라,

---

7)『중앙일보』, 1932.2.4, 8, 16, 22, 29, 3.8 총 6회 연재.
　※ 제1회에만『채만식군에』로 題하고 나머지는『방랑적 작가에게』로 되어 있어 이것
　을 제목으로 따르기로 함.

작가의 프로의식의 유무로 작품을 평가하려 한다. 어떤 작가가 프로의식이 결핍되어 있으면, 아무리 부르조아의 향락과 부패상과 노동자의 증오에 쌓인 생활을 묘사해도 프로문학이 될 수 없다는 것이다. 프로의식을 소유한 작가만이 프로문학을 생산할 수 있다는 논리다. 프로레타리아의 생활 환경과 그에 대한 동정적 관점을 표시하되, 그 작가가 프로의식을 소유했으면 프로작품이 되고, 프로의식을 소유하지 않았으면 프로작품이 되지 못한다는 것이다.

이갑기 이론의 거점은 "작자의 의식은 항상 그 작품에 반영된다"는 것으로, 한 때의 박영희 논리와 상통한다. 염상섭이 자신의 소설 「윤전기」가 프로문학이라고 주장했을 때, 박영희는 '부르조와 이데올로기 위에 있는 염군의 작품이 프로작품이라면 그것은 프로작품을 너무도 모욕하는 것'이라고 비난한 적이 있다.[8]

이갑기나 박영희의 논리는 작품에서의 「의도의 오류」(fallacy of intention)를 망각한 태도다. 문학 작품이 지니는 의미는 작품 자체의 실제의미(Actual meaning)와 작가(제작자)가 그 작품에 표현하고자 한 의도적 의미(Intentional meaning)로 크게 양분될 수 있다. 대부분의 경우 「실제의미」와 「의도적 의미」는 완전히 합치되지 않는다. 완성되기 이전의 작품에 세웠던 작가의 계획과 설계, 지향과 시도가 반드시 그대로 작품에 반영되지는 않기 때문이다. 윔제트(Wimsatt)나 비어즐리(Beardsley)에 의하면 작품 제작에 앞서 시도된 작가의 계획이나 설계는, 매우 추상적인 것이며 또 소박한 것에 지나지 않는다. 이것들이 형상화되는 과정에서 작품의 의도는 부단히 수정되고 확대되어 간다. 작품에 따라서는 그 최초의 기도와는 어긋나는 것, 그 지향이 달라진 것이 얼마든지 있을 수 있다. 작품의 「실제의미」는 제작된 작품의 구조분석을 통해서만 파악된다. 그러므로 「실

---

8) 박영희, 「신경향파문학과 무산파의 문학」, 『조선지광』 통권 64호, 60쪽.

제의미」를 올바르게 파악하기 위해서는 작품 외적 사실을 문제 삼을 것이 아니라 작품에 卽해야 함은 물론이다.9)

이갑기는 작가의식이 그대로 작품에 반영된다고 주장하고, 작가가 프로의식을 갖게 되면 조직적 행동을 하게 되어, 당연히 프로작가가 될 수밖에 없다고 본다. 이때의 조직적 행동이란 KAPF의 가입을 말하므로 프로의식을 갖게 되면 자연히 KAPF에 가담하게 되고, 그러면 자동적으로 프로작가가 된다는 의미도 된다.

많은 작가들이 KAPF에 가담하지 않고도 프로의식 수준이 상당히 높아10) 프로문학을 산출했는가 하면, 반대로 KAPF에 가담하고도 프로문학을 산출하지 못한 경우도 있음을 감안하면 이갑기의 논리는 오류다. 이때의 프로의식이란 무엇인가. 이에 대해 이갑기는 현하의 객관적 정세로 인하여 부득이 언급을 회피할 수밖에 없다고 했는데, 이를 인정하더라도 전반적으로 그의 답변은 막연하고 추상적임을 알 수 있다.

(二)에 대해서는 비교적 자세하고 면밀하게 논거를 제시하고 있다. 우선 이갑기는 동반자작가를 KAPF의 ××의 계급적 ××下에서 이에 적극적으로 합류하려는 의도를 가지고 수반적으로 나가려는 작가요, 방랑적 작가를 무절조하고도 비조직적인 개인적 작품 행동 즉 룸펜적인 창조적 행위를 하는 작가로 구분한다. 여기서 이갑기는 동반자작가와 프로작가, 방랑적 작가와 부르조와작가의 구별을 어렵게 한다. 그는 동반자작가에 대한 확실한 개념을 알지 못한 채, 채만식을 의식적으로 비하하려 한다.

이어서 러시아 동반자 작가의 기원·유래 등을 약술하고 트로츠키(1879-1940)의 『문학과 혁명』에서 동반자작가의 규정에 대해 인용한다. 이

---

9) 김용직, 「의도의 오류」와 「의도비평」, 『단국대 국문학론집』 5·6 합집, 1972, 143-158쪽 참조.
10) 안함광, 「동반자작가 문제를 청산함」, 『조선문학』(1933.10), 103쪽.

규정은 다음에 언급할 신고송의 글에도 인용되는데, 신고송의 글에 인용된 것보다 불완전하게 소개하여 이해하기 곤란한 부분이 많다.

여기서 의문점은 ① 당시 러시아에 프로문학이 미정립상태인데 기관지는 왜 두 종류나 발간되고 있었는지 ② 프로문학 기관지에 작품을 게재하면 작가의 이데올로기나 작품상에 표출된 계급적 요소의 유무에 상관없이 모두 동반자작가인지 ③ 채만식이 프로문학 기관지가 아닌 잡지에 작품을 게재했으니 방랑적 작가이지, 프로문학 기관지에 게재했다면 동반자작가인지 등이다.

이 부분에서 이갑기 이론의 모순점이 드러난다. 작가의식의 반영을 기준으로 삼는다면서 게재지로 작가의 성분을 구별하려 했기 때문이다. 이로 미루어 이효석·유진오 등을 동반자작가로 규정한 당시의 사정을 짐작할 수 있다. 러시아의 동반자작가들이 그랬듯이 이효석·유진오 등이 처녀작을 비롯한 초기 작품을 프로문학 기관지라고 할 수 있는『조선지광』에 발표하자, 이를 근거로 동반자작가로 부르기 시작한 듯하다.

이갑기는 하리콥프 대회 '작가동맹의 창작적 제문제에 대한 결의문'을 인용하면서, 채만식은 틀림없는 낭인적 작가라고 강조한다. 하리콥프 대회 결의문에서 인용한 동반자작가의 규정은 '계급의 시대에 프롤레타리아는 자본가로부터 추방된 소부르조와층에서 그 정치적 동반자를 발견하는 것같이 자본주의에서 손을 끊고 프롤레타리아 문학운동에 참가하는 작가'[11]를 말한다. 그러나 이러한 작가는 동반자작가가 아니고 부르조와 출신의 프로작가라는 점을 이갑기는 인식하지 못하고 있다.

하리콥프 대회 무렵의 러시아문학은 당의 옹호 밑에 혁명적·전투적 프로문학화한 상태다. 당시는 동반자작가들의 의욕적인 활동도 거의 종식되고, 1925년 6월 당 중앙위원회가 러시아문학의 방향과 임무를 지시

---

11) 현인, 「방랑적 작가에게」, 『중앙일보』, 1932.2.8.

해 준 후다. 아마도 이갑기는 프로작가와 동반자작가를 동일시하거나 그 차이를 잘 알지 못했던 것 같다.

이갑기는 채만식이 프로의식이 결여되어 있기 때문에 작품에도 프로의식이 나타날 수 없다고 본다. 하지만 채만식 자신은 프로의식을 소유하고 있고 따라서 그의 작품에 프로의식을 나타내고 있는 것처럼 주장한다는 것이다. 채만식의 주장을 인정하더라도 그는 프로작가나 동반자작가가 될 수 없다는 것이 이갑기의 논리다. 프로의식을 소유하고 프로의식을 표출한 작품을 썼더라도, 일정한 계급적 기도하에서 창작 행위를 조직적으로 진전시켜야만 동반자작가가 될 수 있다는 것이다. 다음처럼 결론을 내릴 수밖에 없었던 이유가 여기에 있다.

> 이와가티 嚴密한 우리들의 同伴者의 規定 가운데 民族主義的 저나리
> 쯤의 一偶에서 그 룸펜的 小쌱루的 本質을 發揮하고 잇는 蔡君은 自身
> 을 同伴者로서 容認할 條件을 하나라도 發見할 수 잇는가?[12]

(三)에 대한 응답은 많은 부분이 중략 또는 생략되어 있어서 이갑기의 집필 의도를 파악하기 어렵지만, 질문에 대한 명확한 대답이 되지 못하는 것만은 확실하다. 이갑기는 「공장신문」(김남천)과 「목화와 콩」(권환)을 일정한 계급적 의식하에서 구체적으로 진전시킨 조직적 작품이라고 단정하면서도 그 이유를 설명하지 못한다. 단지 "그들의 예술적 활동의 전체는 계급××의 일익적 임무를 가진 것이니, 그것은 항상 일정한 계급적 의식하에서 구체적으로 진전시키지 아니할 수 없는 것이다"[13]라고 할 뿐이다.

김남천·권환 등의 예술적 활동 목적이 계급투쟁에 있으니, 그들의 작

---

12) 현인, 위의 글, 1932.2.8.
13) 현인, 위의 글, 1932.2.16.

품이 항상 일정한 계급적 의식하에서 구체적으로 진전되지 않을 수 없다
는 것은, 이갑기 개인의 판단이지 그들 작품이 전부 그렇다고 단정할 수
는 없다. 이 부분에서 이갑기는 KAPF를 미화하기에 심혈을 기울이면서
도 KAPF가 대중과 괴리되어 있음을 솔직하게 시인한다. 이점은 KAPF가
대중을 외면하고 이론이나 구호에 치우쳐 왔다는 증거다. 이갑기는 장차
KAPF의 대중적 기반 획득의 역사적 필연성을 과학적 근거에서 확언할
수 있다고 단언하지만, 그 예상은 빗나가고 KAPF의 프로문학 대중화는
결국 실패로 끝나고 만다.

한편, 이갑기는 「공장신문」, 「목화와 콩」 등이 KAPF의 이론적 발전을
위하여 위대한 효과적 역할을 담당했다고 주장하는데, 그에 대한 논거는
많은 부분이 생략되어 알 수 없다. 주지하다시피 이들 작품은 온전히 아
지·프로의 효과를 의도적으로 목적하고 산출된 것들이다.

「공장신문」(『조선일보』, 1931.7.5−7.15)은 평화 고무공장에서 관수·
창선이를 비롯한 공장직공들이 단결하여 최전무와 어용 조합간부 김재창
에게 항거하여 직공들 독자적으로 공장지도부를 만든다는 내용이다. 공
장직공들로 하여금 조직적·집단적·전투적 행위로, 착취자며 학대자인
고용주에게 투쟁하게 한다. 작품 앞부분의 직공들 노래에도 이 점은 암시
되어 있다. 시위 선동자의 주장에 보내는 군중들의 박수, 집단적 시위를
위한 삐라식 공장신문, 창선이의 연설 내용 등이 아지·프로 효과를 위해
동원되고 있다.

「목화와 콩」(『조선일보』, 1931.7.16−7.24)은 필성이·대성이 등을 주
동으로 한 농민들이 콩을 뽑아 버리고 목화를 재배시키려는 관청의 기도
를 저지시키고 승리한다는 이야기다. 농민들은 끝까지 집단투쟁을 벌여
농민조합 지부를 결성하기에 이른다. 학대자와 피학대자, 착취자와 피착
취자를 뚜렷하게 분류하고 조직적·집단적·투쟁적인 농민들의 모습을
부각시켜, 역시 아지·프로 효과를 노린 작가의 의도를 엿볼 수 있다. 이

로써 이갑기는 작품의 가치를 철저히 아지 · 프로적 효과의 정도에 따라 평가하려 했음을 알 수 있다.

(四)에 대하여는 응답할 만한 현실적 자유가 없음을 들어 직접적 대답을 피하고, (五)에 대하여는 KAPF가 전적으로 시인할 것이라고, 이갑기 자신이 KAPF를 대신하여 응답한다. (六)에 대하여는 구체적인 답변을 하지 않고 프로문학의 대중화가 달성되지 않았지만, 의식적으로 그런 방향으로 전환시키려 노력해야겠다고 얼버무릴 뿐이다.

(九)에 대하여는 채만식과 당시 논자들이 동반자작가적 요소, 프로문학적 경향으로 간주하던 「화물자동차」(『혜성』, 1931.11)를 분석하고 채만식이 방랑적 작가임을 입증하려 든다. 채만식은 1931년에 희곡과 콩트를 포함하여 총 11편의 작품을 발표하는데, 이갑기는 이들 작품을 모두 읽고 방랑적 작가라고 단정한 것 같지는 않다. 「화물자동차」는 뚜렷한 등장인물이 없는 현장보고식의 작품이다. K항구에 거대한 주식회사 S자동차부가 생겨 그 항구도시의 중소기업을 포함한 영세업자들은 물론, R마을의 구루마꾼들마저 생계를 위협받고 있다는 이야기다. 대자본주에게 영세업자들이 몰락할 수밖에 없는 실정을 세태변화에 두고 있다. 이 작품에 대해 이갑기는 다음과 같이 진술한다.

> 大資本을 中心으로 한 資本의 集中 形態와 밋 이에 原因되는 中小商
> 工階級과 賃銀 勞動者의 經濟的沒落이라는 資本家的 社會의 矛盾된 一
> 般的 現象인 것이니……(下略)[14]

아울러 이 작품이 동반자작가적 입장도 못되는 이유를 ① 현하 계급적 정세에 의한 사회적 인과성을 파악하지 못하고, 극히 피상적 비근한 원인에서 문제를 조종하고 전개시킨 점 ② 실업 노동자 및 勞力大衆이 계급적

---

14) 현인, 위의 글, 1932.3.8.

중오와 조직적 행동을 보여 주지 못한 점 등을 들고 있다. 동반자작가적 입장이란 이갑기의 논리로 보아 프로문학을 산출하는 프로작가적 입장을 말한다.

여기서 이갑기 논리의 혼란상을 다시 발견할 수 있다. 작품 외적 요소를 중시하다가 다시 작품 자체를 중시하는 것이다. 채만식의 질문에 응답하면서 이갑기는 많은 引例와 자신의 프로문학관을 피력하며 심혈을 기울였지만, 이 논전을 감당할 수 없을 만큼 '虛함과 弱함과 理論의 前後 矛盾됨이 완연히 보'15)일 뿐이다.

이에 대해 채만식은 다시 공격한다.16) 채만식은 이갑기의 응답에 좀 늦게(약 4개월이 지남) 대응하게 된 이유를 들고, 이갑기의 논리 중 가장 취약점이라 생각되는 '階級的 企圖下의 組織'을 문제 삼는다. 현재 조선의 프로문학이 과연 계급적 기도하에서 조직적으로 제작되고 있는가 묻는다. 현재 조선의 정세하에서는 KAPF가 봉쇄된 상태이므로 KAPF 작가들조차도 계급적 기도하에서 조직적으로 작품을 생산할 수 없다고 본다. KAPF 작가들도 기껏 방랑적 룸펜 작가라는 것이다. KAPF 작가들은 '조직적으로 진전시킨 구체적 작품 행동'도 없고 '대중과 항상 유기적 관계를 가지고 조직적으로 활동'한 것도 없다고 본다.

이갑기가 조직적 배경의 유무로 작가를 규정했지만, 실상 KAPF가 제기능을 발휘하지 못하는 형편이므로 방랑적 작가와 프로작가의 차이는 없게 된다. 확고한 계급적 예술진영이 형성된 후에야 그것을 기준으로 룸펜작가(방랑적 작가)나 동반자작가가 있는 것이지, 그렇지 못한 현재로선 이들 작가를 구별할 수 없다는 것이 채만식 이론의 요지다. 이갑기의 논리를 비교적 정당히 비판하면서도, 채만식은 「화물자동차」가 프로문학에 해당하는 이유를 구체적으로 밝히지 못한다. 지난번 함일돈의 비판에

---

15) 채만식, 「현인군의 몽을 계함」, 『제일선』(1932.7), 100쪽.
16) 채만식, 위의 글, 1932. 7–8월 2회 연재.

대하여 「사라지는 그림자」를 자세하게 해명한 것과는 다른 양상이다.

여기서 채만식은 KAPF를 '퍽도 한심한 꼬락선이', '팔개월 반에 모체에서 나온 조생아', '얼굴조차도 알지 못하는 작가구락부', '간판만 만들어 걸고 있는 유령적 존재' 등으로 비난한다. 또 유명무실한 KAPF를 이갑기가 복자를 구실삼아 제 기능을 다하고 있는 것처럼 선전하고 있다고 비판한다. 조직에 얽매여 조직 일변도의 기준으로 작가를 규정하려 했던 이갑기의 독단이 채만식의 비판에 하나하나 폭로되고 만 것이다.

격렬히 KAPF의 무능을 지적했으면서도, 채만식은 자신의 작품에 이데올로기가 선명하지 못한 것은 표현 기술의 부족이 큰 원인이라고 말하고, 현재로선 KAPF의 일원이 되기를 스스로 미흡해 한다고 털어놓는다. 자신은 프로작가가 되고 싶지만 능력이 부족하다는 것이다. 이로 미루어 채만식은 당시의 유행사조에 휩쓸려 의식적으로 프로작가가 되고 싶어했고, 프로작품을 창작하려 한 것만은 사실이다. 그만큼 채만식이 계급주의에 대한 지식이 결여되고 프로의식이 빈약한 결과이다. 이러한 점에 대한 이갑기의 지적은 정당하다.

이갑기와 채만식의 논쟁이 채 마무리되기 전에 신고송이 이 논전에 개입한다.17) 그는 먼저 작가를 다음처럼 다섯 가지 유형으로 분류한다.

① 프로레타리아 作家(캅푸作家): 正當한 組織으로써 正當한 企圖아래서 活動.
② 民族 쌕르조아지-作家 乃至 民族 改良主義作家: 프로레타리아作家에 대립하는 反動作家.
③ 小쌕르作家: 反動作家에 嬌眉를 파는 作家.
④ 社會民主主義作家: 프로레타리아트를 쌕르조아에 팔아 먹기를 業으로 하는 極惡한 작가.
⑤ 同伴者作家: 恒常 프로레타리아-트에게 接近하려는 意慾을 가진 作家.

---

17) 신고송, 「동반자작가문제」, 『제일선』(1932.9).

신고송은 모든 작가가 이 범주에 속하기 때문에 방랑적 작가란 존재할 수 없는 것이고, 이갑기가 규정한 방랑적 작가가 곧 동반자작가에 해당한다고 주장한다.[18] 동반자작가의 규정에 관한 한 이갑기보다는 정당한 판단을 하고 있다. 그는 이갑기와 채만식 모두를 비판한다.

이갑기가 동반자작가 문제를 KAPF의 중요 임무로서 문제 삼은 것은 정당하나, 그의 이론은 비조직 · 비엄밀 · 불통일되고, KAPF 조직의 방침과 태도의 왜곡 · 해설이 비볼쉐비키적 · 비마르크스주의적인 견해를 가지고 임한 과오를 범했다고 지적한다. 채만식에 대하여는, 그의 작품이 프로문학이 되지 못하는 것은 표현 기술의 부족이 아니고, 이데올로기적으로 완성되지 못하고, 조직적 훈련과 ××주의적 교양이 절대로 없기 때문이라고 한다.

이어서 '동반자작가의 문제로써 독립한 논문이 되도록' 러시아의 동반자작가 전반에 걸쳐 비교적 상세히 소개한다. 먼저 동반자작가에 대해 규명하고 이를 뒷받침하기 위해 트로츠키와 브론스키의 견해를 든다. 트로츠키의 견해는 동반자작가를 거론하는 경우 자주 인용되기에 소개하기로 한다.

> 「反復과 沈黙의 가운데서 그 生涯를 다하고 잇는 쌜르조아 藝術과 아즉도 存在하지 안은 藝術과의 사이에 多少有機的으로 ××과 結付되엿스나 그러나 ××의 藝術이 아닌 過渡的인 藝術이 創造되여 잇다」 그들(피리냐크 · 이와노프 · 치호노프 · 에세닌 等: 인용자)의 文學 及 一般 精神的인 容貌는 ××에 依하야 그들이 捕捉한 그 各各의 一隅에서 作成된 것이다. 거기에서 그들은 各各 自己流를 受納하야 잇다. 그러나

---

18) 안회남은 「문예평론의 계급적 입장문제」, 『제일선』(1933.3), 78쪽에서 "이 放浪的 作家란 어떠한 것이며 果然 的合한 名稱이요 完全한 批判이엿는가. (中略) 무슨 漂浪 生活을 하는 것 갓흔 不可解의 放浪的 作家란 存在할 수 업는 것이요"라 하여 申鼓頌의 의견과 일치하고 있다.

그들의 個人的의 受納의 가운대는 그들의 全體에 共通的인 特質이 잇
다. 그것이 그들을 ××主義에서 멀리하야 거긔에 反對하도록 威脅하
고 잇다. 그들은 ××을 全體的으로 把握하지 안엇다. 거긔에서 그들의
××의 ××主義的인 目的은 不可能한 것이다. 그들은 모다 조금이라도
勞動者의 머리를 넘어 希望을 가지고 農民을 보는 傾向이 잇다. 그들은
프로레타리아의 ××藝術家가 아니고 ××의 藝術的 同伴者이다.[19]

프로레타리아문화 부정론자인 트로츠키가 동반자문학을 현재의 혁명
문학에서 점차 도래할 '무계급 사회의 문학'으로 이행되는 과도기의 문학
으로 간주한 데 대하여, 동반자작가의 최대 옹호자인 브론스키는 러시아
문학의 근간과 최유력자로 본다. 신고송은 트로츠키의 견해를 '온건히 정
당'하다고 보고 브론스키의 주장을 '논란할 필요도 없이 틀린 것'이라고 주
장한다. 이 글에서 신고송이 '가장 중요한 것이며 우리가 배워야 할 것'이
라고 강조한 것은 워엘 박흐의 주장에서 암시를 받은 ① KAPF의 동반자
작가에 대한 지도권의 획득과 ② 획득한 동반자작가에 대한 재교육이다.

워엘 박흐는 프로작가가 동반자작가에 대한 지도권을 획득하려면 프
로작가가 중심적 동반자작가(동반자작가 중 유능자: 인용자)의 작품보다
높은 예술적 수준을 지닌 작품을 제작했을 때만 가능한 것으로 본다. 신
고송은 이러한 주장을 바탕으로 현재 KAPF 작품이 조선에서 프로레타리
아 예술품으로는 다른 어느 작가에 비겨서도 높은 예술적 수준에 있으니
동반자작가에 대한 지도적 입장을 확보할 수 있다고 한다. 이것은 신고송
만의 판단이다. KAPF의 작품이 프로의식 수준으로는 높을지 몰라도 예
술적 수준은 높다고 할 수 없기 때문이다.

또한 동반자작가들이 소부르조아적 자유를 동경하고 있어, 이의 잔재
를 완전 제거하기 위해 ××주의적 재교육이 요청된다는 것이다.

---

19) 신고송, 위의 책, 106쪽.

이상에서 살펴보았듯이 신고송은 동반자작가를 소부르조아적이고 예술적 수준이 저급하여 어느 그룹에도 속할 수 있는 유동적 부류로서 동맹자로 획득한 뒤에도 재교육이 필요한 작가로 규정한다. 프로작가에 비해 문학적 · 프로의식적으로 수등 떨어지는 것으로 본다.

이갑기는 「동반자작가의 제문제」에서 이 문제를 다시 거론하는데,[20] 「방랑적 작가에게」에서보다 이론적으로 후퇴하고 있다. 아마도 신고송의 날카로운 지적 때문인지 모른다. 글의 내용은 동반자작가에 대한 논의의 핵심에서 벗어나 채만식에 대한 인신공격이 주를 이룬다. 글의 말미에 '이하 차호'라고 되어 있지만 다음 글은 끝내 발표되지 않는다.

채만식이 「현인군의 蒙을 啓함」에서 더 이상 논전을 않겠다고 천명했으므로 이갑기도 굳이 이 글을 쓸 필요는 없다. 그러나 '신고송군이 겻헤서 시비를 가리려고 싸흠을 가로 맛흔 바 잇섯슴'으로, 이 문제를 다시 거론한다는 말대로 이갑기는 신고송의 비판이 무척 신경쓰였던 것 같다. 신고송은 전게의 글에서 이갑기의 과오를 신랄히 비판했는데, 이에 대해 이갑기는 한마디의 반박도 하지 않고, 이에 수긍하는 태도를 보인다.

이갑기는 방랑적 작가가 현실적으로 존재할 수 없다며 「문단촌침」의 논리에서 한발 후퇴한다. 그는 계속하여 '계급적 기도하에서의 조직적 작품 행동'이란 것도 '다만 한 개의 원칙적 전략에 의한 계급적 예술진영이 당면된 정세에 상응한 제작방침을 규정할 때에 그 제작방침에 의하야 생산되는 모든 창작은 한 개의 완전한 조직적 작품일 것이며 그 작가는 조직적 작품 행동을 가진 계급적 예술가'[21]라고 말한다. 이것은 KAPF의 제작방침에 따라 KAPF의 강령하에 작품을 창작하면 곧 계급적 기도하의 조직적 작품 행동이 된다는 것으로 신고송의 주장과 같은 맥락이다.

이갑기는 다시 「화물자동차」를 들어 비프로문학적 작품이라고 강조하

---

20) 현인, 「동반자작가의 제문제」, 『삼천리』 33호(1932.12).
21) 현인, 위의 책, 50쪽.

고, 채만식이 도저히 프로작가가 될 수 없음을 주장한다. 이러한 주장은
동반자작가란 칭호를 받던 대다수의 작가에게 해당되므로 인용해 본다.

> 蔡君이 그 本質的 행동에 있어서는 전연히 民族改良主義的 諸部隊에
> 合流하면서도 턱없는 觀念上으로만 나는 푸로레타리아 作品을 쓰겠다
> 하는 不親不離의 방향을 마지 아니하고 있으니 이것은 非但 蔡君만이
> 가지는 獨特한 特徵이 아니라 階級分化가 激烈하여 가는 現段階에 있
> 어서 觀念 生活에만 沒落하여 모든 中間的 小뿌루가 客觀的 現實의 激
> 變에 臨하여 그 中間的 地盤을 喪失하고 헤매이는 一般的 特徵인 것이
> 다.[22]

채만식을 포함한 소위 동반자작가들이 '하층계급을 위한' 시각을 취한
다 하더라도, 그의 신분적 근거가 인테리겐챠에 있는 한, 그들은 본질상
흐리터분한 동지에 불과하다.[23] 그러므로 이론상의 요구(관점)와 실제 작
품 사이의 괴리 현상이 노출된 것이고, 이갑기가 이를 적절히 비판한 것
이다. 특히 식민지 사회의 인테리겐챠들은 기껏해야 '도덕적 비판'의 수준
에 머물러 식민지주의의 잔악상 · 계급적 불만 · 궁핍화 현상을 고발[24]할
뿐이지, 직접 전위적 투쟁은 기대하기 어려웠던 것 같다. 그들은 다음과
같은 당시의 사정을 전하는 글에서 예외일 수 없다.

> 社會主義를 崇尙하고 社會革命을 論하지 않는 者는 사람 축에도 들
> 지 못한다는 時代的 風潮가 高調하여 實은 社會主義에 대하여 全然 無
> 知 狀態이면서도 獨善的으로 社會主義者然하는 作態는 奇異하게도 當
> 時 所謂 知識 靑年의 特殊한 作風이었던 것이다. 이러한 者들을 嘲笑하
> 여 日本 警察은 「マルクスホイ」「赤イ大根」「リンコ」라고 하였다.[25]

---

22) 현인, 위의 책, 45쪽.
23) 조남현, 「1920년대 한국경향소설 연구」, 서울대 석사논문, 1974, 45쪽.
24) 조남현, 위의 책, 41쪽.

그들은 관념상으로만 프로문학을 창작할 뿐이고 실제로는 비프로문학을 생산한다는 것이다. 사실 당시 프로문학가들조차도 프로문학의 창작원리나 비평이론을 터득했거나, 이론적인 연구를 거쳐서 문학 활동을 했다고 보기는 어렵다. 프로문학의 이론이나 개념이 일본을 거친 러시아 민중사의 복사판이며, 따라서 프로문학운동의 정신적 경향은 한국의 현실과 토양에서 빚어진 것이 아니고 해외 것의 생경한 복창같은 것인지 모른다.[26]

이것은 프로문학이 한국에서는 다다이즘이나 아나키즘처럼 외래사조에 대한 호기심 이상일 수 없음을 드러내는 것이다.[27] 한국 근대문학이 외래사조를 도입하면서 반소화에 그치고 관념적으로 수용한 경향이 농후한데 프로문학도 예외가 아니었음을 반증한다. 프로작가들의 경우도 그렇거늘 하물며 조직이나 단체를 부정한 동반자작가들의 작품이야말로 진정한 프로문학과는 상당히 거리가 있었던 것이다.

2)

신고송이 제기한 KAPF의 동반자작가 인도 문제는 백철의 「동반자작가 문제」[28]로 이어지고, 김우철의 「동반자작가의 인도 문제」[29]에서 본격적으로 거론된다. 이에 앞서 임식도 이 문제를 거론한 바 있다.[30] 백철은 먼저 현재 조선 동반자작가들의 정치적 교양이 지극히 저열함을 반복하여 역설하고, KAPF의 힘으로 그들을 지도 · 지시하여 KAPF의 진영내

---

25) 김준엽 · 김창순, 『한국공산주의 운동사』 2, 아세아문제연구소, 1967, 186쪽.
26) 김용직, 「한국현대시사」, 『현대문학』 351호, 184쪽 참조.
27) 김윤식, 『한국근대문예비평사연구』, 한얼문고, 1973.
28) 백철, 「동반자작가문제」, 『문학타임스』 창간호(1933.2).
29) 김우철, 「동반자작가의 인도문제」, 『조선중앙일보』, 1933.6.3—6.8.
30) 임식, 「예술운동의 一般的 방향 (8)」, 『조선일보』, 1932.2.7.

에 흡수할 것을 강조한다.[31] 김우철은 KAPF의 동반자 인도를 위한 행동
강령을 다음처럼 제시한다.

> ① KAPF는 조속히 同伴者作家 問題에 統一된 理論과 實踐方法을 세
>   워 同伴者 作家의 引導에 착수할 것.
> ② 同伴者를 KAPF 영향밑에 두기 위해 KAPF의 出版物에 그들의 作
>   品을 揭載할 것.
> ③ KAPF의 맑스主義 批評家들은 作品評 文藝時評을 통해 同伴者作
>   家의 작품에 接近할 것.
> ④ KAPF는 同伴者作家들의 좋은 점을 찾아낼 것.
> ⑤ KAPF는 同伴者作家에 대한 個人的·人間的 接近도 不斷히 계속할 것.
> ⑥ 以上과 같은 實踐過程을 통해 同伴者作家들을 KAPF에 引導할 것.
> ⑦ 有名한 數十의 同伴者作家만을 問題삼지 말고 數百 數十의 無名한
>   同伴者(프로文學 愛讀子·愛好者)를 고려하고 問題삼을 것.
> ⑧ 白鐵이 同伴者作家라고 主張한 安含光, 孫楓山, 洪九, 安德根은 KAPF
>   盟員으로 편입시킴이 옳음.
> ⑨ KAPF 評論家들은 最大의 謙遜과 어느 程度의 感情的 讓步가 필
>   요함.

이 행동강령은 문학 외적 측면이 강조되어 있다. 작품의 미적 측면보다
는 작가의 프로의식을 더 문제시하고 있다. 동반자작가 구분에도 이점은
잘 나타나 있다. 김우철은 동반자작가를 ① 이론적 수준은 얕고 기술은
고도의 것을 획득한 자 ② 기술은 보잘 것 없고 이론적 파악이 확고한 자
③ 기술이 높든 얕든 막연히 호의를 갖고 있는 자 등으로 분류하고 KAPF

---

31) ㉠ 조중진, 「문학타임스」, 『조선일보』, 1933.2.26 참조.
　　※ 문학타임스는 월 2회 격주 발행되는 신문형의 잡지인데 2호로 폐간됨.
　　㉡ 백철은 문예인의 새해선언(『조선일보』, 1933.1.5)에서도 "同伴者作家를 獲得하
　　는 것! 이 問題 역시 今年 一層 더 큰 關心을 우리들에게 요구하는 문제다"라고 이 문
　　제를 강조한다.

선에 가장 접근해 오기 쉬운 자는 ②에 해당하는 작가라 한다.[32]

이처럼 동반자작가 문제에 문학 외적인 면과 작가의 프로의식만을 문제 삼은 것은, 앞의 신고송의 논리보다 후퇴한 것이며, 결국 KAPF는 동반자작가를 인도하는데 실패한다. KAPF는 동반자작가 획득 문제를 중요한 이슈로 삼은 지 2년이 지날 때까지도 KAPF라는 조직을 내세우며, KAPF 권외의 작가들보다 고도의 의식 수준을 확보하고 있다고 자부하여 비KAPF 계의 많은 프로작가들에게 거부감을 불러일으킨다.

이러한 KAPF의 쎅트적 자체편향에 대한 진지한 비판을 위해서도 동반자작가 문제는 재검토되어야 한다고 안함광은 주장한다.[33] 안함광의 「동반자작가 문제를 청산함」은 2회 연재 예정이었으나 일회로 끝난 데다, 97行이나 생략되어 내용의 전모를 파악하기는 힘들지만 동반자작가 논쟁에 대한 결산의 의미가 있음을 알 수 있다.[34] 안함광은 동반자작가에 대한 논의가 ① 시의에 적합한 당면적 문제 ② 해결해야 할 문제의 핵심으로 착실한 접근성을 가지고 제기되었다는 점 등에서 큰 의의가 있다고 본다. 그가 동반자작가 문제를 재론하는 것은 ① 이 문제가 너무 델리케이트한 내재성을 가진 점 ② 이에 대한 일정한 정리와 검토를 거치기 전에 문제의 외곽에서만 배회한 느낌을 받았던 점 등 때문이다.

결론적으로 그는 ① 동반자작가 문제가 종파적 오류에 함락하여 별다른 성과가 없었고 ② 최근에 와서 동반자작가가 우익적 코스로 달음질치고 있다고 지적한다. 동반자작가에 대한 종파적 오류를 범한 주체는 KAPF인데, KAPF가 그들 이외의 작품에 대하여 천편일률적으로 반동으

---

32) 김우철, 위의 글, 1933.6.8.
33) 안함광, 「동반자작가문제를 청산함」, 『조선문학』 3호(1933.10).
34) 홍효민은 「과거 1년간의 문예평론단」, 『신동아』(1933.12), 47쪽에서 "지난 十月에 「文學타임쓰」가 「朝鮮文學」이라 改題한 곳에서 安含光이 「同伴者作家問題를 淸算함」에서부터 그의 具體的인 淸算派的 理論은 露現되고 드디어 이 문제는 잠시 청산된 듯하다"라고 언급한다.

로 몰아부치거나 일화견주의적이라거나, 좋지 못한 경향으로 백안시한 것을 말한다. 이 같은 사실을 박영희는 다음과 같이 전한다.

> 카프가 檢閱官이라기는 너무 過度한 말이었으나, 自己 圈外의 作家에게는 注意하지 않았다. 그 藝術的 才質을 無視하였다. 排斥하였다. 自體 스스로가 民衆에게 離反되었다.[35]

이와 같은 KAPF의 태도는 그들이 중요 과제로 내걸었던 조직확대에도 도움을 주지 못한다. 이 기회에 안함광은 KAPF 자체에 대한 전반적인 반성과 비판을 꾀하려 했던 것이다. 이러한 KAPF의 종파적 오류로 보더라도 KAPF가 유진오와 이효석을 가맹시키려고 하였으나 그들이 거절하자 KAPF에 묶어 놓으려는 속셈으로 이들을 동반자작가라고 강제 규정을 내렸다는 주장[36]은 재고되어야 한다. KAPF가 아전인수격으로 "이 사람도 우리와 동지다"라고 규정지은 경우라는 주장[37]이나 자파세력을 늘리려는 카프 간부들의 일종의 음모라는 주장[38]도 마찬가지다.

KAPF가 유진오 · 이효석 등에게 동반자작가라고 호칭할 무렵에 이들은 신진작가이고, 당시 급격히 볼셰비키화 되어가던 KAPF의 관점에서 볼 때, 그들 작품 또한 비위에 거슬리거나 유치하기 짝이 없게 비쳤을 것이다. KAPF에서 요구한 작가는 인테리 출신이 아닌, 차라리 공장 직공 혹은 노동자 출신이었는지 모른다. KAPF는 한결같이 인테리들의 관념적

---

35) 박영희, 「최근 문예이론의 신전개와 그 경향」, 『동아일보』, 1943.1.2.
  ※ 이 같은 주장은 이갑기의 「예술동맹의 해소를 제의함」, 『신동아』(1934.7), 185−186쪽에서 '카프는 소위 프로문사의 登錄簿로 良心的 作家나 文學者에게 문호를 封鎖한 것'이라고 지적한 것과 맥락을 같이 한다.
36) ㉠ 조남현, 『일제하의 지식인 문학』, 평민사, 1978, 34쪽.
  ㉡ 이강언, 「동반자작가의 형성과 유진오의 초기작품」, 『인문과학연구』 2집, 대구대, 1983, 15쪽.
37) 정명환, 「위장된 순응주의」, 『창작과 비평』 12호, 712쪽.
38) 곽학송, 「유진오와 이효석」, 『월간문학』 통권 173호, 117쪽.

계급주의를 타매하고 실천적 · 행동적 · 투쟁적 계급주의를 요구했기 때문이다.

동반자작가들이 우익적 코스로 달음질한 이유로는 ㉠ 프로문학의 빈약 ㉡ KAPF 문학 운동의 기본적 방향과의 유기적 연계를 갖지 못한 점 등을 든다. 안함광의 진단에서도 알 수 있듯이 동반자작가들은 외부 상황 때문에 우익과 순수문학 쪽으로 기울어진 것 같지는 않다.

이러한 논쟁을 통해서 동반자작가 문제가 KAPF 자체의 반성이라는 극히 긍정적인 방향으로 흘렀지만, 외부정세에 의하여 해산하게 되자 KAPF는 반성의 결과를 실천에 옮기기도 전에 이 문제에 대해 막을 내린다. 1930년대 전반에는 프로문학이 여전히 문단을 주도했으며, 많은 신진 작가들은 자신의 이데올로기나 문학적 취향은 돌아보지 않고 프로문학 쪽으로 기울었으며, 설익은 프로의식 탓으로 정작 작품은 프로문학과 괴리되었음을 알 수 있다.

3. 결 론

이상의 고찰에서 다음과 같은 결론을 추출해 낼 수 있다.

① 프로문학 이론가들은 문학 평가의 기준을 미학적 측면보다는 그 작가의 프로의식에 두고, 당시의 프로작가들은 작품을 아지 · 프로적 효과를 위한 수단으로 창작하였다. 당시의 프로작가 및 이론가들은 프로문학 이론에 대한 지식이 지극히 피상적이었다.

② KAPF는 그들 맹원들이 주장하는 것처럼 조직적 단체로서의 제 기능을 다하지 못하고 실은 유명무실이었다. 이념적으로 경색화 · 쎅트화되어 KAPF 맹원 이외는 백안시하고, 그들이 내건 '프로문학의 대중화'와 '동반자작가의 획득'에도 실패하였다. 그들은 동반자작가들이 프로작가

들에 비해 문학적 수준이 낮은 것으로 간주하였다.

③ 1930년대 초반 동반자작가에 대한 논의는 한동안 문단의 중요 관심사가 되었지만, 동반자작가에 대한 개념을 논자들이 정확히 이해하지 못하였다. 러시아 동반자작가의 개념을 한국문단에 무리하게 적용시키는 과정에서 많은 논의들이 제기되었다. 동반자작가에 대한 논의가 KAPF 및 프로작가들에게 반성을 촉구하는 계기가 되었다.

④ KAPF에서 처음 한국의 동반자작가를 규정할 때 작가 의식이나 작품 양상보다는, KAPF에 가입하지 않은 채 프로문학 기관지나 그에 준하는 잡지에 작품을 발표한 작가를 일컬었다. KAPF가 동반자작가에 대하여 상당히 관심을 쏟았지만 동반자작가들은 실상 KAPF를 지지 혹은 추종하지 않고 작품 활동을 했으며, 따라서 작품 양상도 프로문학과는 거리가 멀었고, 작품 경향이 급격히 우익적 코스로 진출하였다.

⑤ 당시 채만식을 비롯한 많은 작가들이 비프로문학을 창작하면서도, 그 작품들이 프로문학의 범주에 드는 것으로 착각하고 있었다. KAPF에서 규정한 동반자작가의 개념에 비추어 볼 때 채만식은 동반자작가가 되지 못하는 것이다(『성대문학』 24집, 성균관대학교 국어국문학회, 1985.12).

일제강점기 장편 연작소설『황원행』연구

1. 서론

『황원행』(『동아일보』, 1929.6.8–10.21)은『동아일보』학예부장 이익상이 기획한 한국 최초의 장편 連作小說이다. 이익상은 문단의 관심을 끌고 독자들의 주목을 받고자 새로운 기획물을 시도한 듯하다. 그가 이 소설의 집필진을 자신을 포함하여 최상덕·김기진·염상섭·현진건 등 당시의 내로라하는 작가들로 구성하고, 삽화도 인석주·노수현·이싱범·이승만·이용우 등 저명 화가들이 담당하도록 한 것도 이와 무관하지 않을 것이다. 김기진은 이 작품과 관련하여 다음처럼 말하고 있다.

『동아일보』학예부장 성해 이익상이 날더러 5인의 작가가 한 사람 앞에 25회씩 총 125회로 결말을 짓는 연작소설을 신문에 게재하고 싶으니 이에 참가해 달라는 부탁을 한다. 그래 나는 이 연작소설에 참가하기로 했다. 제목은『황원행(荒原行)』이라고서 제1회서부터 제25회까지를 독견 최상덕(獨鵑 崔象德)이 쓰고, 제26회서부터 제50회까지 내가 쓰고, 제51회부터 제75회까지는 횡보 염상섭, 제76회로부터 제100회까지는 빙허 현진건, 제101회로부터 제125회까지를 성해가 맡아가지고 끝을 맺는다는 계획이었다. 먼저 등장한 인물을 죽이거나 살리거나…… 또 새로운 인물 하나를 등장시키거나 열 명을 등장시키거나 자기가 책임 맡은 회수 안에서 자연스럽게 또 리얼하게 맘대로 처리하며 스토리의 발전도 맘대로 처리한다는 자유를 각자가 가지고서 집필하는 것이었다.[1]

여기서 당시 연작소설[2]의 개념을 개략적이나마 파악할 수 있다. 작가가 2인 이상 동원되고, 등장인물의 설정이나 사건의 처리 등에서, 작가의 자유가 최대한 반영된 소설이다. 이 작품은 김기진의 진술대로 125회로 종결된 것이 아니다. 마지막 필자인 이익상이 '책임 맡은 회수'를 6회나 초과하여 총 131회가 된다. 연재에 앞선 예고는 다음과 같다.

> 頑固한 家庭에서 자라난 不運兒와 虛榮과 淪落의 구렁으로 彷徨하는 「모던 女性」을 中心삼아 愛慾의 葛藤, 不合理의 世相, 制度의 缺陷 등을 五作家의 特殊한 筆致로 惑은 艷麗하게, 惑은 灑落하게, 惑은 剛直하게, 惑은 堅實하게, 그리고도 如實하게 그려낸 朝鮮現代相의 縮小圖이다. 그리고 五畵伯의 各異한 筆致는 錦上添花가 될 것이다(『동아일보』, 19 29.6.1).

이 예고가 독자들을 유인하기 위한 허구란 것은 위의 김기진의 언급을 통해서 금방 알 수 있다. 다섯 명의 작가들이 인물과 사건을 마음대로 처리하게 되어 있으므로, 소설이 어느 방향으로 어떻게 진전되리라는 것을 예측할 수 없기 때문이다. 사실 이 예고는 작품의 진정한 의미에서 훨씬 벗어나 있다.

연재가 끝나자 곧 元湖漁笛은 '문단을 가진 보람을 갖게 한 작품', '우리

---

1) 김팔봉,『김팔봉문학전집』2, 문학과지성사, 1989, 210쪽.
2) 이 용어가 적당하지는 않으나 본고에서는 우선 당시 사용된 용어를 그대로 따르기로 하였음.

문단이 생기어서 처음 가지는 작품', '문예적 가치로 보나 사회적 기능에 있어서나 소위 문예작품보다 손색이 없을 작품'이라는 독후감을 발표한다. 그는 소설을 '유행작품'과 '문예작품'으로 나누고, 이 작품은 본래 유행작품에 속하나 문예작품 이상이라고 평가한다.[3] 그가 말하는 유행작품이 통속소설이고, 문예작품이 순수소설임은 쉽게 간파할 수 있다.『황원행』은 통속소설이면서 순수소설 이상으로 성공한 작품이라는 것이다. 그러나 그의 주장은 냉철한 분석에서 도출된 결과라고 볼 수 없다.

김기진도 긍정적으로 평가한다. 발표된 후 많은 세월이 지났지만 여전히 재미있는 작품, 단행본으로 출판해도 무난할 작품이라고 말한다.[4] 하지만 왜 재미있고 출판해도 부끄럽지 않을지 구체적인 이유는 밝히지 않는다. 자신이 작자로 참여했기 때문에 막연히 호의적으로 평가한 느낌이 없지 않다. 최근의 논평으로는 한원영의 언급을 들 수 있다.[5] 그도 신문연재소설이라는 단서를 붙이긴 했어도 일단 성공한 작품으로 본다. 그의 논리도 이 작품의 진정한 의미와는 거리가 멀다. 차차 밝혀지겠지만, 작품 분석도 면밀하지 못하고 인물이나 사건을 대하는 작가들 간의 의식이나 태도의 차이도 간과하고 있다.

기존의 논의들은 충실한 고찰이나 분석 없이 막연한 감상비평으로 일관하고 있다. 냉철한 분석으로 작품의 가치를 평가해야 설득력을 얻을 수 있다는 교훈을 일깨워줄 뿐이다. 이처럼 이 작품은 몇몇 단편적인 언급 외에 본격적인 연구는 거의 이루어지지 않았다. 각 작가들의 전집에서마

---

3) 원호어적,「『황원행』독후감」,『동아일보』, 1929.11.7.
4) 김팔봉,『김팔봉문학전집』II, 문학과 지성사, 1989, 537쪽.
  나중에『황원행』을 읽어보니까 소설이 퍽 재미있게 되었다. 아마 지금『황원행』이 출판된다 해도 별로 부끄럽지 않을 것이라고 믿어진다. 횡보 · 빙허 · 성해 연작자 3인은 타계에 있으니 나의 이 말에 동의해줄 사람은 독견뿐이로구나.
5) 한원영,『한국 근대 신문연재소설 연구』, 이회출판사, 1996, 144쪽.

저 제외되어 있다. 기존의 논평들이 대체로 긍정적이었다고 해서 문제점이 없는 것은 아니다. 같은 사건인데도 작가들 사이에 시각차를 드러내기도 하고, 동일한 인물의 의식을 상이하게 부각시키기도 한다. 이런 사항은 철저한 분석을 통해 규명되어야 할 것이다.

본고에서는 먼저 일제하의 연작소설들을 점검해 보고,『황원행』의 개요를 살펴본 뒤, 그 진정한 의미를 탐색해보고자 한다. 연작소설로서의 문제점도 진단해보려 한다. 연작소설은 일제하 문단에서 한 때 유행한 적이 있고, 특히 학생 문단에서는 대단히 성황을 이루었다. 때문에 언젠가는 고찰해야 할 소설사적 유산이라고 생각한다. 그에 대한 연구 결과는 현재 사이버공간에서 유행하고 있는 릴레이소설의 나아갈 방향에도 시사하는 바가 많을 것으로 판단한다.

2. 일제강점기 연작소설과『황원행』의 개요

연작소설의 사전적 의미는 ① 몇 사람이 일정한 부분을 분담하여 쓴 한 편의 소설, ② 한 작가가 같은 주인공의 단편소설을 몇 편 써서 그것을 연결하여 장편소설로 만든 소설(문덕수,『세계문예대사전』) 등으로 되어 있다. 그러나 현재 통용되는 연작소설은 ②의 의미뿐이다. ①의 뜻으로는 일제강점기 외에는 거의 사용하지 않은 것 같다. ①의 의미로 쓰이는 명칭이 과연 적절한지도 의문이다. ①과 ②사이에는 뚜렷한 차이가 있으므로 같은 명칭으로 부르기에 무리가 따른다. 조남현도「젊은 어머니」(『신동아』, 1933.1−4)를 언급하면서, "오늘날의 연작소설이 한 작가가 동일한 제목 혹은 비슷한 제목 아래 쓰는 소설들을 가리키는 것과는 다소 거리가 있다"고[6]한 적이 있다.

②에서 장편소설을 구성하는 단편들은 독립적이면서 연관성이 있다.

그것의 형식적 기반은 불연속성과 연속성의 결합이다. 끊어짐 속에 이어짐이 있고, 이어짐 속에 끊어짐이 있다. 이에 비해 ①은 연관성만이 존재하므로 끊어짐은 있을 수 없다. 때문에 ①은 윤작소설·이음소설·연쇄소설·사슬소설·합작소설·이어짓기소설·공동창작소설·공동제작소설 등의 명칭이 더 타당할 것이다.

일제강점기에 발표된 연작소설 중 첫 작품은 「홍한녹수」인데, 이를 기획한『매일신보』사 측은 한국문단에서 첫 시험이라고 강조하고 있다. 그 무렵 일본에서는 연작소설이 주간신문이나 월간잡지에서 유행하여 독자들의 큰 환영을 받았던 것 같다. 「홍한녹수」의 연재를 앞둔 예고는 다음과 같다.

> 본보 일요일 부록에 첫 시험으로 련작소설(連作小說)을 시작하여 보기로 하엿습니다. 이것은 근일 동경 대판 등지의 각 주간신문(週刊新聞) 혹은 월간잡지에 만히 류행하야 독자의 환영을 크게 밧는 것이니 멋멋 작가의 미리 작정하여 가지고 소설의 내용을 서로 의론하지 아니하고 한 사람이 한 회식 련속하야 짓는 것입니다. 그럼으로 첫번에 쓴 분의 다음에 제 이회 집필자(第二回 執筆者)가 자긔 마암대로 계속하야 쓰고 그 다음에 삼회 집필자가 또 마암대로 계속하야 쓰는 것이니까 독자도 갓치 다음 계속될 내용을 상상하였다가 집필자의 계속된 것과 비교하여 볼 수 잇는 재미잇는 계획입니다. 위선 이번 련작소설의 집필자는 죠선문단에 명성이 놉흔 작가에게 청탁하야 십사일 부 일요부록(日曜附錄)부터 시작하야 매주 일요일 부록에 게재하얏습니다. 조선 최초의 이 계획에 대하야 다대한 찬양과 흥미로써 대하여 주시오. 그리고 소설에 대한 삽화(揷畵)는 더욱 흥미잇게 하기위하야 조선에 일흠놉흔 남녀배우(男女俳優)들의 실연(實演)한 사진을 늣키로 하엿습니다(『매일신보』, 1926.11.13).

---

6) 조남현,『한국현대소설유형론연구』, 집문당, 1999, 133쪽.

　　내용은 서로 의논하지 아니한 채 미리 정해진 몇몇의 작가가 한 회씩 나누어 쓰도록 한 소설이 연작소설이다. 이것은 새로운 양식의 실험으로 한 작품에 인기 작가 여러 명을 동원하여 독자들의 관심을 끌려는 신문사의 의도에서 시작된 소설이다. 독자들은 한 작품에서 여러 작가를 만날 수 있고, 하나의 사건을 각 작가가 어떻게 해결해나가는지 비교하려는 호기심으로 작품을 대하게 된다. 당시의 연작소설과 거기에 참여한 작가의 목록을 열거해 보면 다음과 같다.

①「홍한녹수」(총 6회)(『매일신보』, 1926.11.14−12.16)
1회 최서해 「남은 꿈」, 2회 최승일 「?」, 3회 김명순 「일요일」, 4회 이익상 「운명의 작란」, 5회 이경손 「대답」, 6회 고한승 「인육의 市로」.
②「무제」(총 3회)(문단 삼최 연작소설)(학생, 1929.4−6)
1회 최서해 「수난」, 2회 최승일「항쟁」, 3회 최상덕(계획만 하고 미발표).
③「여류음악가」(총 9회)(『동아일보』, 1929.5.24−6.1)
1회 최서해, 2회 김팔봉, 3회 방춘해, 4회 이은상, 5회 최상덕, 6회 양백화, 7회 주요한, 8회 현진건, 9회 이익상.
④『황원행』(총 131회)(『동아일보』, 1929.6.8−10.21)
1−25회 최상덕, 26−50회 김기진, 51−75회 염상섭, 76회−100회 현진건, 101−131회 이익상.
⑤「연애의 청산」(독자공동제작소설)(『신동아』, 1931.11−1932.3)
1회 현진건, 2회 A黃河淸 B李赤松, 3회 A北南 B虛濱生, 4회 A逸湖 B聖三湖, 5회 A金大鳳 B金鳳湖.
⑥「젊은 어머니」(총 5회)(『신가정』, 1933.1−5)
1회 박화성, 2회 송계월, 3회 최정희, 4회 강경애, 5회 김자혜.
⑦「파경」(총 6회)(『신가정』, 1936.4−9)
1회 박화성, 2회 엄흥섭, 3회 한인택, 4회 이무영, 5회 강경애, 6회 조벽암.

④는 장편 ⑦은 중편이고 나머지는 단편이다. ⑤는 기성작가와 아마추어 작가(독자)의 공동제작이다. 첫 회만 기성 작가가 쓰고 2회부터는 독자가 두 개조로 나누어 써나가는 형식이다. ②는 최씨 성을 가진 작가들로만 필진을 정했는데, 최상덕이 끝내 작품을 발표하지 못한다. ①, ②처럼 작가별로 소제목을 두는 경우도 있다. ⑥은 여류작가들만의 창작이고, ⑦은 매회 작가의 이름을 생략하고 최종회에 독자가 작가들의 이름을 알아 맞히도록 하고 있다.

이처럼 다양한 모습이다. 아마도 紙誌의 기획자들이 독자를 끌기 위해 여러 가지로 실험했기 때문일 것이다. 참가한 작가들의 면모도 주목을 요한다. 독자들로부터 많은 인기가 있고, 역량을 인정받아 문단을 주도하던 작가들이다. 염상섭·현진건·최서해·방인근·이은상·양백화·주요한·이익상·최상덕·김팔봉·최승일·엄흥섭·조벽암·한인택·이무영·박화성·강경애·김명순 등이 곧 그들이다.

여류작가들 사이에는 연작소설의 창작방법론을 두고 논쟁을 벌이기도 한다.「젊은 어머니」의 연재가 끝나자, 필자 중 한 명으로 참여했던 박화성이 素影이란 필명으로 문제를 제기한다. 참여한 작가 개개인의 작품에서 전체 작품과 지연스럽게 연결되지 못한 부분을 지적하면서 비판한다.7) 최정희가 이에 대해 응수한다. 주의와 주장이 다른 작가들 사이에 충분히 상의가 없는 한, 처음부터 작품 전체의 균형에 조화를 이루기는 어렵다는 것이다.8) 최정희의 논리는 연작소설의 근본적인 한계를 지적한 것이다. 이후부터 기획자들은 의식적으로 주의와 사상이 비슷한 작가를 연작소설에 참여시키려한다.

'부질없은 작난―' 하고 연작소설의 예고를 보고 어떤 독자는 이렇

---

7) 박화성,「연작소설「젊은 어머니」에 대한 촌평」,『신가정』(1933.8).
8) 최정희,「1933년도 여류문단 총평」,『신가정』(1933.12).

게 나물할 분이 게실 줄도 압니다. 그러나 편집자 또한 그런 생각을 못
해본 것이 아닙니다. 그런데 이번 연작을 승낙하여 주신 박화성 · 엄흥
섭 · 강경애 · 조벽암 · 한인택 · 이무영 육씨는 작가적 주의로나 사상
적 경향으로나 공통된 점을 많이 갖고 있으므로 독자는 이 작품에 대
하야 기대를 가지서도 좋으리라 믿습니다.[9]

동일한 主義와 사상을 지닌 작가들이 창작했으니 작품이 전체적으로 균
형과 조화를 이룰 것이니 기대하라는 내용이다. 각각의 작품에 대한 고찰
은 다음 기회로 미루고 여기서는 『황원행』만을 검토하기로 한다. 먼저 이
작품의 이해를 돕기 위해 작가별로 소제목과 그 내용을 요약하기로 한다.

1) 최상덕(총 25회)(아래 괄호속의 숫자는 총 회수)
1. 서곡(1): 한국 서울이 시국표방 설교강도의 출현으로 계엄령이나 편
   듯 수선거리다.
2. 소란한 서울(6): 범행은 계속되고 홍면후 형사과장이 사건 수사를 총
   지휘하게 되다.
3. 카페! 백마정(10): 종업원 이애라를 둘러싸고 카페 백마정에서 면후
   와 이철호가 앞일을 예비하다.
4. 葛藤(7): 애라의 사랑 고백을 정중히 거절한 철호에게 홍한경은 청혼
   한다.
5. 족으만 악마(1): 철호와 한경의 만남을 목격한 애라는 철호에게 입힐
   치명상을 생각하다.

2) 김팔봉(총 25회)
1. 족으만 악마(9): 한경은 춘천으로 가게 되고, 애라는 철호에게 적극

---

9) 「연작소설에 대하여」, 『신가정』(1936.4), 192쪽(연작소설 「파경」 제1회 서두의 글).

적으로 접근하다.

2. 지나간 일(11): 철호가 태어나서 설교강도가 되기까지의 내력이 소
   개되다.

3. 함정(5): 애라와 철호가 서로의 마음을 파악하려 애쓰다.

3) 염상섭(총 25회)

1. 위기일발(3): 애라는 철호가 범인이라고 생각하나, 삼천 원 때문에
   고발하진 않겠다고 다짐하다.

2. 혈서(6): 애라가 丹心無二心이라는 혈서를 써보이자, 철호가 以血報
   血의 혈서로 응답하다.

3. 삼천 원(3): 애라가 면후 일을 돕기로 하고 이천 원을 받고 장차 천 원
   을 더 받기로 하다.

4. 애라의 계획(2): 애라는 철호를 만주에 보내고, 자신이 뒤따라가 행
   복하게 살 계획을 하다.

5. 한경이의 소식(3): 한경이 춘천서 서울의 철호에게 빨리 몸을 피하라
   고 편지를 보내다.

6. 면후의 활동(3): 면후는 철호 · 애라 · 한경의 관계를 파헤치러 하다.

7. 백마정의 일막(5): 애라의 기지로 철호는 위기를 모면하고 면후는 수
   면제를 먹게 되다.

4) 현진건(총 25회)

1. 깊은 잠깨니(5): 면후가 잠깨어 보니 한경과 철호는 이미 국경을 벗
   어나 있다.

2. 떨어진 편지쪽(5): 철호에게 보낸 한경의 쪽지를 보고 애라가 한경에
   게 원한을 품다.

3. 애라의 후회(5): 애라는 한경을 원망하기에 앞서 우선 사건을 잘 수

습하기로 하다.
   4. 어여쁜 범인(5): 애라가 체포되어 면후의 취조를 받게 되나 혐의를
      모두 부인하다.
   5. 악마의 발원(5): 애라는 다시 철호와 한경에 대해 복수할 일로 가슴
      을 끓이다.

5) 이익상(총 31회)
   1. 폭풍우 지낸 뒤(7): 설교강도 사건이 잠잠해지고, 김준경이 백마정으
      로 애라를 찾아오다.
   2. 량실(10): 사랑과 처신, 이 두 가지를 잃지 않으려고 애라는 고심
      하다.
   3. 고백(8): 애라가 준경에게 진심을 털어놓고 대책을 묻자, 그는 일단
      피하라고 말하다.
   4. 어대로 가나(6): 애라는 형사에게 끌려가고, 한경은 어찌할 바를 모
      르다.

   작품에 대한 이해의 폭을 넓히기 위해 당시의 문학적 배경을 살펴볼 필
요가 있다. 문학 작품이 당시의 문예사조나 문학적 분위기와 무관한 경우
도 있겠지만, 이들이 일반적으로 당대의 문학적 상황에 직 · 간접으로 영
향을 주고받기 때문이다. 이 작품의 시대적 배경은 1928년이지만, 씌어진
시기는 1929년이므로 이 무렵을 중심으로 살펴보고자 한다.
   첫째, 당시의 문단 경향 중 두드러진 현상은 통속소설을 포함한 대중소
설에 대한 활발한 논의라 할 수 있다. 한설야의 「1928년의 대중간의 문예
관계는 어떻게 전개될까?」(『조선지광』, 1928.1), 김동환의 「조춘잡감」(『조
선지광』, 1928.2), 장준석의 「웨 우리는 작품을 쉽게 쓰지 안흐면 안되는
가?」(『조선지광』, 1928.5) 등으로 시작된 대중소설 논의는 1929년에 절

정을 이룬다. 그 동안 이성묵 · 유완식 · 유백로 · 박영호 · 민병휘 · 이북
만 · 임화 등이 논의에 가담하고 김기진이 그 중심에 선다.

　김기진은「통속소설소고」(『조선일보』, 1928.11.13), 「변증적 사실주의」
(『동아일보』, 1929.2.25), 「대중소설론」(『동아일보』, 1929.4.14), 「프로시
가의 대중화」(『문예공론』, 1929.6), 「예술운동에 대하여」(『동아일보』, 192
9.9.20) 등에서 본격적으로 이 논의를 전개한다. 논의의 핵심은 대중에게
다가가기도 용이하고 일제의 검열도 피할 수 있는 통속소설이 요망된다는
것이다. 통속소설은 우선 쉽고 재미있어야 되는데, 이를 위해 간결한 문체
가 요구되고, 성격묘사보다는 심리묘사에 치중해야 한다는 논리다.

　둘째, 백신애(1908-1939)의『조선일보』신춘현상문예 1등 당선과 그
녀의 저항적 활동을 들 수 있다. 그녀는 1929년 500여 명의 경쟁자를 물
리치고 단편소설「나의 어머니」로, 신문 신춘문예사상 최초의 여성 당
선자가 되는 영예를 안는다. 이 사실은 당시 문단에 신선한 충격이었으
며 상당한 화제거리였다. 이일 외에도 그녀는 주목받기에 충분한 인물이
었다.

　경상북도 영천읍에서 태어난 그녀는 대구 사범학교 강습과 과정을 마
치고 교사자격증을 획득한다. 그 후 보통학교 교사로 근무하며, 기본 수
업 외에 아이들과 부녀자들을 모아 글을 가르치는 등 계몽운동에 앞장선
다. 여성 항일단체인 '조선여성 동우회 여성지회'라는 지하조직에도 가담
한다. 이 일로 교사직에서 파면되자, 서울로 올라가 사회주의 단체인 '경
성 여성 청년 동맹', '근우회' 등에서 계몽활동을 한다. 여성 계몽가이자
운동가이며 당당히 신문 신춘문예 당선자인 그녀는 당대의 한 혁명아이
자 문단의 풍운아였다.

　셋째, 홍명희(1988-1968)작『임꺽정』(『조선일보』, 1928.11.20-1939.
3.11)의 연재를 거론하지 않을 수 없다. 이 소설의 당시 반향은 대단했다.
연재가 중단되었을 때 독자들이 아우성을 치며 중단 철회를 요구할 정도

로 인기가 대단했다. 이 작품의 의미에 대해 장석주는 다음과 같이 적고
있다.

> 의도한 대로 홍명희는 역사소설 『임꺽정』을 통해 지배 계층의 모순
> 에 맞서는 민중의 힘을 당대의 거울에 비추어 옮겨 놓는다. 이로써 작
> 가는 식민지 치하에서 억압받는 기층 민중의 분노와 저항에 정당성을
> 부여하며, 의적의 활약상과 곤경에 빠져 허둥거리는 지배 계층을 보여
> 주어 우회적이나마 대중의 갈증을 풀어준다.[10]

이처럼 억압받고 학대받는 당시 민중들의 願望을 임꺽정은 대변해주었
고, 그를 통해 억압받던 민중들은 대리만족해하며 위로를 삼았다.

넷째, 임화(1908-1953)와 한설야(1900-1962)의 활약이다. 임화는
「네거리의 순이」(『조선지광』, 1929.1), 「우리 옵바와 화로」(『조선지광』,
1929.2), 「어머니」(『조선지광』, 1929.4), 「우산 받은 요꼬하마의 부두」(『조
선지광』, 1929.9) 등의 애상적·낭만적 시를 쓰면서 두각을 나타내며 전면
적 활동을 시작한다. 이러한 시는 자신의 프로문학이론이 뒷받침 되었음
은 물론이다. 그는 이 무렵 시뿐만 아니라 비평계에서도 맹활약하여 당시
저널리즘의 많은 분량을 차지하게 된다.[11]

한설야가 「과도기」(『조선지광』 4월), 「새벽」(『문예공론』 5월, 전문삭
제), 「한 길」(『문예공론』 6월), 「씨름」(『조선지광』 8월) 등 주목할 만한
작품을 발표하는 것도 역시 1929년이다. 특히 「과도기」는 조명희의 「낙
동강」과 이기영의 『고향』 사이에 위치하는 작품으로 평가되고 있다. 그
러므로 1927년 제1차 방향전환 후 임화와 한설야의 활약으로 비로소 카
프는 작품다운 작품을 갖게 되는데, 그 시기가 곧 1929년이 되는 셈이다.

당시의 문학적 배경을 장황하게 소개한 것은 이러한 상황이 『황원행』

---

10) 장석주, 『20세기 한국문학의 탐험』 1, 시공사, 2000, 410쪽.
11) 김윤식, 「임화연구」, 『한국근대문예비평사연구』, 일지사, 1983, 551쪽.

에 많이 작용했다는 느낌이 들기 때문이다. 심리묘사가 현격히 많은 것을 포함해, 탐정소설적 요소, 청춘 남녀의 사랑 이야기 등은 통속소설에 대한 논의의 영향으로 보인다. 등장인물의 면모에서도 그러한 사실을 입증할 수 있다. 애라의 모습에서는 백신애의 저항적 삶의 궤적을 엿볼 수 있고, 철호에게서는 임꺽정의 편린을 발견할 수 있다. 면후의 모습에서는 '곤경에 빠져 허둥거리는 지배계층'의 일면을 찾아볼 수 있다. 특히 백신애의 경우, 그녀를 당선시킨 신춘문예의 심사위원이 이 작품의 첫 필자인 최상덕이었다는 사실이, 위의 심증을 한층 굳게 해준다. 임화와 한설야의 활동은 역방향으로 작용한 듯하다. 점차 심화되어가는 프로문학에 반대하여, 작가들이 많은 부분에서 이데올로기 성향을 제거하려는 양상을 보여주고 있기 때문이다. 고순일과 철호의 흑색동맹 탈퇴도 그 한 예가 되겠다. 이점을 등장인물을 통해 자세히 살펴보도록 하자.

3. 희망의 좌절과 전망의 부재 – 이철호

이 작품은 주인공 철호와 그를 체포하려는 형사과장 면후의 좇기고 좇는 이야기가 중심을 이룬다. 그 중간에 애라가 놓인다. 이외에 홍한경과 고순일 · 김준경 등이 등장하지만 비중이 크지는 못하다. 애라는 면후와 대척적인 인물이고 그의 부정적인 모습을 부각시키려고 창조된 면모가 강하다. 따라서 철호와 면후의 행위와 사상을 중심으로 작품의 의미를 파악해도 무리는 없을 듯하다.

철호의 면모를 알아보기 전에 이 작품의 序曲에 유의할 필요가 있다. 다른 작품에서 흔히 볼 수 없는 서곡은 장차 전개될 작품의 방향을 암시한다. 그것은 두 가지로 요약할 수 있는데, 먼저 한국인과 서울의 암담한 현실을 증언한다. 한국인은 죽지 못하여 사는 사람, 눈물이 말라 더 이상울 수도 없는 사람, 더 이상 빼앗길 것도 없는 사람이고, 서울은 숨도 제대로 쉴 수 없는 질식할 것 같은 곳이라는 것이다. 다음은 이러한 현실에서 理想과 희망을 발견해야 한다는 당위성을 강조한다.

> 그러나 나는 불평속에 잠긴 리상(理想)을 파내야 한다. 약한 이가 가진 굿센 힘을 차저내야 한다. 학대밧는 무리만이 볼 수 있는 진리를 차저내야 한다. 깨달아야 한다. 묵고 묵은 폐허에 파란 새싹을 도처야 한다. 영원히 슬어지지 안는 아름다운 꽃을 피워야 한다. 나는 거츤들 중에도 거츤들인 조선이라는 땅에서 나서 조선이라는 땅을 밟고 지내가는 힌 옷닙은 불행한 젊은이로다!(1회)

'나'는 조선의 불행한 젊은이지만 이상을 발견하고 희망의 싹을 틔워야 한다. '리상', '굿센 힘', '진리'와 함께 '파란 새싹', '영원히 슬어지지 않는 아름다운 꽃'이 상징하듯 희망을 갈구하는 모습이다. 이상을 발견하고 희망을 싹틔울 인물로 첫 필자 최상덕은 철호를 설정한다.

따라서 철호는 다소 영웅적인 모습이다. 큰 키와 조금 검은 듯한 피부에 조각적 남성미를 갖추었다. 어딘지 범하기 어려운 위신이 흐르고, 눈은 주정불이 즉 알콜불처럼 타오른다(11회). 담대하기 이 세상에 또 없고, 뛰어나게 총명하며, 날래기 비호같고, 변장술이 교묘하다(47회). 첩의 자식으로 태어나 온갖 설움을 겪으며 고학으로 학교를 다녔지만, 마침내 비범하고 의로운 인물로 성장한다. 앞에서도 언급했지만 임꺽정의 모습을 부분적으로나마 닮고 있다.

철호는 억압된 민중의 꿈과 희망이 반영된 인물이라 할 수 있다. 당시 존재하거나 존재할 수 있는 인물의 반영이 아니라, '존재해야 할 이상적인 인물'로 그려진다. 그는 일제 경찰의 삼엄한 경비망을 뚫고 한국인 부유층의 돈을 탈취한다. 한국인 부자란 일제의 체제에 순응하고 타협한 인물이다. 일제 자본에 기생한 매국 자본가가 아니면, 친일 고등 관료일 것이다.

약탈한 돈은 독립운동 자금으로 쓰일 가능성이 크다. 그가 귀족이며 갑부인 XX은행 두취 정완규에게 삼천 원을 빼앗아가며 한 담화가 이를 암시해준다. 그것은 당국이 가장 기휘하는 불온한 말이어서 신문에는 X로 표시하여 그 내용을 알 수 없다. 당시는 언론이나 문학작품에 대한 검열이 매우 엄격했는데 이 작품도 검열에서 예외는 아닌 듯하다. '○○○○○단의 출현', '○○가', 'XXXX사상', 'XX단원' 등 여러 복자가 이를 말해준다. 복자를 복원해 보면 한국독립과 연관된 단어가 많음을 쉽게 유추할 수 있다. 일제 당국에서 가장 기피하는 말이란 무엇인가. 사회주의와 관련된 내용도 해당되겠지만, 한국 독립에 관한 언급일 것이다. 한민족의 독립 투쟁에 수단과 방법을 가리지 않고 탄압과 방해를 일삼아온 일제로서는 그에 관한 말조차 금기시 했을 것이다. 철호가 탈취한 돈으로 계획하는 사업(49회)이 작품의 마지막까지 밝혀지지 않는 것도, 그 사업이 독립운동임을 암시한다.

문맥으로 보아 철호는 정완규에게 독립운동 자금을 부탁하면서, 한편으로 동족의 양심에 호소하고, 다른 한편으로 危害당할 가능성을 전했을 듯하다. 그의 재산 일부가 독립운동 자금으로 사용됨으로써 민족에 대한 속죄의 길도 뒀을 인식시키려 했을 것이다.

이 과정에서 철호는 일본인과 관련된 재물에는 전혀 손을 대지 않는다. 한국의 독립은 한국인의 자금과 노력으로 성취되어야 한다는 민족적 자존심의 발로다. 철호의 행동에서 안명근 사건을 연상하는 것도 여기에 연유한다. 1910년 11월 안중근의 사촌 동생 안명근은 만주에 독립운동가 양성을 위한 무관학교 건립을 위한 자금이 필요하다. 이를 위해 그는 신천 부자 이원식에게 6천 원, 송화 부자 신효석에게 3천 원을 거두고,[12] 신천 부자 閔某에게 보조금을 요구하였으나 거절 당하자, 소지하고 있던 권

---

12)『한국민족문화대백과사전』 14권, 한국정신문화연구원, 1996, 461쪽.

총으로 위협하며 '조국광복의 큰 뜻을 모르는 자'라고 질책한 뒤 평양으로 떠난다.13)

이처럼 민족적 자존심과 탁월하고 비범한 능력으로 만 원의 자금을 모은, 당시 민중의 꿈과 희망인 철호는 과연 민중의 기대에 부응하였나. 서울에서 경찰을 비웃으며 장차의 사업을 위해 눈부신 활약을 보여주었던 그가 아니던가. 결론은 민중의 기대를 저버린 채 아무 대책이나 목적도 없이 만주에서 방황하는 것이 고작이었다는 것이다. 그럴 수밖에 없는 이유는 무엇일까.

모두의 기대만큼 만주는 독립운동을 위한 기반이 조성되어 있지 못하다. 1925년 6월 일제와 중국의 봉천군벌은 三矢協定을 체결하고, 합작하여 한국의 민족운동자를 체포하는 등 한국인을 직접 탄압한다.14) 일제는 以韓制韓 정책으로 한국인 독립운동가를 한국인이 탄압하게 한다. 보민회란 친일단체를 통해 직접적인 무장활동으로 독립운동가를 탄압하고, 조선인민회와 조선인회를 통해서는 회유적인 방법으로 친일세력을 확대하고 민족운동을 분열시킨다.15) 이런 상황에서 독립운동을 하기는 실로 어렵다. 철호 역시 이를 극복하지 못한 것이다.

애라·한경과 헤어진 그에게 특별한 조력자나 협동자는 더 이상 존재하지 않는다. 국내에서 감춰졌던 신분이 노출되고 따라서 운신의 폭도 크게 좁아진 상태다. 서곡에서 이상을 발견하고 희망을 싹틔울 기대주로 설정된 철호가 결국은 현실에 굴복하고 만 것이다. 작품의 마지막 소제목이 '어대로 가나?'인 것은 의미심장하다. 장차 우리는 어떻게 하면 좋겠느냐고 한경이 묻자, 애라는 방법이 없다고 말한다(130회).

방법이 없기는 등장인물들은 물론 당시 모든 한국인들도 마찬가지다.

---

13) 위의 책, 511쪽.
14) 신주백, 『만주지역한인의 민족운동사』, 아세아문화사, 1999, 40쪽.
15) 위의 책, 41쪽.

방법이 없다는 것은 무엇을 의미할까. 비범한 인물마저 능력을 死藏할 수 밖에 없는 현실을 말한다. 희망은 좌절되고 전망이 부재한 상황을 의미한다. 더 이상 빛은 보이지 않고 절망만이 가득한 현실 말이다. 일제하의 우리 민중이 처했던 상황의 적나라한 모습이다. 따라서 이 작품은 일제의 억압을 간접적으로 고발·폭로한 셈이다.

4. 일제 권력의 허구와 모순—홍면후

이 작품은 일제 경찰을 희화화하고 매우 부정적으로 묘사하고 있는 점이 특이하다. 일제는 1912년 총독부령 제40호로 '경찰범 처벌규칙'을 제정하여 항일운동가는 물론 일반인의 행동까지 규제한다. 이 규칙은 철저한 식민통치 억압법령으로서 일선 경찰(순사)이 한국인의 모든 행동규범을 간섭·규제하고, 생트집을 잡아서 벌금과 매질로 다스리도록 하는데 목적이 있다.[16] 일제는 1919년 이후 문화정책의 일환으로 헌병 경찰제도를 폐지하고 보통 경찰제도를 실시하였다고 하지만, 이 제도 개정 역시 식민지 지배구조를 강화하는 것이다. 이후 경찰관서와 경찰 인력의 급격한 증가가 이를 말해준다.

1925년 4월 법률 제46호로 공포된 치안유지법도 식민지 지배체제에 대항하는 한국인들의 모든 운동을 탄압하기 위한 것이다. 이에 저촉되어 많은 한국인이 검속되고 감옥으로 가게 된 것은 말할 것도 없다. 1929년의 통계에 따르면 검거된 인원수가 138,020명, 형무소 재소자가 5,385,793명이다.[17] 이처럼 당시의 경찰은 식민지 한국인에게 무소불위의 권력

---

16) 김삼웅, 『일제는 조선을 얼마나 망쳤을까』, 사람과 사람, 1998, 146쪽.
17) 한 통계(김삼웅, 위의 책, 152쪽)는 해를 거듭할수록 일제의 탄압이 가혹해지고 있음을 잘 보여주고 있다.

을 휘두른다. 거슬리는 행동이나 말을 하면 잡아다가 고문과 형벌을 가한다. 언론·집회·결사의 자유는 억압되고 인권은 유린된다. 이 작품에서도 고순일을 취조하면서 세 번이나 기절시키고, 애라와 철호·한경에 대한 감시 활동은 상상을 초월할 정도여서 경찰의 횡포는 그대로 폭로된다.

그로 인한 고통은 감내하기 힘든 것이다. 민중은 울분과 통한을 삭이며 속내를 드러낼 수 없다. 그들을 증오하고 저주하였지만 감히 비난하거나 대항하지 못한다. 참다못한 애국·애족지사들이 폭탄을 던지며 경찰서를 습격한 적도 있지만, 그들의 억압을 줄이기에는 역부족이다.

이러한 현실을 반영해 설정한 인물이 형사과장 홍면후다. 일본인 대신 한국인 경찰을 설정한 것은 검열 통과와 경찰에 대한 비판과 조롱을 용이하게 하기 위함일 것이다. 그는 원래 XX경찰서 수사본부 경시였는데, 시국표방 설교강도를 체포하기 위해 서울경찰부안에 사건 전담부서가 설치되자, 가장 지혜로운 형사만 골라 구성한 수사본부의 형사과장이 된 것이다. 그는 잔인해 보이고 신경질적으로 얼굴을 떨며 광대뼈가 불룩나와 있다. 외모부터 부정적으로 묘사되어 있어 작가들이 의도적으로 악의적인 인물로 형상화하려 했음을 알 수 있다(면후 뿐만 아니고 경찰은 모두 혐오스럽게 그려져 있다. 오형사는 늙은 원숭이 모습으로 묘사된다). 그의 면모는 다음과 같은 그의 생각에 잘 나타나 있다.

그러나 할 수 업지. 사실이구만 보면이야 누이동생이라고 용서할
수는 업지. 누이동생 아니라 부모라도 무가내하요 내 자식이라도 할

연도별	검거인원수	형무소 재소자 인원수
1915	47,107	3,765,310
1920	82,187	5,224,675
1925	128,366	4,778,580
1930	179,300	6,091,936

수 업지. 공(公)과 사(私)는 절대로 혼동할 수 업지――― 그보다도 사회
의 안녕 질서와 국가의 행복이라는 큰 것을 위하야서는 그것 쯤을 희
생하는 것은 백원짜리 지전으로 일원짜리 동전 한 푼을 밧구는 폭이지
(5회).

자신의 여동생 한경이가 설교강도에 연루되지 않았을까 의심하면서
한 생각이다. 면후는 사회의 안녕질서와 국가의 행복을 위해서 가족의 희
생쯤은 아무것도 아니라고 주장한다. 그가 국가를 위해 충성하려는 것은
그만한 이유가 있다. 그는 현재의 지위에 오르기까지 밀정이나 헌병보조
원을 지내면서 신임과 능력을 국가로부터 인정받은 것이다. 신임과 능력
을 계속 인정받을 경우 장차 군수로 기용되고 도참여관이나 도지사까지
승진할 수 있다. 신임의 근간이 두터운 친일성임은 말할 것도 없다. 1920
년대 한국인 고등 관료의 임용이 매우 억제되었던 점을 고려하면, 그가
친일성을 인정받기 위해 얼마나 일제에 아부했는지 짐작이 간다.

면후를 통하여 식민지 통치를 위해 일제가 간교한 술책을 이용하였음
을 확인할 수 있다. 일제는 식민지의 직접적인 대민 억압 기능을 같은 한
국인이 담당케 하여 치안유지 효과도 높이고, 한국 민족내의 분열을 조장
하였던 것이다. 이들의 기만에 넘어간 한국인 경찰은 자신의 명예와 출세
를 위해 국가와 민족을 배신한다. 이들은 자신의 지위와 승진을 보장받기
위해 일본인 경찰 이상으로 동족을 괴롭힌다. 현실을 올바로 인식하지 못
하고 일제에 충성하고 추종한다. 작가들은 이를 통해 일제의 교활함을 고
발하고, 빗나간 애국심에 도취된 한국인에게 경종을 울린다.

일제 권력을 배경으로 한 면후는 두렵거나 거칠 게 없는 인물이다. 몇
만명 경관대를 움직이는 막강한 권력을 이용해 무슨 일이든지 할 수 있
다. 그런데도 실상은 한갓 카페 종업원인 애라에게 갖은 모욕을 당하는
어리석은 인물의 극치로 그려져 있다. 또한 그녀의 사랑을 구하기 위해

비굴하기 짝이 없이 처신한다. 면후가 애라에게 당하는 모욕은 상상하기 조차 어려울 지경이다. 가령 애라의 무리한 요구에 면후가 난색을 표하자, 애라는 "못하겟스면 못하겟다고 진즉 말할 것이지 잔말이 무슨 잔말이야!" 하고 반말을 서슴지 않는다(31회). 이런 예는 작품 도처에서 발견할 수 있다. 그 결과는 다음과 같다.

> 애라는 또 한번 코웃음을 쳤다. 세상에서는 독사보다도 더 영특하다는 그 인물을 그처럼 못난이를 맨들고 엿가락 같이 늘어지게 하고 콩고물 같이 고분고분하게 하고, 녹초가 되게 한 것은 누구의 힘이냐? 애라의 힘이 아니냐(81회).

애라에게 모욕을 당하는 인물 이전에 면후는 경찰 임무를 수행하기에 부적격자이다. 설교강도(철호)가 대낮에 서울 시내를 누비며 부자들의 돈을 털어도 속수무책이다. 애라에게 범인이 숨은 곳을 알려주면 오백 원, 범인을 탐정해오면 천 원을 주겠다는 식이다(50회). 애라가 탄 수면제를 먹고 20시간 이상 잠을 잤는가하면, 체포하려던 철호에게 소개장을 써주어 무사히 국경을 빠져나가게 한다. 애라에게 범인 체포와 관련된 수사기밀을 누설하기도 하고, 친동생의 필체도 알아보지 못한다. 철호를 놓치고 허둥대는 모습(79회)은 온전히 정신병자의 태도다. 이런 면후의 모습에서 그를 비하하려한 작가들의 의도를 엿볼 수 있다.

면후의 부정적 면을 강조하기 위해 설정한 인물이 바로 애라다. 그녀는 고등여학교 출신의 지식인으로 남달리 매력적인 미모와 아름다운 육체를 지닌 25세의 여인이다(10회).

자기를 세워나가기 위해 조금도 희생되기를 싫어하고, 사랑하면 뼈까지 갈아 바칠 듯이 열렬하게 하고, 사랑이 식으면 초개같이 버린다. 경우에 따라서는 제 몸을 깨강정 같이 부서버릴는지 모르는 여자다(49회). 개성과 주견이 뚜렷하고 남의 눈치를 보지 않으려 하며, 옳다고 생각하는 일은 끝까지 밀고 나가는 추진력도 있다. 그녀는 신여성이다. 서양식 이름과 여자 고보 출신으로 외국(일본)에 유학하고 양장미인인 점에서 이를 확인할 수 있다. 하층 출신이면서 고학을 하고 직업(까페 여급)전선에 나선 경우다.

당시 신여성에 대한 시각은 부정적이다. 저널리즘도 "그(신여성, 인용자)들의 사상이나 조직 활동, 기타는 모두 건너 뛰고 일제의 비위를 거스르지 않으면서 대중의 홍미를 충족시킬 수 있는 연애문제 · 에로티시즘의 문제만 크게 부각시킨다"[18] 문학작품도 이에서 크게 벗어나지 않는다. 이광수 작품이 그 대표적인 예일 것이다.

애라 역시 유부남과 동거하거나 애인을 차버리는 등 도덕적으로 비난받을 만한 점이 없지 않다. 그러나 그녀는 돈과 명예에 현혹되지 않고 사랑과 의리를 더 중시한다. 철호의 독립운동을 적극적으로 돕는 것으로 보아 조국애와 민족애도 있다.

그녀는 확고한 주체적 사고와 개성의 소유자이며 연애의 자유를 철저하게 실천하고자 한다. 돈과 권력보다 사랑을 택한다. 정체를 알지 못하면서 철호를 사랑하는 것은 신성한 사랑에는 어떤 계산도 개입하지 않는다는 것을 몸소 보여준 행동이다.

그녀는 현실에 반항하지 않는 인물은 '산송장'이라고 말하는(10회), 현체제에 대해 저항의지가 강한 인물이다. 면후가 사람은 죄를 짓거나 감옥에 가서는 안 된다고 주장할 때, 상황에 따라서 법과 감옥은 달리 해석되어야 한다고 강조한다(11회). 일제하에서 한국인의 감옥행이나 위법은 결코 죄가 될 수 없음을 암시한다.

그녀가 가장 두려워하는 것은 자신을 면후의 끄나풀로 여기는 것이다.

---

18) 이상경, 『한국근대여성문학사론』, 소명출판사, 2002, 78쪽.

이때의 *끄나풀*이란 무엇인가. 바로 친일 주구의 앞잡이를 말한다. 면후의 *끄나풀*만 되면 애라의 앞날은 순탄할지 모른다. 그러나 그녀는 면후의 *끄나풀*되기 보다는 차라리 감옥에 가는 편을 택한다. 이것은 애라가 역사인식과 민족의식이 확고함을 말한다. 신여성을 긍정적으로 그리려는 작가들의 일치된 견해에서 애라라는 인물이 설정되었음을 알 수 있다.

작가들은 이러한 애라와 대비시켜 조국과 민족을 배반한 면후를 더욱 통렬히 비난하고 있다. 또한 그를 통해서 식민통치에 뛰어난 능력을 발휘하는 것으로 소문난 일제 경찰이, 실은 어리석고 치졸함을 강조하려 한다. 일제 권력의 핵심을 이루는 경찰의 이러한 모습은 곧 일본 권력의 허구와 모순으로 확대 해석할 수 있다. 아울러 일제의 조종을 받는 한국 경찰을 통해 일제의 간교한 분열책동을 고발하고, 그들에게 경종을 울려주고 있다고 하겠다.

5. 『황원행』의 한계―연작소설의 문제점

이미 언급했지만, 연작소설은 식민지하에서 한때 유행했던 한국 소설사의 한 유산이다. 그런 유형의 소설이 발생한 이유는 무엇인지, 문단의 반응은 어떠했으며, 소설사적으로 어떤 가치가 있는지, 왜 활성화되지 못했는지 등에 대한 연구는 장차 이루어져야 할 것이다. 본고는 이러한 고찰을 위한 예비 단계로서의 의미를 지닌다. 이와 함께 현재 사이버 공간에서 선풍을 일으키고 있는 릴레이소설이 나아갈 방향을 암시해준다는 의미도 포함되어 있다.

릴레이소설은 어떤 한 주제를 놓고, 여러 작가가 릴레이 경주에서 서로 바통을 이어받듯, 사건을 이어받아 전개하는 소설을 말한다(한 소설을 원작대로 놓아두고 앞과 뒷부분을 여러 작가가 이어 쓰는 경우도 여기에 해당한다). 다시 말해, 한 작가가 쓴 소설을 읽고, 다음에 이어질 내용을 다른 작가가 창작한다. 또 다른 작가가 그 다음에 이어질 내용을 쓴다. 이런 방식으로 이어지게 되는 소설이다. 이들 가운데 상업적인 흥미위주의 작품이 없을 수 없겠지만, 가치 있는 작품도 얼마든지 있을 수 있다.『황원행』을 비롯한 식민지 시대 연작소설은 릴레이소설의 前身에 해당할 듯하다.

　『황원행』이 발표될 무렵의 작가 계보를 살펴보면 최상덕은 통속적 모더니스트, 염상섭은 심리해부적 리얼리스트[19]로 분류하고 있다. 또 다른 계보에는 현진건·최상덕·이익상은 자연주의자, 염상섭은 사실주의자, 김기진은 카프파로 되어 있다.[20] 이렇게 주의나 사상을 달리하는 작가를 한 작품의 창작에 참여시켰을 때 그로 인한 문제점은 없을까.

　『황원행』을 읽다보면 세세한 부분에서, 작가들 간에 상이하고 어긋나는 점을 발견할 수 있다. 이점이 곧 이 작품의 한계이면서 동시에 연작소설의 가장 큰 문제점일 것이다. 몇몇 예를 들어 살펴보도록 하자.

　먼저 철호가 정완규의 돈을 빼앗는 전후 장면이다. 최상덕은 ① 오정 때쯤 ② 계동 사는 조선의 귀족이오 갑부인 XX은행 두취 자작 정완규의 집에서 ③ 철호가 미소를 띄우고 별로이 몸서리 나는 위협이나 시위도 하지 않고 장시간의 담화로서 삼천 원을 빼앗아갔으며 ④ 정완규는 철호가 집을 나간 순간 곧바로 경찰서에 연락했다고 기술한다(이상 2회). 이에 비해 김기진은 똑같은 상황을 ① 오정 때가 거의 다 되었을 때 ② 계동 꼭대기 자작 정완규의 집에서 ③ 철호가 자작의 곁으로 가까이 가 앉아서 무서운 눈으로 자작의 눈을 쏘아보며 약 이십분 동안 설교를 하여 삼천 원을 빼앗아갔으며 ④ 철호가 집을 나간 뒤 30분이 지나서 정완규는 정신을 수습하고 경찰서에 신고한 것으로 구성한다(이상 44회).

---

19) 정인섭,「조선문단에 호소함」,『조선일보』, 1931.1.3.
20) 김윤식,「1934년을 전후한 한국문인계보」,『한국근대문예비평사연구』, 일지사, 19
　　83, 194쪽.

최상덕은 철호를 교양 있고 온순하며 이성적이고 비폭력적인 인물로 형상화한다. 많은 직함을 나열하여 정완규를 부각시킨 것도, 그처럼 뛰어난 인물을 무난히 설득할 수 있는 철호의 능력을 강조하기 위함이다. 비록 빼앗고 빼앗기는 관계이지만 철호는 정완규와 충분히 소통하여 자신의 목적을 달성한다. 정완규 역시 철호의 온화한 태도에, 비록 그가 갑작스럽게 출현한 강도이지만, 크게 당황하거나 충격을 받지 않는다.

이에 비해 김기진은 철호를 폭력적이고, 이성적이기보다는 위협적으로 문제를 해결하려는 인물로 형상화한다. '설교'를 통해 상대방을 설득한다는 것은 위압적인 태도다. 경륜과 연륜에서 앞선 정완규를 훈계하고 설득한다는 것은 억지와 강압이 작용할 수밖에 없다. 철호의 출현에 정완규가 무척 놀라고 당황한 나머지 30분 동안 정신을 수습하기 어려웠던 것도 이런 까닭이다. 최상덕이 철호를 이성적이고 비범한 인물로 설정한데 비해, 김기진은 폭력적이며 비윤리적인 인물로 창조한 것이다.

다음은 애라가 카페에 몸담기까지의 역정을 최상덕과 이익상은 각각 어떻게 서술하고 있는지 비교해보자. ① 일본 여자의 교육을 목적하는 서울안의 어떤 고등여학교를 졸업하다. ② 그 후 일본 어디로 돌아다니다. ③ 성악에도 뛰어난 재주를 가져 학생시대부터 음악회에 출현하다. ④ 서울 사는 갑부 이모李某의 아들과 연애하여 결혼을 약속하고, 그로 하여금 본처를 친정으로 쫓아버리게 한 뒤, 그로부터 거액의 결혼 준비금을 받아서 가난한 학생 애인과 도주하다. ⑤ 이삼년 소식이 없다가 작년 가을 서울에 나타나더니, 금년 이른 봄 백마정이란 카페에 취직하다(이상 최상덕 9회).

① 압록강 연안 조그만 고을에서 태어나, 일찍이 부모를 여의고 사촌집에서 자라나다. ② 사촌집의 학대가 심하여, 그 집을 도망쳐 서울로 올라오다. ③ 서울에서 부자집의 아이를 돌보며 그집 딸에게 새새틈틈 배우며 공부하다. ④ 얼굴이 예뻐 그집 주인에게 정조를 유린당하고, 그 대가로

일본에 가서 얼마 동안 마음 놓고 학창생활을 하다. ⑤ 일본에서 아내 있는 학생과 연애하게 되어 여러 해 고민하고, 그에게 냉대를 당하고 생활할 길이 없어 홧김에 카페에 몸을 던지다(이상 이익상 123회).

공통점은 일본에 갔었고 결혼에 실패했으며 마침내 카페에 취업하게 되었다는 것 정도이다. 나머지 사항은 상이하다. 최상덕은 고등여학교 시절 이후부터 기술한다. 일본에는 잠시 들렀을 뿐이고 주로 한국에서 생활하게 한다. 고향과 부모, 성장과정에 대한 언급은 없다. 한국인 유부남과 연애하고 한국인 애인을 두었다. 일본에서의 행적이 어떠했는지, 성악공부는 언제부터 어떻게 했는지도 알 수 없다. 갑부의 아들을 버리고 가난한 학생 애인을 따라간 이유는 무엇인지, 그와는 왜 결별했는지 등등 많은 의문의 여지를 남긴다. 대체로 막연하고 모호하게 상황을 처리한다. 부자를 농락하고 가난한 사람을 도와주는 모습에서 작가의 신경향파적 태도를 알 수 있다.

이에 비해 이익상은 고향 → 사촌집 → 서울 → 일본을 거치는 역정을 소개하고 공부하게 된 정황도 알려준다. 공부하고 연애하는 등 생활을 주로 일본에서 하도록 한다. 일본인 유부남과 연애하고 애인은 따로 없다. 상황을 구체적으로 서술하는 편이다. 부자집 주인에게 정조를 잃게 하여 부르조와를 부정적으로 설정한 반면, 일본에서 마음 놓고 학창생활을 보내게 하여 작가의 일본에 대한 우호적 태도를 엿볼 수 있게 한다.

애라 뿐만 아니라, 철호의 면모에 대해서도 차이를 보인다. 최상덕은 부자의 돈을 털어 가난한 사람을 돕고, 큰돈을 모으면 만주에서 모종의 사업을 꾀하려는 독립투사로 그린다. 김기진은 '학대를 가한 사람들에게 원수를 꼭 갚겠다'고 다짐하고, '옳지 못한 것', '공평치 못한 것'을 이 세상에서 없애는데 온 힘을 기울이기로 결심하는 사회주의자 혹은 운동가로 그린다. 염상섭은 한경과 애라의 사이에서 갈팡질팡하는 사랑의 포로자로 만들고, 현진건은 특별히 언급하지 않는다. 이익상은 김기진과 유사하게 그린다. 특히 김기진은 국내에서는 핍박받던 철호가 일본에서는 많은 사람들의 호의로 대학에 입학하게 되고, 지금의 인물로 성장할 수 있는 발판을 마련하도록 하여 친일적 태도를 보인다.

이처럼 이 작품의 문제점은 공동창작에서 야기된다. 뒤에 쓰는 작가가 앞의 작품을 충실히 읽지 않은 것도 한 원인이겠지만, 의식이나 사상이 작가마다 달라 사건이나 인물에서 일관성이 결여되거나 시각차가 생겼기 때문이다. 이럴 경우 독자가 혼란스러워할 것은 당연하다.

이외에도 작가가 할당된 범위 안에서 자신의 계획을 개진할 수 있을지도 의문이다. 창작과정에서 작품량이 증감되는 까닭이다. 이익상이 주어진 25회의 약속을 어기고 31회분을 발표한 것도, 획일적인 할당량의 문제점을 잘 보여주는 예가 된다. 각각의 작가가 강조하는 바에 따라 작품의 전체적인 균형에 부조화를 초래할 수도 있다. 최상덕이 인물들로 하여금 대화를 남용케 하고, 이익상이 많은 지면을 인물들의 사색에 배당하며, 김기진이 책임 분량의 40% 이상을 주인공의 과거 행적에 두고 있는 것 등이 이에 해당한다. 이런 점들 역시 연작소설 작가들이 해결해야 할 문제일 것이다. 작품 구성단계에서부터 창작할 작품의 전모─사상과 이념, 작품 기법 등 내용과 형식 전반─에 대해, 작가들 사이에 충분한 협의가 이루어져야 연작소설은 성공할 것이라는 점을 시사해준다.

6. 결론

위에서 살펴보았듯이 『황원행』은 여러 작가들이 동원되었기 때문에 모순을 드러낸 부분이 없지 않다. 한 작가의 작품에서도 심심찮게 모순이 발견되는 경우가 있는데, 하물며 공동창작에서는 그 빈도가 더욱 높을 수밖에 없을 것이다. 그럼에도 불구하고 작품의 전체적인 흐름에서 치명적인 결함은 발견되지 않는다. 여기서 연작소설의 가능성을 발견할 수 있다. 즉 작가들이 좀 더 치밀하게 서로 협의하고 노력한다면 훌륭한 작품도 가능할 듯하다. 여러 작가들의 지혜를 결집시킴으로써 단독 작가의 작품보다 오히려 더 우수한 작품도 생산할 수 있을 것이다. 이러한 진단은 릴레이소설에도 그대로 적용될 수 있다.

『황원행』은 통속성·우연성·오락성·감상적 요소 등 대중소설의 속성이 전혀 없는 것은 아니지만 남용되어 있지 않다. 남녀의 삼각관계, 선 / 악의 대립, 천편일률적인 이야기 줄거리, 해피엔딩, 일상적 가치관에의 동조 등과 같은, 대중적으로 인기 있는 일련의 패턴으로 정의되는 도식성(fomula)[21]도 보이지 않는다.

철호를 중심으로 애라와 한경이 애정의 삼각구도를 이루는 것 같지만, 그것이 본질적 구조는 아니다. 단지 독자의 흥미를 유발하려는 수단에 불과하다. 이들의 갈등은 미약하고 작품에서 차지하는 비중도 적은 편이다. 철호와 면후의 대립도 선악이 아닌 현실인식의 차이에서 야기된다. 철호가 선하고 면후가 악하다고 규정할 이유도 없다. 철호는 만주 벌판을 헤매게 되고, 애라와 한경도 장차 삶의 전망이 불투명한 상태이므로, 해피엔딩과도 거리가 멀다. 따라서 이 작품은 당시 신문소설의 주류를 이루었던 통속소설과는 차이가 있다.

또 이 작품은 빈궁의 문제에서도 벗어나 있다. 1920년대의 많은 작품이 빈궁을 주조음으로 하고 있음은 주지의 사실이다. 빈궁이 사회의 구조적 모순에서 야기되었으며, 그 모순은 일제로부터라는 것이 공식처럼 되어 있다. 이들은 자연스럽게 일제의 횡포를 고발·폭로하는 문학이 된다. 이에 비해『황원행』은 한 젊은이의 비상한 능력을 死藏할 수밖에 없는 현실을 보여주어 일제의 탄압을 간접적으로 규탄한다. 즉 당시는 희망이 좌

---

21) 장영우, 「대중소설의 유형과 그 특질」, 『소설의 운명, 소설의 미래』, 새미, 1999, 31쪽.

절되고 전망이 부재한 암담하고 암울한 상황이라는 것이다.

이러한 현실의 한복판에 위치한 일본 경찰이 실은 허구와 모순으로 가득차 있다는 것이다. 당시 경찰은 일제 권력의 핵심을 이룸으로 이것은 곧 일제 권력의 허구와 모순으로 해석될 수 있다. 이점이 연작소설이란 독특한 양식적 의미 외에 이 작품의 문학사적 의미를 더해준다.

이 작품에는 인물과 사건의 처리에서 작가들 사이에 모순을 드러낸 부분이 없지 않다. 그러나 이런 점들은 지엽적인 문제로 작용하여 작품의 전체적인 흐름에 치명적인 결함은 되지 않는다.

개성이 강하고 작가적 우월감과 자존심이 대단했던 염상섭을 비롯한 작가들이, 아직 성공 여부가 검증되지 않은 연작소설에 참여하게 된 이유는 무엇일까. 아마도 공동 책임하에 자신들의 주장이나 신념을 표출할 수 있다고 판단했기 때문일 듯하다. 실상 『황원행』에서 작가들은 현실의 상황과 모순에 대한 비판의식을 간접적 · 우회적으로 드러낸다. 이와 함께 그들은 한 편의 소설은 한 명의 작가가 써야만 한다는 관념에서, 한 편의 소설을 여러 작가가 함께 창작할 수도 있다고 판단한 듯하다. 여러 작가의 지혜를 결집시킴으로 단독 작가의 작품보다 오히려 우수한 작품을 생산할 수 있다고 본다. 연작소설의 문제점을 비판한 박영희[22]나 윤기정[23]도 이 소설의 양식적 측면에 대해서만은 거부반응을 나타내지 않았는데 그 이유가 여기에 있다고 하겠다. 이색적이고 특이한 이 실험적 양식은 기존의 천편일률적인 소설 형태에 식상한 독자들의 호기심을 자극하는데도 한몫한다. 이러한 작가들의 인식과 독자들의 호기심에 기인하여 연작소설은 한 동안 지속된다.

일제강점기의 연작소설을 고찰하여 유사한 형태인 요즈음의 릴레이소

---

22) 박영희, 「연작소설 「파경」을 읽고」, 『조선일보』, 1939.7.24.
23) 윤기정, 「시평적 수언」, 『조선지광』(1926.6).
　　한원영의 위의 책, 145−146쪽 참조.

설이 나아갈 방향을 탐색해보는 것도 의미 있을 것이다. 릴레이소설은 여타 소설 못지않게 독특한 미학체계를 갖춘 소설 장르이다. 기존 소설이 대체로 독자가 수용하는 일방적 방식이었다면, 릴레이소설은 작가와 독자가 고쳐 쓰고 이어 쓰며 함께 작품 완성을 끊임없이 기도할 수 있는 것이다. 이러한 현상은 이기주의에서 벗어나 공동체적 삶을 지향할 수 있는 토대 마련에도 기여한다. 이렇게 되면 소설(문학)의 대중화를 위해서도 바람직하다.

가뜩이나 문학의 위기, 소설의 위기가 공공연히 논의되고 있는 현실이 아니던가. 기성 작가들도 소설에 대해 새로운 기술 방법, 새로운 접근, 새로운 운동 등으로 소설(문학)의 위기에 대처해야 할 때다. 『황원행』의 연구로 이를 위한 교훈을 얻을 수 있었으면 하는 바람이다.

『황원행』에는 모더니즘적 경향이 엿보인다는 점에서 또 다른 문학사적 의미를 찾을 수 있다. 식민지 시대의 소설의 흐름을 크게 리얼리즘과 모더니즘으로 나눌 때, 모더니즘은 1920년대부터 서서히 모색되기 시작한다. 본격적으로 발현된 것은 1933년 구인회의 등장과 함께라고 할 수 있다. 모더니즘적 경향이란 자본주의적 현상으로 드러나기 시작한 도시적인 것에 관련된 표상이다.[24] 『황원행』의 주무대가 서울이면서 카페 백마정이란 점이 이를 뒷받침한다. 이데올로기적 경향과 함께 모더니즘적 요소를 발견할 수 있는 것은, 이 작품이 리얼리즘에 모더니즘을 결합시켰다고 판단되기 때문이다.

조남현은 '일제 강점기에서의 리얼리즘과 모더니즘은 민족적 / 초민족적, 반항 / 적응, 빈곤 / 풍요, 공동체의 논리 / 개인의 논리, 과거지향 / 미래지향, 반영론 / 생산론 등과 같은 이항 대립을 보여주는 것'[25]으로 정리한다. 『황원행』을 이 기준에 의해 살펴보면 민족적이며 반항적이자, 개인

---

24) 김윤식, 「최명익론-평양중심화사상과 모더니즘」, 『작가세계』 여름호, 1990, 167쪽.
25) 조남현, 『한국현대문학사상탐구』, 문학동네, 2001, 276쪽.

의 논리와 미래 지향적이라고 할 수 있다. 리얼리즘과 모더니즘이 혼효되어 있음을 알 수 있다. 앞으로 이 방면에 대한 연구도 심도 있게 이루어져야 할 것이다(『국제어문』 29집, 국제어문학회, 2003.12).

* 참고문헌

鼓鍾生, 「소년 연작소설 「마지막 웃음」은 권경윤의 원작」, 『동아일보』, 1931.4.22.

김삼웅, 『일제는 조선을 얼마나 망쳤을까』, 사람과 사람, 1998.

김윤식, 『한국문학의 두 가지 지향성의 변증법』, 『월간문학』, 1974.

______, 『한국근대문예비평사연구』, 일지사, 1983.

______, 『염상섭연구』, 서울대출판부, 1987.

김주희, 『한국 현대 연작소설 연구』, 청주대 박사학위논문, 1995.

김팔봉, 「시평적 수언」, 『조선지광』 85, 1926.

______, 「병인세모문단총평」, 『중외일보』, 1926.12.21.

______, 「문예시평」, 『조선지광』 62, 1928.

______, 「1년간 창작계」, 『동아일보』, 1929.12.27 – 1930.1.4.

______, 「1929년 문예계총관」, 『중외일보』, 1930.1.1 – 1930.1.22.

______, 「문단교류기」, 『대한일보』, 1969.6.17.

김창식, 「1930년대 한국신문소설의 특성과 그 존재의미에 관한 일 연구」, 『부
산대 국어국문학 32집』, 1995.

박영희, 「연작소설 「파경」을 읽고」, 『조선일보』, 1939.7.24.

박은경, 『일제하 조선인 관료 연구』, 학민사, 1999.

박화성(素影), 「연작소설 「젊은 어머니」에 대한 촌평」, 『신가정』, 1933.

송이랑, 『일제의 한국식민지 통치 방식』, 세종출판사, 1999.

신주백, 『만주지역 한인의 민족운동사』, 아세아문화사, 1999.

원호어적, 「『황원행』 독후감」, 『동아일보』, 1929.11.7 – 1929.11.10.

이강언, 『한국현대소설의 전개』, 형설출판사, 1992.

이상경, 『이기영 – 시대와 문학』, 풀빛, 1994.

______, 『한국 근대여성문학사론』, 소명출판사, 2002.

이태준, 「연작소설 개평」, 『학생』 2권 3호 – 7호, 1930.

장영우, 「대중소설의 유형과 그 특질」, 『소설의 운명, 소설의 미래』, 새미, 1999.

雜　俎, 「학생소설 릴레이 당선발표」, 『학생』 13호, 1930.

조남현, 『한국 현대소설 유형론 연구』, 집문당, 1999.

_____, 「날카로운 예술학과 따뜻한 한국학의 만남」, 『한국현대문학사상탐구』, 문학동네, 2001.

최길용, 『'명주보월빙' 연작소설 연구』, 전북대 석사논문, 1983.

_____, 『연작형 고소설 연구』, 전북대 박사논문, 1989.

최혜실, 『신여성들은 무엇을 꿈꾸었는가』, 생각의 나무, 2000.

한국근현대사연구회, 『한국독립운동사강의』, 한울, 1998.

한원영, 『한국 근대 신문연재소설 연구』, 이회출판사, 1996.

윤백남의 역사소설 『회천기』 연구

1. 서론

윤백남의 『회천기』(『자유신문』, 1949.4.10−1949.9.23)는 동학농민운동[1]을 제재로 한 장편 역사소설이다. 동학군의 古阜 蜂起부터 전봉준이 체포되어 처형되기까지를 그 내용으로 하고 있다. 윤백남은 이 작품의 집필 동기를 다음처럼 전한다.

> 동학당(東學黨) 사건은 근대조선의 혁명적(革命的) 봉화의 가장 큰 사건이었으며, 밖으로는 조선을 밥거리로 삼는 일청(日淸) 두 나라의 각축과 암중 모략, 그리고 안으로는 대원군과 민중전(閔中殿)의 알력, 그리고 부패해질 대로 부패해진 특권 계급의 평민 착취가 극도에 오른 때이었기 때문에, 이 동학당 사건은 혁명을 일으키기에 가장 적절한 모든 조건을 갖추어 가지고 있었다고 보는 것이다. 그러나 마침내 전봉준(全琫準)의 회천대업(回天大業)은 실패하고 말았으니, 오늘의 우리

---

1) 동학농민전쟁, 동학농민혁명, 갑오농민전쟁 등 여러 명칭이 있으나 이글에서는 편의상 동학농민운동으로 한다.

의 현실에 비추어 그 원유되는 바를 찾아보는 것도 또한 뜻있는 일이
라고 생각된다.[2]

동학농민운동이 성공할 여건이 형성되어 있음에도 불구하고 실패한 만
큼, 그 원인을 탐색하는 것이 오늘(1949년)의 현실에 의미 있다고 본 것이
다. '오늘의 현실'이란 어떠한가. 주지하다시피 한반도 남쪽에는 미군이,
북쪽에는 러시아군이 진주해 있는 상황이다. 그 영향하에 1948년 8월 15
일 남쪽에 대한민국 정부가 수립되고, 1948년 9월 9일 북쪽에는 조선민
주주의 인민공화국이 들어서면서 국토는 분단된다. '자주적 힘으로 민족
문제 해결에 실패한 현실, 强固한 이념에 의해 남북분단이 고착된 민족의
비극적 현실'[3]이다. 뿐만 아니라, 해방공간은 부정부패가 만연하고 민생
은 도탄에 빠져 있는 상황이다.

> 경제부흥은 구호뿐으로 공장은 운전되고 있지 않으며 귀환동포를 기
> 다릴 여유도 없이 실업자는 가두에 넘치고 있다. 강도와 폭력단이 횡행
> 하여 금품의 강탈, 부녀의 능욕, 인명의 살상이 다반사여서 치안은 혼란
> 에 빠지고 민생은 도탄의 나락에 잠기고 있다.
> 이러한 반면에, 이익 획득에 열중하는 투기 모리배와 간교한 상업
> 브로커는 요직인사를 둘러싸고 사교·미인계·유흥·뇌물증여로 풍
> 기를 문란시키고 있다. 유감스럽게 또 의아스럽게도 군정이 엄연히 있
> 는 이곳에, 이러한 무정부 상태의 무질서가 허용되는 기현상을 보는
> 불행에 우리는 빠져 있는 것이다.[4]

이처럼 국가의 혼란과 위기라는 측면에서 동학농민운동 발발 시기와

---

2) 윤백남, 작자의 말, 『자유신문』, 1949.3.30.
  임무출 엮음, 『회천기』, 문창사, 1996, 3쪽에서 재인용.
3) 민현기, 「해방직후 역사소설 연구」, 『어문학』 70호, 한국어문학회, 2000, 172쪽.
4) 이강국, 『민주주의 조선의 건설』, 범우사, 2006, 191-192쪽.

해방공간은 흡사하다. 이러한 현실에 윤백남은 '현재의 구체적 前史'로써 동학농민운동을 작품화하고자 한다. 오늘의 현실에 교훈을 얻고자『회천기』를 창작한다는 것이다. 그렇다면 그는 전봉준의 회천대업이 실패한 '그 원유되는 바'를 어디서 찾는 것일까. 이 글은 이점을 탐색하는데 주력하고자 한다. 이점이야말로 이 작품의 진정한 가치를 말해주기 때문이다. 이에 앞서 이 작품에 대한 기존 논의를 개략적으로 살펴보도록 한다.

2. 기존 논의의 개관

『회천기』는 발표 후 논자들의 주목을 끌지 못한다. 윤백남의 소설에 대한 여러 편의 논의에서도 거의 제외되고, 고작 두 세편에서만 언급되고 있을 뿐이다. 전반적인 고찰은 임무출에 의해 비롯된다. 그는 신문에 연재된 이 작품을 정리하여 출판하면서 작품해설을 쓰고, 자신의 박사학위 논문[5]에서 비중있게 다루고 있다.

그는 이 작품에 대해 동학농민운동의 전말이 역사적 사실 그대로 잘 나타나 있을 뿐만 아니라, 작가의 상상력에 의해 소설적 요소를 갖추었다고 전제하고, 작가가 민중의 입장에서 창작했음을 규명하는데 주력한다. 민중(여기서는 농민)이 역사의 주체로서 '우리 조선의 농민해방과 특권 타도의 큰 싸움'을 수행했다는 것이다. 또한 '민중의 반봉건의식과 저항의식의 부각에 더 큰 관심'을 갖고 창작한 작품이며, 이것은 곧 작가의 진보적 역사의식의 소산이라고 본다. 이와 같이 임무출은 매우 긍정적으로 평가하는데, 다음과 같은 주장도 같은 맥락이라고 할 수 있다.

① 윤백남은 동학농민운동이 서구적 발상이나 외래문물의 영향이

---

5) 임무출,『해방직후 한국장편소설 연구』, 계명대 박사논문, 1992.

아닌 순수한 민중의 자주운동임을 강조한, 그리고 이를 문학적
으로 형상화한 최초의 작가라 할 수 있다(62쪽).
② 1949년 당시 작가(윤백남, 인용자)가 동학농민운동의 성격을 단
적으로 규정지은 것은 놀라운 일이다(64쪽).
③ 이 작품(『회천기』, 인용자)은 우리의 문학사에서 볼 때 동학농민
운동을 제재로 한 최초의 장편 역사소설이다(75쪽).
④ 『회천기』는 우리 소설사에 큰 기여를 한 작품으로 평가할 만하
다(77쪽).[6]

이러한 주장은 그러나 좀 더 신중할 필요가 있다. ①은 많은 논자가 동
학농민운동을 '민중의 자주 운동'이라고 강조하므로 윤백남만의 전유물
로 볼 수 없다. 다음에 논의하겠지만 이를 형상화한 최초의 작가라는 견
해 또한 재고해 볼 문제다. ②의 동학농민운동의 성격은 역사학계에서도
여전히 논란거리로 윤백남이 단적으로 규정지을 성격이 아니다. ③은 '이
를 문학적으로 형상화한 최초의 작가'라는 문제와 함께, 과연 그러한지의
여부는 살펴볼 필요가 있다. 우선 이돈화의 『동학당』(『신인간』, 1935)을
먼저 들 수 있고,[7] 박종화의 『민족』(『중앙신문』, 1945.12.5 – 1946.11.
30)과 채만식의 『옥랑사』(1948년 1월 18일 탈고)도 『회천기』보다 앞선
다고 할 수 있다. ④는 한국소설사에서 비중 있게 거론되고 있지 않아 설
득력이 부족하다.

『민족』은 크게 ① 민비와 대원군의 이전투구식 세력다툼으로 대표되
는 국내정치의 혼란상 ② 식민지적 지배를 끊임없이 강요하는 자본주의
열강의 침략행위 ③ 봉건사회말기의 기층민중을 중심으로한 반봉건 · 반
외세 투쟁을 그린 동학농민운동 등 세 부분으로 되어 있다. 그중에서 ③

---

6) ①-④의 인용문 면수는 위 논문의 면수를 말함.
7) 채길순, 『동학혁명과 소설』, 한국학술정보, 2006, 108쪽. 『동학당』은 200자 원고지
   1,246매 분량이지만 230매 가량이 유실되었다고 한다.

이 분량도 가장 많고 작가의 의도가 비교적 뚜렷이 반영되어 있다.8)『옥랑사』에는 근대사의 회오리 속에서 살아가는 주인공이 동학농민운동의 현장에도 한동안 참여하는 것으로 나타난다.9) 따라서『회천기』를 이 분야 최초의 장편소설이라고 할 수는 없을 듯하다.

임무출의 논리는 객관적이기보다 감상적 평가에 치우쳐 있다. 작품을 평가하면서 '무엇'을 썼는가에만 주력하고, '어떻게' 썼는지에 대해서는 도외시한 듯하다. 구성의 허술함과 통속소설적 면모는 접어두고 동학농민운동을 소설화한 그 자체에만 의미를 부여하고 있다.

임무출과는 반대로 부정적 시각으로 일관한 논자에 이주형이 있다. 그는 동학농민운동을 제재로 한 여러 작품을 고찰하는 가운데, "한 작품 속에서도 성취 부분과 한계 부분이 공존하고 있기 때문에 하나의 작품을 하나의 특징으로 규정할 수 없다"10)고 전제하면서도,『회천기』에서는 한계 부분만을 집중 조명한다.

> 엄밀히 말해서 처음부터 이 작품(『회천기』: 인용자)에서 역사적 진실성은 추구되지 못했다. 작품 속에는 당대 민중의 삶의 현실이나 농민전쟁이 일어나게 된 배경적 요소들의 형상화는 없다. 또한 농민전쟁 지도자들이나 양반 지배층 인물들을 당대 역사적 현실 위에서 그려내지도 못했다. 역사의 기록들을 그대로 전달하려 하면서도 전봉준이나 조병갑 등 일부 인물의 평가에서는 자의적이었다.11)

한편으로 수긍되면서도 전적으로 동의할 수 없는 주장이다. 이 작품에는 당대 민중의 삶과 농민운동의 발발 배경 및 그를 둘러싼 지도자들과

---

8) 민현기,「해방직후 역사소설 연구」,『어문학』70호, 한국어문학회, 2000, 154−155쪽.
9) 이주형,「동학농민운동 소재 역사소설에 나타난 역사인식과 그 소설화 양상연구」,『국어교육연구』제33집, 국어교육학회, 2001, 173쪽.
10) 이주형, 위의 책, 175쪽.
11) 이주형, 위의 책, 178쪽.

현실의 관계가 어느 정도 드러나 있다고 판단되기 때문이다. 전봉준이나 조병갑 등 일부 인물의 평가가 자의적인 것은 소설이므로 당연한 현상인지 모른다.

이주형은 또 윤백남이 전봉준을 정치현실을 보는 안목도 없고, 군사적 전략 수립 능력도 부족한 인물로 그려놓았다고 비판한다. 특히 2차 기병에 패한 후에는 패배주의자로 설정했다고 본다. 동학군의 패배에 대한 실망감으로 작가가 그 원인을 전봉준의 무능력과 무기력으로 돌렸기에 초래된 결과라는 것이다.

그러나 전봉준이 2차 기병에 소극적인 것은 현실을 직시한 행동이었다고 볼 수 있다.[12] 전투병력이 현격히 줄어들고 다시 초모한 병사들은 훈련이 부족하며, 설상가상 일군의 개입으로 승산이 없었기 때문이다. 손병희가 함께 피신할 것을 권유할 때는 "나는 다시 한 번 기병하여 싸움터에서 죽기가 원이오"(245쪽) 하고 재기를 다짐하기도 한다. 따라서 처음부터 재기할 생각이 없었다는 이주형의 주장은 잘못이다. 전봉준을 무능하고 무기력한 인물로 설정했다고 할 수도 없다. 재기를 다짐했지만 현실 상황이 여의치 않아 포기한 것이다. 그 후 전봉준은 순창의 복흥산으로 가던 중 어떤 농가의 노파에게 밥을 지어달라고 부탁한 적이 있다. 이때 전봉준을 알아보지 못한 노파가 다음처럼 말한다.

> "밥 지어 드릴 곡식이 있으면 집안 어린 것들 구복을 먼저 채워 주었
> 겠소. 그놈의 동학당인지 무엇인지 싸움하러 간다구 뒤져 먹구 이제

---

12) 김의환은 『전봉준 전기』, 정음사, 1974, 261쪽에서 이와 관련하여 다음과 같이 적고 있다.
그런고로 2차 접전 후 만여 명의 군병을 점고한즉 남은 자가 불과 2천여 명이라. 그 후 다시 2차 접전 후 점한즉 불과 5백여 명이라. 그런고로 금구로 패주하고 다시 초모(招募)하여 수효는 점점 많아졌으나 기율이 없어 다시 개전하기는 극히 어려웠다. 그런데 일병이 뒤따르는고로 2차 접전 후 패주하여 각기 해산하였다.

패허구 도망헌다구 뒤져 먹구 갔으니 무에 남었겠소? 그래두 전녹둔
지, 망녹둔지, 그놈은 아직두 살어 있답디다그려. 사람을 수만 명씩 한
구렁에 쓸어 넣다시피 하고 뻔뻔히 살어 있는 게 뭐란 말유? 내 자식놈
두 전녹두 따라 갔다가 죽었소."13)

이 순간 전봉준은 충격을 받는다. 노파의 말은 史實 여부를 떠나 상당
부분 事實을 포함한 듯하다. 동학군은 어쨌든 민폐를 끼칠 수밖에 없었고
희생자가 많았던 까닭이다. 전봉준이 스스로 죄인이라고 생각한 것은 자
신을 성찰한 결과다.

이주형은 『회천기』의 意義를 고작 '동학농민운동 소재 역사소설의 출
발' 정도에서 찾고 있다. 임무출이 지나치게 긍정적으로 평가하고 이주형
이 매우 부정적으로 평가한데 비해, 단점과 장점을 함께 분석한 논자가
민현기다. 그의 논지는 다음과 같은 구절에 잘 요약되어 있다.

> 『회천기』 역시 독자의 대중적 홍미유발을 목적으로 한 장면들이 많
> 이 설정되어 있고 특히 어떤 사건을 전개하거나 해결할 때 추리소설적
> 인 방법을 동원하는 등의 상투성이 많이 나타나고 있어 질적으로 우수
> 한 작품이라고 평가할 수는 없다. 그럼에도 불구하고 작가가 작품을
> 통해서 나름대로 보여주고자 의도한 갑오농민전쟁의 역사적 의의와
> 전봉준의 치열한 혁명적 의지는 비교적 선명하게 나타나 있다.14)

대체로 작품의 핵심을 포착한 주장이다. 하지만 '대중적 홍미유발을 목
적'으로 하거나 '추리소설적 방법'이 소설에서 반드시 질적 저하와 연결되
는지는 의문이다.

이상에서 살펴본 논의들은 온전히 『회천기』만을 문제 삼지 않고 여러

---

13) 임무출 엮음, 『회천기』, 문창사, 1996, 246쪽. 앞으로 작품 인용은 모두 이 책에 의거
   할 것이며, 편의상 본문 또는 각주를 통해 해당 페이지만 밝히기로 한다.
14) 민현기, 위의 책, 171쪽.

역사소설을 연구하는 과정에서 부분적으로 다루고 있다. 그 결과 총체적으로 분석 평가할 수 없는 한계를 지닐 수밖에 없을 것이다.

3. 英雄의 부재

윤백남은 『회천기』를 집필하면서 인간 전봉준을 그리려 했다는 것을 표나게 강조한다.

> 오랫동안 장편 집필을 중지하고 있던 필자가 다시금 모자란 붓을
> 들게 된 소이는, 오로지 위에 말한 바 「인간 전봉준」을 그리어 보자는
> 열의에서 나온 것을 양해해 주기 바라는 바이다.[15]

낫표를 사용하여 강조하면서까지 '인간 전봉준'을 그리려했다는 것은 무엇을 말하는가. 그런데 왜 "양해해 주기 바란다"는 당부의 말을 했을까. 작가적 역량이 부족한 자신이 감히 전봉준에 대해 소설 쓰는 것을 이해해 달라는 뜻일까. 아니면 신격화 혹은 영웅화되어 있는 전봉준을 인간적으로 격하시켜 작품화하는 것을 너그러이 봐달라는 것일까. 어쩌면 두 가지 의미가 함께 포함되어 있는지도 모른다. '모자란 붓' 운운은 작가의 겸사로 돌리고 여기서는 '인간 전봉준'만 문제삼기로 한다.

비록 관군에 체포되어 41세로 처형당했지만, 전봉준은 초인적·전설적·영웅적 인물로 알려져 있다. 작가는 그런 인물이 아닌 보다 인간적인 인물로 소설화하겠다는 것이다. 전봉준은 과연 어떤 인물인가. 역사적 기록에 의하면 동학군들은 "장군은 참 영웅이지. 신출귀몰하는 재주가 있고

---

15) 윤백남, 작자의 말, 『자유신문』, 1949.3.30.
　임무출 엮음, 『회천기』, 문창사, 1996, 3쪽.

바람을 일으키고 비를 몰아오는 법술이 있으며 천하의 장사로서 세상에 다시없는 異人이다. 총검을 맞아도 죽지 않으며 조화가 비상하다"16)고 말한다. 당시 조선을 여행 중이던 영국인 비숍 여사17)는 "그(전봉준, 인용자)는 초인적 능력을 가지고 있으며 근대적 전술에 익숙함은 물론이고 중국어와 일본어에도 능통한 비상한 인물이다"18)라고 증언한다.

윤백남도 이를 일정 부분 인정하여 형상화한다. 그 결과 동학군의 총대장이 되어 탐관오리를 숙청하고, 보국안민의 대의를 밝히자는 목적하에 擧義하는 인물로 설정한다(222쪽). 인간의 심리를 이용하여 동학군 속에 침투한 관군의 밀탐군을 찾아내고(157쪽), 보부상으로 위장한 동학군을 관군에 투입시켜 전투를 승리로 이끌기도 한다(170쪽). 하지만 이러한 행동은 보통 인간보다 의지가 강하거나 다소 지혜롭고 용기있는 모습일 뿐이다. 영웅도 이인異人도 아니며 법술을 터득했거나 신출귀몰하는 재주나 초인적 능력의 소유자는 더더욱 아니다. 신격화·영웅화의 소문을 오히려 '허무맹랑한 내용'이라고 윤백남은 강조한다.

> 각지에서 모여든 동학군의 수효가 수만 명이라니, 대장 전녹두는 신출귀몰하고 축지둔갑과 신장을 부리는 재주가 있어서 총알을 맞아도 죽지 않는다는 등, 전녹두의 부하에는 홍길동과 방불한 재주를 가진 자가 다섯 사람이 있어서 금방 고부읍에 있는가 하면, 동시에 태인읍에도 나타나는 등 눈코를 뜨지 못할 조화가 있다는 등 허무맹랑한 내용이 전파되었다(148-149쪽).

그렇다고 비하하거나 과소평가하려한 것은 아니다. 인간적임을 강조할 뿐이다. 전봉준의 인간다움은 아버지의 빈소 앞에서 눈물을 뎅경뎅경

---

16) 김용덕,『전봉준「근대의 인물」-한국의 인물사』6권, 양우당, 1983, 209쪽.
17) 김용덕은 위의 책, 209쪽에서 비숍 여사를 지리학자라고 하고, 이선근은『대한국사』7권, 443쪽에서 여류작가라고 말한다.
18) 김용덕, 위의 책, 209쪽.

떨어뜨리는 여린 감정의 소유자로, 거사를 앞두고 아내에게 집문서와 토지 문건을 도장과 함께 내주는 가정적인 사람으로 묘사된다. 약자의 해방을 부르짖으면서도 음전이라는 계집종을 거느리고 살기도 한다. 고부읍을 공격할 때는 군수 조병갑의 체포에 실패하는가 하면, 서울의 정국과 국제 사정에도 어둡다. 임무출도 이와 관련하여 다음처럼 주장하고 있다.

> 작품에는 전봉준의 장점과 약점이 함께 드러나 있다. 작가는 전봉준을 이상적인 인물로 그리려고 하지 않았다. 전봉준은 영웅이나 도덕적으로 완벽한 이상형의 인물이 아니다. 비록 전봉준이 동학 농민운동을 주도했지만 그는 초인적인 능력과 지혜를 지닌 인물이 아니다. 그는 평범한 사람이다. 오직 민중의 지도자일 뿐이다.[19]

관군에 체포되어 곧바로 사형에 처해지며 작품이 종결되는 것도 전봉준의 인간적인 면에 초점을 맞춘 까닭이다. 史實로 그의 영웅적인 면모는 이때 드러난다. 관군은 체포한 전봉준을 일본 공사관 감옥에 구금한다. 그의 재질을 아까워한 일본공사가 이용할 인물로 삼으려고 온갖 수단과 방법으로 협박하고 회유한다. 갖은 악형으로 고문하거나 높은 벼슬을 제시하기도 한다. 하지만 의연한 태도로 "구구한 생명을 위하여 살 길을 구함은 나의 본의가 아니다"고 일축한다.[20] 교수형이 집행될 때 집행 總巡은 다음과 같이 전하고 있다.

> 나는 전봉준이 처음 잡혀오던 날로부터 마지막으로 형을 받던 날까지 그의 전후 행동을 살펴보았다. 그는 과연 보기 전에 풍문으로 듣던 말보다 훨씬 뛰어나 보이는 감이 있었다. 그는 외모부터 천인(千人) 만

---

19) 임무출, 『해방직후 한국장편소설 연구』, 계명대 박사논문, 1992, 73쪽.
20) 김의환, 『전봉준 전기』, 정음사, 1974, 268쪽.

인(萬人)의 특출한 인물이었다. 그의 청수한 얼굴과 정채 있는 미목, 엄정한 기상과 강장한 심지(心志)는 과연 세상을 한번 놀라게 할 만한 대위인이요 대영걸이었다. 과연 그는 평지돌출(平地突出)로 일어서서 조선의 민중운동을 대규모적으로 대창작적으로 한 자이니 그는 죽을 때까지 그의 뜻을 굽히지 아니하고 본심 그대로 태연히 간 자이다.21)

개인의 감정이 작용한 인간평가를 그대로 인정하기는 어렵지만, 죽음을 앞둔 순간의 인물을 가장 가까이서 지켜본 사람의 증언이니만큼 신빙성이 있어 보인다. 전봉준은 가히 대위인이고 대영걸이다. 그러나 윤백남은 이점을 외면한다. 그가 전봉준의 영웅적이거나 초인적인 면모를 드러내고 싶었다면 이 부분을 묘사하는데 집중했을 것이다. 초라한 패자의 모습으로 죽음을 맞도록 하지 않았을 것이다.

윤백남이 전봉준의 초인적·영웅적인 면을 애써 외면한 까닭은 무엇일까. 그도 한계를 지닌 인간이므로 실수나 실패가 있을 수 있다는 것을 강조하기 위함이다. 그는 민중의 지도자로서 최선을 다했지만, 보통 인간이기에 불리한 상황과 현실을 극복하지 못한 것이다. 이것은 한 인간의 능력을 지나치게 믿거나 기대해서는 안 된다는 것을 의미한다. 거사의 성패는 한두 개인에 의존할 성실이 아니고 여러 상황과 변수가 작용함을 암시한다.

이 작품에는 전봉준 외에 중요한 인물로 옥매라는 여성이 등장한다. 민현기도 이 작품의 허구적 인물 가운데 가장 중요한 사람이 옥매라고 전제하고, 전봉준의 투쟁방향을 곁에서 비판하고, 봉건왕조에 적극적으로 도전하는 역할을 위해 창조한 인물이라고 한다.22) 이를 인정하더라도 그러한 인물을 하필 여성으로 설정한 점에는 의문이 남는다. 미인계를 이용할

---

21) 김의환, 위의 책, 270쪽.
22) 민현기, 위의 책, 174쪽.

수밖에 없거나 여성이 아니면 해결하기 곤란한 상황이 연출되는 장면도 없기 때문이다.

윤백남은 일찍부터 여성인물에 각별한 관심을 가진 듯하다. 그의 창작 희곡「운명」(1917)에서부터 그 싹이 보인다. 이 작품에서 여주인공 박메리는 남편(남성)에 맞서 자아성취를 위해 적극적으로 행동하는 인물로 등장한다.

이러한 경향은 1930년대 자신의 역사소설로 계승된다.『대도전』(『동아일보』, 1930.1.16−1931.7.13)의 난영,『흑두건』(『동아일보』, 1934.6.10−1935.2.16)의 손난정,『사변전후』(『매일신보』, 1937.1.1−1937.10.3)의 백란 등에게서 이를 발견할 수 있다. 난영은 산적의 두목이 되어 그 무리를 이끌고, 손난정은 반정거사의 성공에 결정적 역할을 한다. 백란은 만주국 건설의 주역이다.『대도전』,『흑두건』등 도둑과 산적이 등장하거나『홍도의 반생』(『동아일보』, 1935.4.1−9.20),『사변전후』등 전쟁을 제재로 한 소설에서 여성의 활약상은 남성에 비해 일반적으로 미약할 수밖에 없다. 하지만 윤백남은 의도적으로 여성의 역할에 무게를 실어주고 있다. 이들 여성은 자주 男裝을 하고 남자 이상의 능력을 발휘한다. 이들 여성은『회천기』의 옥매로 이어진다.

옥매는 ① 서울의 정계 동향과 국제 정세 및 군부 방면의 동정을 염탐하여 보고하고, ② 청국 군사의 도래가 임박함을 알려주고, ③ 동학군의 장령이 되어 관군과 싸우며 군사를 통솔한다. 전봉준에게 서울로 直衝할 것을 주문하고, 일청양국과 외교적 조종을 권하는 등 전략·전술까지 조언한다. 남자로서도 감당하기 힘든 일을 수행하는 등 다소 비현실적 인물로 등장한다.

이처럼 탁월한 재질과 능력이 있지만 옥매 역시 한계를 극복하지 못한 것은 전봉준과 마찬가지다. 어쩌면 작가는 옥매 같은 훌륭한 조력자의 충언을 실천하지 못한 전봉준의 한계를 강조하기 위해 옥매를 설정했는지 모른다. 옥매의 말대로 서울로 직충했다고 성공을 보장할 수 없지만, 뛰어난 지략을 갖춘 옥매의 조언이니 승산도 있을 수 있다. 전봉준은 옥매의 조언을 실행하지 못하고 옥매는 전봉준을 끝까지 설득하지 못한다. 인간의 한계를 두 남녀를 통해 고스란히 보여주려 한 것이다.

지나간 역사를 어떻게 의식하며 이를 어떤 안목으로 오늘의 현실에 접목시키느냐 하는 문제는 온전히 작가의 몫이다.[23] 이미 언급한 대로 윤백남은 동학농민운동 당시와 해방공간이 국가적 위기라는 점에서 동일한 상황으로 인식한다. 따라서 전봉준의 실패를 거울삼아 해방공간의 위기를 극복해야 한다고 본다. 이것은 해방공간에서 국가와 민족을 위해 투쟁하겠다며 나선 인물들, 가령 이승만·김구·여운형·김규식 등등을 떠올리게 한다. 이들도 초인이나 영웅이 아님은 물론 그들에 대한 지나친 기대는 금물이라는 것이다.

4. 融和의 실패

『회천기』에서 위정자들과 양반층은 한결같이 부정적 모습이다. 국왕은 무능하여 민씨 일파에 농락당하고 그들은 정권유지에 급급한 나머지 세계정세에 무지하다. 위정자들은 그릇된 판단과 상황 파악, 고루하고 안이한 생각과 매관매직으로 나라를 위태롭게 한다. 그중에도 私利를 위한 파당과 정권투쟁이 국가 멸망의 가장 큰 원인이라고 작가는 강조한다.

당시 조정에 가득한 썩은 창자의 대관들은 혹은 친청당이니 친일파니 친로당이니 하여 조그만 자기네의 정권다툼에 영일이 없고 안으로는 자기네의 재산을 불리기에 눈을 홉뜨고 있는 형편이었다. 이러고서

---

23) 채길순, 「역사소설의 동학혁명 수용양상 연구」, 『한국문예비평연구』 2권, 1998, 211쪽.

나라가 망하지 않는 법이 없을 것이다(176쪽).

국가의 총체적 혼란과 위정자의 부정부패로 민중은 실의와 도탄에 빠져 있다. '국가로서 받을 수 없는 굴욕을 받고 있는 형편이니 마땅히 상하가 협심 일체가 되어서 국권을 회복하고 착착 국력 부흥에 노력할'(176쪽) 시기임에도 이에 역행하는 것이다. 따라서 전봉준의 擧義는 시의 적절한 것이다. 그러나 민중은 이를 외면한다. 물론 동학군이 고부성을 공격할 무렵에는 지지를 받는다. 관리와 양반의 온갖 탐학에 시달려오던 민중들은 드디어 때가 왔다고 환호한다. 많은 사람들이 "어차어피 죽을 것이면 고기값이나 하고 죽세" 하며 적극적으로 동학군에 가담한다. 하지만 시간이 지나면서 그 열기는 점차 식어간다. 그 원인 중 하나는 동학군의 정체성과 관계된 문제라고 볼 수 있다.

> 당시의 소위 동학군이라고 이름지어 부르게 되는 군졸의 대부분은 동학인이 아니었다. 거지반이 머슴살이 농민들 그리고 무직업한 부랑패들이었다. 그러므로 그들은 창의군의 정신이라든지 전봉준의 계급 타파와 농민운동의 정신을 알 까닭이 없었다. 다만 동물적인 욕구밖에는 아무 것도 없었다. 먹는 것과 입는 것 그 밖에는 성욕 그 이외의 그들의 불평에서 우러나온 커다란 욕구는 단지 양반 놈들의 권세를 꺾어 버리고, 그 동안 받아온 압박의 분풀이나 해 보자는 생각 이외에 아무 것도 없었다(150-151쪽).

농민과 부랑패들이 대부분을 차지하는 동학군은 전봉준의 擧義의 진정한 의미를 알 리 없다. 그들에게는 국가와 민족을 우선하는 거시적 안목보다 기초적 생계유지를 위한 동물적 욕구만 있을 뿐이다. 그들의 행동은 무모하고 부화뇌동하여, 도덕적·윤리적 모습을 기대할 수도 없다. 앞에서 이미 언급한 복흥산 가는 길 어느 농가의 노파 말도 동학군의 민폐가 극심했음을 잘 보여준다.

동학군의 문제점은 집강소의 설치와 운영에도 그대로 나타난다. 이때 동학군은 "동방예의지국의 미풍양속을 파괴하여 귀천장유의 질서를 무시하고 유학을 능멸할 뿐 아니라 동학인의 눈에는 정부도 없고 임금도 없다"(232쪽)고 비난받을 정도로 행동한다. 윤백남도 화자를 통해 "사실 그러한 공격을 받게끔 되어 있었다"(232쪽)고 진술한다.

집강소를 운영하는 동안 실제로 동학군은 신분제도와 토지제도를 무시하고 부분적으로나마 지주의 토지를 몰수·분배하기도 한다.[24] 이것은 봉권 권력을 타파했다는 측면에서 고무적일 수 있다. 그러나 윤백남은 이러한 긍정적 시각을 외면하고 집강소가 본래의 취지에서 벗어났다며 비리의 온상으로 묘사한다. 역사적으로 집강소의 운영이 어떤 공과를 남겼든 작가의 시각은 회의적이다. 동학군의 문제점을 강조한 결과다.

동학군과 민중은 융화하지 못하고 점차 이반한다. 동학군에 가담하는 민중의 수는 줄어들고 어서 붕괴하기를 바라는 사람 수는 늘어난다. 이러한 문제점은 동학군의 전력을 약화시키고 민심의 이탈을 촉진한다.

전봉준과 장령간의 융화 단결의 실패도 거사 성공에 장애가 된다. 윤백남은 전봉준이 시울 정계의 실정을 제대로 파악하고 한양을 직충한 뒤 외교적 수완을 발휘했다면 거사는 성공했을 것으로 구성한다.

> 사실에 있어 그(전봉준, 인용자)가 만일에 좀더 국제 사정과 서울 정계의 실정을 내다보는 안광이 있어서 수하 정예를 거느리고 한길로 한양을 직충하는 군략을 실행하는 동시에, 상당한 인물을 가리어 외교적 수완을 활용하였다면 이미 이씨 왕가는 거꾸러졌을런지도 모를 일이었다(180쪽).

---

24) 이상경, 「동학농민전쟁과 역사소설」(임헌영·김철 외, 『변혁주체와 한국문학』, 역사비평사, 1990), 60쪽.

위와 같은 내용은 몇 번 더 보인다. 그만큼 작가가 안타까워하고 아쉬워하는 부분이다. 그렇다면 과연 전봉준은 국제사정과 서울 정계의 사정에 어두웠나. 그는 일찍이 옥매를 서울로 올려보내 국제사정과 서울 정계의 실정을 파악 · 보고토록 하여 그 내막을 두루 알고 있다. 옥매의 능력으로 보건대 옥매 자신이 외교적 수완을 발휘하거나 아니면 그런 인물을 구할 수도 있다. 문제는 한양 직충인데 이것은 끝내 이루어지지 못한다. 그 이유는 무엇일까.

> 옥매의 언론이 사리에 합당한 것을 인정 아니할 수 없다. 그러나 창의군의 이념을 왕가복멸로 고쳐 돌린다면 먼저 오륙 명의 장령과 수십 명 군장들의 동의를 얻지 않으면 아니 될 일이었다. 그런데 사실에 있어서 각 군장이라든지 장령 중 몇몇은 각지에 웅거하여 거기서 각기 군정을 베풀고 부호를 숙청하고 양반계급을 응징함에 만족하고 있는 형편이었다. 이념은 같고도 행동은 통일이 되지 못하였다. 전봉준을 대장으로 추대해 놓고도 각지에서 대장 노릇하는 소영웅이 수두룩하였다(182쪽).

한양 직충은 장령이나 군장들의 동의를 얻어야 하는데 그 일이 용이치 않다. 그들 중 몇몇은 자신만의 세계를 구축하고 그 세력을 확장하기에만 급급하기 때문이다. 2차 기병 때는 손화중 · 김덕명 · 김개남 등이 전봉준을 배제한 채 동학군을 지휘한다(236쪽). 최시형은 처음부터 전봉준의 기병을 탐탐히 여기지 않았던 터다(245쪽). 지도부가 단결하지 못하고 이처럼 분열되어 있는 상태다.

장령들과 전봉준의 갈등은 정부가 집강소 폐해를 문제삼아 동학군을 치려할 때도 계속된다. 전봉준은 외국군과 정부군을 상대한 전쟁은 인명상실만 초래할 뿐이라며 소극적으로 대처한다. 이에 반해 손화중 · 김개남 · 김덕명 등은 적극적이다. 마침내 손화중과 김덕명이 동학군을 총지휘하게 되고 그들 세력을 억제하기 위해 전봉준은 골몰한다(236쪽).

전봉준의 명령 계통을 벗어나 행동하는 사람은 황노인도 마찬가지다. 그는 독자적으로 곽지훈을 운봉에서 기병케 하고 옥매로 하여금 나주를 습격하게 한다(207쪽). 전봉준을 중심으로 장령들간에 일치단결하여 정부군과 대응해도 힘겨운 상황에서 동학군의 자중지란은 패배를 예견하기에 충분하다.

잠시였지만 남접과 북접의 갈등도 상당히 심각한 국면을 맞는다. 손병희에 의해 가까스로 수습되긴 했지만, 한때 손병희 · 김연국 · 손천민 · 황하일 · 배성천 등 북접이 남접인 전봉준과 서장옥을 사문난적이라고 쳐 없애려고 한 사건이다(239-240쪽). "어느 때나 사람이 모이면 반드시 생기는 우리 조선의 통폐이었다"(236쪽)고 화자를 통해 윤백남은 한탄한다. 이런 상황에서 전봉준의 일사불란한 지휘체계는 기대하기 힘들다. 이 시점에서 절실한 것은 동학군 내부의 융화와 단결이다. 전봉준도 일찍이 단결의 중요성을 인식하고 그 단결된 힘을 이용할 생각으로 동학당에 가입한 것이다.

> 무력한 농민의 힘을 유력하게 돌림에는 무엇보다도 단결이라고 생각하였고, 단결을 힘있게 하는 데에는 한 개의 깊은 신조(信條)를 주어야 하겠다고 생각한 나머지에, 그는 필경 동학당인을 이용할 생각에 도달하고 말았다. 동학인! 그들은 종교적 신앙이 굳게 뿌리박혀 있는 동시에 단결의 힘이 강하였다(127쪽).

정작 전봉준은 동학군을 단결시키는데 실패한다. 옥매와 곽도령 · 황노인 등 허구적 인물을 이런 차원에서 살펴볼 수 있다. 이들은 젊은 전봉준을 중심으로 여성 · 소년 · 노년으로 배치되어 있다. 확대하면 남녀노소의 전 국민이 된다. 비록 현실적 성취는 못했지만 이들 즉 온 국민이 융화단결하여 위기를 극복하는 것이 가장 바람직하다고 암시한다.

곽지훈의 오대조에 발생한 참혹한 사건도 해석에 따라서는 융화단결의 교훈을 전하려 한 것으로 볼 수 있다. 그 참변의 원인은 물론 육대조 할머니의 칼칼한 성품과 심한 질투심에 있다. 하지만 육대조(시어머니)와 오대조(며느리) 사이에 고부간 이상의 융화가 있었다면 비극은 일어나지 않았을 수도 있다는 여운을 남긴다.

지금까지 살펴보았듯이 윤백남은 전봉준이 지도자로서 민중의 마음을 얻지 못하고, 지휘자로서 조직의 분열을 극복하지 못한 점을 거사 실패의 한 원인으로 본다. 이것은 그대로 해방공간의 현실에서 교훈으로 통할 수 있다. 즉 국가의 혼란과 위기를 극복하려면 지도자는 우선 민중의 지지를 얻어야 한다. 이와 함께 온 국민은 상하·귀천 가릴 것 없이 융화·단결해야 한다는 것이다.

5. 결 론

윤백남은 한 때 야담에 상당한 관심을 보인 적이 있다. 잡지『월간 야담』(1934.10-1935.11)을 창간하여 편집인 겸 발행인으로 있다가 김동인에게 넘겨준 적이 있다. 경성중앙방송국 조선어부주임 재직시는 史話와 야담을 방송하여 청취자들의 환심을 사기도 한다. 이를 정리하여『조선야사전집』1-5권(1934),『승방미인』(야담집)(1936),『사화·야담』제1집(1946) 등을 발간하기도 한다. 야담이란 무엇인가. 野史를 바탕으로 흥미있게 꾸민 이야기가 아닌가. 때문에 확실한 역사적 지식이나 근거를 밝히기보다 흥미를 우선으로 한다.

『회천기』의 한계는 야담적 요소가 다수 발견된다는 점이다. 가령 4장「비나리는 밤」과 5장「죽는 길」의 전반부, 9장「천우협」등은 흥미를 위주로 너무 장황하게 서술하여 전체 작품과 조화를 이루지 못한다.

　동학군 일부가 보부상으로 변장하고 관군에 침투하여 심각한 피해를 입히는 것도 납득하기 어렵다. 관군이 그토록 쉽게 속을 리가 없는 까닭이다. 옥매의 군사가 위장하여 술과 고기로써 京軍을 속이고 소총 50자루를 빼앗아오는 것도 마찬가지다(211－215쪽). 2장 「紅裸秘冊」에서 이중복이 감옥에 갇힌 오지영과 강경중을 찾아와 탈옥할 수 있는 계책을 알려주는 것도 자연스럽지 않고, 황노인의 신격화도 어색하다.

　야담적 요소 외의 문제점도 여러 곳에서 발견된다. 그 원인은 주로 플롯의 허술함에서 찾을 수 있다. 옥매를 서울에 보낸 이유가 부자연스러운 것도 여기에 해당한다. 앞에서는 대가들과 대원군의 동정을 탐색하기 위해 보냈다고 했다가(129쪽), 뒤에서는 '안해가 부질없이 이상한 의심을 하고' 전봉준 자신도 '도학군자다운 체모를 내보이려는 허영심'으로(173쪽) 보냈다고 달리 말한다. 擧事를 진행 중인 긴박한 상황에서 옥매와 전봉준의 정사장면(175쪽)도 부자연스럽다. 석불비결로 독자의 호기심을 자극한 후 결말을 흐지부지 얼버무린 점도 아쉽다.

　구속모티프가 주를 이루고 자유모티프가 거의 없는 것도 작품을 단조롭게 한다. 이것은 서술이 주를 이루고 묘사가 턱 없이 부족하다는 말에 다름 아니다. 치밀하고 섬세한 문장을 위한 치열성도 부족하다. 작가가 수시로 작품에 개입하는 것과 우연성이 빈번한 것도 한계다. 그 결과는 리얼리티의 손상으로 나타난다.

　그럼에도 불구하고 이 작품은 몇 가지 측면에서 의미 있다. 먼저 해방 후 후속된 이 방면의 많은 소설들에 영향을 주었을 것이라는 점이다. 채길순은 동학농민운동을 전편에 걸쳐서 다룬 작품과 부분적으로 다룬 작품을 모두 포함한 31편의 목록을 만든다(그 목록에 『회천기』는 빠져있다). 이중 중요한 작품으로 ① 『전봉준』(최인욱, 1967), ② 『혁명』(서기원, 1972), ③ 『들불』 상 · 하권(유현종, 1976), ④ 『여명기』 총 3권(박연희, 1978), ⑤『갑오농민전쟁』총 6권(박태원, 1988), ⑥『녹두장군』총 12권(송기숙, 1994), ⑦『동학제』총 7권(한승원, 1994), ⑧『광화문』총 7권(서기원, 1997) 등을 든다. 그중 ①-⑥의 공통점을 다음처럼 요약하고 있다.

> 먼저 한결같이 전봉준을 중심축에 두거나 아니면 주인공을 전봉준의 역사적 행동 범위에 두는 구조를 지닌다. 그리고 중심되는 시간 배경을 갑오년 고부민란에서 그해 공주성 전투까지를 삼는다. 바탕이 된 민란이나 창도과정이나 포교과정 신원운동은 대개 요약적으로 보여주고 있다. 그리고 주된 공간적 배경은 모두 전라도 지방이고, 전봉준의 체포나 처형을 결말로 삼고 있다.[25]

『회천기』도 위의 내용과 크게 다르지 않다. 그렇다면 이 작품이 신문에 연재된 만큼 의식·무의식중에 동학농민운동을 제재로 소설을 쓴 다른 작가에게 영향을 주었을 것이라는 추측을 가능케 한다. 이점은 이미 임무출도 증언하고 있다.[26]

다음으로 동학농민운동의 전모를 비교적 사실적·객관적으로 전해주었다는 점이다. 6·25 이전에는 채만식의 몇 작품[27]을 제외하고는 진지하게 동학에 접근하지 못한다. 대개가 동학농민운동 이후를 문제 삼아 그 본질을 외면하고 있다. 특히 신소설은 본래의 의미를 벗어나 있다. 이에 비해 『회천기』는 허구적 요소로 소설적 흥미를 더하면서도 역사적 사실을 전하는데 소홀함이 없다. 따라서 동학농민운동의 핵심인 반외세 민족

---

25) 채길순, 「역사소설의 동학혁명 수용양상 연구」, 『한국문예비평연구』 2권, 1998, 207쪽.
26) 임무출 엮음, 『회천기』, 문창사, 1996, 4쪽. 임무출은 '이작품은 그것을 제재로 한 후대의 작품에 다소간의 영향을 끼친 것이 드러나게 되었고(특히 金德淵의 『東學亂』은 『回天記』와 내용이 거의 같음)' (하략) 운운 한다.
27) 희곡 『제향날』(1937), 장편소설 『옥랑사』(1948).

해방의식과 반계급 사회해방의식 그리고 반봉건 민주화의식[28]을 잘 나타냈다고 할 수 있다.

무엇보다도 이 소설의 핵심은 전봉준의 거사 실패의 원인을 탐색하여 해방공간의 현실에 경종을 울리고자 함에 있다. 작가는 이 작품에서 국가의 혼란과 위기는 초인이나 영웅에 의해서가 아니라, 남녀노소 상하가 융화 단결해야만 극복할 수 있음을 강조한다. 이것은 해방 후 민족지도자라고 자처하는 어떤 인물에게도 지나친 기대를 해서는 안 되겠다는 뜻이다. 아울러 국가와 민족이 분열되어서도 안 되겠다는 것이다.

이러한 교훈 속에 인간은 평등하다는 의미가 포함되어 있음은 물론이다. 동학사상은 세상의 모든 사람들이 내안에 한울님을 모시고 있기 때문에, 빈부나 귀천의 구분 없이 세상 사람이면 누구나 무궁한 존재로서 평등하다는 본질적인 평등주의를 내포하고 있다.[29] 동학농민운동을 작품화하면서 윤백남은 전봉준의 인간적인 면을 강조하고 옥매의 출중함을 부각시켜, 결과적으로 남녀평등 더 나아가 인간평등 등 동학사상을 작품에 잘 반영하고 있는 셈이다(『반교어문연구』, 반교어문학회, 2010.2).

---

28) 채길순, 위의 책, 204쪽. 동학농민운동을 다룬 소설들은 일반적으로 이러한 내용을 포함하고 있기 때문에 본고에서는 크게 문제삼지 않았다.
29) 윤석산, 『천도교－한국에서 꽃핀 우주적 차원의 세계종교』, 천도교중앙총부 출판부, 2002, 48쪽.

* 참고문헌

강준만, 『한국현대사 산책』 1권, 인물과 사상사, 2008.

곽　근, 「멜로드라마적 역사소설－윤백남의 소설－」, 『한국 근현대소설의 현장』, 박이정, 2007.

김의환, 『전봉준 전기』, 정음사, 1974.

민현기, 「해방직후 역사소설 연구」, 『어문학』 70호, 한국어문학회, 2000.

＿＿＿, 「역사소설의 기능과 가치」, 『한국현대문학비평론』, 새문사, 2002.

박종홍, 「윤백남의 역사소설고」, 『국어교육연구』 17, 국어교육학회, 1985.

백낙청, 「역사소설과 역사의식」, 『창작과 비평』 5호, 1967.

송백헌, 「윤백남 역사소설 연구」, 『논문집』 19권 1호, 충남대 인문과학연구소, 1992.

유주현 외, 「근대의 인물」, 『한국인물사』 6권, 양우당, 1983.

윤병로, 「윤백남론」, 『현대작가론』, 선명문화사, 1974.

이강국, 『민주주의 조선의 건설』, 범우사, 2006.

이선근, 『대한국사』 7권, 한국출판공사, 1984.

이상경, 「동학농민전쟁과 역사소설」(임헌영 · 김철 외, 『변혁주체와 한국문학』, 역사비평사, 1990).

이이화, 「역사소설의 반역사성」, 『역사비평』 1집, 1987.

이주형, 「동학농민운동 소재 역사소설에 나타난 역사인식과 그 소설화 양상연구」, 『국어교육연구』 제33집, 국어교육학회, 2001.

임무출, 『해방직후 한국 장편 역사소설 연구』, 계명대 박사논문, 1992.

＿＿＿, 「역사소설 그리고 윤백남의 생애와 문학」, 『회천기』 해설, 문창사, 1996.

정호웅, 「한국현대소설과 동학」, 『우리말글』 31호, 2004.

채길순, 「역사소설의 동학혁명 수용양상 연구」, 『한국문예비평연구』 2권, 1998.

＿＿＿, 『동학혁명과 소설』, 한국학술정보, 2006.

최원식, 「동학소설연구」, 『어문학』 40호, 1980.

오영수의 낚시관련 소설 연구

1. 서론

오영수(1909.2.11 – 1979.5.15)는 1949년 단편 「남이와 엿장수」를 『신천지』에 발표하고, 1950년 서울신문 신춘문예에 단편 『머루』가 입선되어 등단한다. 그 후 『현대문학』 편집장을 역임하고 1955년 한국문학가협회상, 1959년 아시아자유문학상, 1977년 대한민국 예술원상을 받으면서 작가의 위치를 다진다. 1977년 3월 위장병으로 향리인 경남 울주군 웅천면 곡천리로 낙향하여 요양하던 중 1979년 5월 별세한다. 그간 총 150편의 단편소설을 남긴 것으로 알려져 있다. 그에 대한 평가는 대체로 다음과 같은 견해로 요약할 수 있다. 대다수의 논의들이 이 범주를 크게 벗어나지 않는다.

① 오영수는 피비린내 나는 1950년대의 카오스와 상흔 속에서도 한국적 리리시즘을 영감적 체험을 통하여 토속적 향토색, 구수한 숭늉냄새가 나는 작품을 형상화하기에 이른다.[1]

---

1) 신경득, 「공동사회의 불꽃 – 오영수론」, 『현대문학』(1979.9), 337쪽.

② 그(오영수: 인용자)가 작가적 입장에서, 작품에서, 작고할 때까지
끈질기게 추구한 것은, 오늘의 현실, 특히 비리와 비정이 주조로 되어
있는 오늘의 서울 생활에서는 좀체로 찾아볼 수 없는, 이상적인 본연
의 인간이다. (중략) 어떤 때에는 도시의 일상 생활에 열중하고, 또 어
떤 때에는 낚시 이야기에 열중하고, 또 어떤 때에는 사회 문제나 역사
문제를 다루기도 해서, 그의 작품 경향이 이렇게도 저렇게도 바뀌어
가는 게 아닌가 하는 착각을 갖게 하기도 하지만, 그것은 취재의 다양
성을 보인 것에 지나지 않고, 잘 보면 인간의 천진하고 무구한 면을 추
구하는 그의 기본 입장에는 아무 변화도 없는 것이다.[2]

①은 6·25전쟁이라는 엄청난 사건도 외면한 향토색 짙은 작가라는 것
이다. 사회적 현실에 등 돌린 작가로 평가한다. ②도 이러한 평가에서 크
게 벗어나지 않는다. 오영수가 간혹 도시생활 혹은 사회나 역사문제 등을
다루는 것처럼 보이지만, 궁극적으로는 천진무구한 인간을 추구한다는
것이다. 천진무구한 인간이란 곧 현실과 사회에 오염되지 않은 인물을 가
리킨다. 이들의 논리는 오영수 작품의 다양성을 지나치게 협소화한다.

오영수는 자신의 소설을 ① 서민의 정서를 바탕에 깐 것 ② 인생 문제
를 다룬 것 ③ 국토분단이 몰아온 문제 ④ 현대 기계 문명의 피해에 관심
을 가진 것[3] 등으로 분류한다. 작품 경향이 결코 단순치 않음을 강조한 것
이다. 작가 자신의 발언을 그대로 믿기는 어렵다고 하지만, 그의 소설을
정독해 보면 이 주장에 수긍하게 된다. 이중 ①, ②와 연관된 작품 가운데
낚시 관련 소설을 포함시킬 수 있다.

낚시는 적어도 10만 년 전부터 인간이 해왔기 때문에 역사가 증명하는
삶과 죽음의 서사시라 할 수 있다. 성경에 따르면, 하느님은 애초부터 사
람에게 '바다의 물고기에 대한 소유권'을 부여한다. 이것은 물고기에 대한

---

2) 신경림, 「반현대의 작가 오영수」, 『한국문학전집』 19권, 삼성당, 1988, 505쪽.
3) 「오영수씨와의 대화」, 『문학사상』 통권 4호, 305쪽.

글을 쓰라고 명령한 것과 같다. 낚시는 과거에는 생존을 위한 수단으로, 현재에는 오락적 성격이 더 농후하지만, 심리적으로는 동일하다. 서양에서는 낚시와 관련된 문학 작품이 수다하다. 영어권만 한정하더라도 지난 300년 동안 고전이라 할 만한 작품이 30여 편 발표된다. 훌륭한 작가들도 많아 일일이 열거할 수 없을 정도다. 헤밍웨이 · 리 울프 · 닉 리온스 · 아리작 월튼 등이 대표적인 존재4)라고 할 수 있다.

　하지만 한국에는 낚시와 관련된 소설이 많지 않다. 간혹 이 분야에 관심 있는 작가라 하더라도 한두 편의 창작으로 그친다. 이런 점을 감안하면 오영수는 특이한 점이 있다. 이와 관련하여 일찍이 신경림은 다음처럼 언급하고 있다.

　　오영수의 작품에는 「수련」, 「수변춘추」, 「낚시광」 등을 비롯해서 낚시 이야기가 매우 진지하게 나오는 것이 많다. 다름 아닌 작가 자신의 낚시 이야기가 다른 인물, 다른 인생 등으로 약간씩 분장되어 소설로 꾸며진 것이다. 오늘날의 한국 작가들 중에서 가장 낚시의 경험이 많고, 또 낚시를 이야기한 작품을 가장 많이 내놓은 작가가 이 오영수일 것이다. 그래서, 언젠가 남을 트집잡기 좋아하던 한 평론가가 이 낚시 이야기를 문제삼아 오영수의 소설을 신변잡기적인 것, 사소설적인 것으로 몰아붙인 적이 있다.5)

　오영수가 한국작가 중 낚시 경험이 가장 많고, 이와 관련된 소설도 제일 많이 발표했으며, 그 작품들은 진지한 낚시 이야기를 담고 있다는 것이다. 이런 언급은 사실과 일치한다. 그런데 이 작품들이 '신변잡기적인 것', '사소설적인 것'이라고 비난을 받는다는 것이다. 실제로 이 작품들은 대체로 부정적 평가를 받는다. 오영수에 대한 본격적인 논문을 발표한 김

---

4) 폴 퀴네트, 황정하 옮김, 『인간은 왜 낚시를 하는가?』, 바다출판사, 2006, 83-94쪽.
5) 신경림, 위의 책, 506쪽.

영화와 김병택의 논의도 예외는 아니다. 먼저 이들은 오영수의 작품을 다음과 같이 3기로 나눈다.

> 초기: 「남이와 엿장수」(1949.7)―「후일담」(1960.6)
> 중기: 「은냇골 이야기」(1961.4)―「골목안 점경」(1970)
> 후기: 「맹꽁이」(1971.2)―「특질고」(1979.1)[6]

낚시 관련 소설은 중·후기에 집중적으로 발표되는데 김영화와 김병택도 이 부분에 대해 언급하고 있다. 그 논지는 ① 1950년대의 어려움에서 벗어나 1960년대에 들어서면서, 낚시를 즐길 만큼 시간과 경제에 어느 정도 여유가 있으며, 근대시민다운 요소도 있는 인물이라는 것 ② 각각의 소설은 다르면서도 그 주요인물은 동일인이라는 느낌을 준다는 것 ③ 작가의 생활주변에 있을 수 있는 일상사를 작품화한 것으로, 생활잡기 또는 수필적 성격이라는 것 등이다. 이어서 다음처럼 주장한다.

> 오영수 소설에 시골과 도시 외에 낚시터를 배경으로 한 소설이 10여 편 된다. 「어느 나루의 풍경」(56)에서부터 「삼호강」(76)까지 낚시터를 배경으로 한 소설들은 이 작가가 낚시를 즐겨했다는 것과 관계가 있다. 이런 낚시와 관계되는 소설은 산문정신을 바탕으로 하는 소설과는 약간 거리가 있는 듯 보인다. 따라서 신변잡기, 또는 수필에 가까워 소설로서는 두드러진 것이 못된다.[7]

이 두 논자들은 "작품으로서의 긴장감, 충격도가 없어 작가정신이 안일해진 것이라고 할 수도 있을 것이다"라고[8] 덧붙인다. 이런 평가를 받아 마땅한 작품이 없는 것은 아니다. 그러나 이 부류의 모든 작품을 획일적

---

6) 김영화·김병택, 「오영수의 소설 연구」, 『제주대 논문집』 제24집 인문편, 1987, 20쪽.
7) 김영화·김병택, 위의 책, 41쪽.
8) 위의 책, 29쪽.

으로 재단하는 것은 잘못이다.

이들의 논리는 기본 자료부터 불성실하다. 「어느 나루 풍경」은 낚시와 관련된 소설로 볼 수 없다. 더구나 이 범주에 속하는 작품은 10편이 아닌 13편9)이다. 이중 특히 「수련」은 창작집 표제(정음사, 1965)로 정할 만큼 작가가 내세우는 작품이다. 다음에서 논하겠지만 이 작품은 인생에 대해 많은 암시와 교훈을 담고 있어 의미 있다고 하겠다. 위의 논자들은 「수련」을 비롯한 중기의 낚시 관련 작품을 제대로 분석하지도 않고 과소평가한 듯하다. 이들은 몇 작품에 대해서는 전혀 언급도 하지 않아 의도적으로 이들 작품을 폄하하려한 인상마저 준다.

이 작품들이 왜 소설과는 거리가 있어 보이는지, 과연 긴장감과 충격도가 없는 것인지 등도 구체적으로 밝히지 못하고 있다. 신변잡기나 수필에 가까우면 소설로써 실패하는 것인지도 의문이다. 최서해 · 이상 · 현진건 등 여러 작가의 신변잡기나 수필 형식의 소설 중에 성공작 · 문제작이 얼마나 많은가. 오영수도 이 경우에 속하고 있음을 다음의 논의가 뒷받침해 준다.

> 오영수의 모든 작품은 오영수 자체 생의 표현이라고 말할 수 있다. 그것들은 마치 우리 토양에서 저절로 발아한 신화나 전설과도 같이 독자의 내면으로 스며든다. 또한 그것들은 서서히 독자의 가슴의 문을 열고 그들의 내부에 영원히 남을 수 있는 근원적인 문자, 즉 생명력을 새긴다. 그(오영수: 인용자)가 일상사를 서술하고 있는 것처럼 보이는 소

---

9) ① 「두 노우」, 『문예』(1953.9). ② 「수련」, 『현대문학』(1961.10). ③ 「실소」, 『예술원보』(1961.12). ④ 「낚시광」, 『사상계』(1962.11). 수변의 개제. ⑤ 「장자늪」 제5창작집 『수련』(1965.3). ⑥ 「낚시터 인심」, 제5창작집 『수련』(1965.3). ⑦ 「수변춘추」, 『현대문학』(1966.1). ⑧ 「실걸이 꽃」, 『현대문학』(1968.3). ⑨ 「뚝섬 할머니」, 『월간문학』(1969.2). ⑩ 「메기와 권위」, 『오영수대표작선집』 7(1974.1). ⑪ 「삼호강」, 『현대문학』(1974.5). ⑫ 「어느 여름밤의 대화」, 『현대문학』(1975.1). ⑬ 「속 두메 낙수」, 『현대문학』(1978.3). 최옥선, 「오영수의 낚시 소재 소설 고찰」, 『국제언어문학』, 2007, 68쪽.

설이나, 수필과 유사하게 씌어진 소설에서조차도 우리 기억 속의 소중
한 것들을 되살려 준다. 이러한 그의 작업을 구조시학이나 신비평적 태
도로만 살핀다면 많은 것을 놓칠 수 있다. 오히려 조금은 복고적이라 할
지라도 정신사적으로 그의 작품을 대하는 편이 오영수를 더 이상 손상
시키지 않는 일일 것이다.10)

그렇다면 김영화나 김병택은 정신사적으로 고찰해야 할 작품에 구조
시학이나 신비평적 잣대로 접근한 셈이다. 오영수 소설에 관심이 많은 천
이두도 낚시 관련 문제는 의도적으로 외면하려 한 인상이 없지 않다.

> 「수련」, 「어느 여름밤의 대화」 등과 같이 도시의 지식인이 등장하
> 는 소설의 경우 작가적 관심의 초점이 되는 것은 역시 도시의 물결에
> 오염되지 않은 아름다운 자연 풍경이거나 야박한 도시 인심에 물들지
> 않은 순박한 시골 사람들의 생활 풍경 쪽인 것이다.11)

「수련」, 「어느 여름밤의 대화」 등은 낚시에 무게 중심을 둔 작품이다.
천이두는 이에 대한 언급은 없이 '순박한 시골 사람들의 생활'만을 읽어
낸다. 「수변춘추」, 「장자늪」 등의 작중인물에게서도 이와 관련된 사항
은 도외시하고, '자연과 벗하며 살았던 동양선비의 모습'만을 발견할 뿐
이다.

그렇다면 과연 오영수의 낚시 관련 소설은 신변잡기적이고 사소설적이
어서 의미가 없는 것일까. 그곳에는 동양선비의 모습만이 존재하는 것인
가. 따라서 본고는 이들 작품의 진정한 가치를 밝히기 위해 작성됨을 밝혀
둔다.

---

10) 이재인, 「21세기를 향한 오영수 소설 연구의 가능성」, 『경기대 인문논총 』 8호, 2000,
    4쪽.
11) 천이두, 「오영수 작품론―따뜻한 관조의 미학」, 『동서한국문학전집』 14권, 동서문
    화사, 1987, 513쪽.

2. 오영수와 낚시

오영수가 정식으로 등단한 것은 1950년이다. 그렇다면 낚시 이야기는 일찌감치 그의 소설에 등장하는 셈이다. 낚시와 관련한 내용을 취급하는 「두 노우」가 1953년에 발표되기 때문이다. 오영수는 일찍이 낚시를 시작하여 말년까지 지속하였고, 이러한 사실은 세간에도 널리 알려져 있다. 그가 얼마나 일찍 낚시를 시작하고 생활화했는지는 자신과 몇몇 사람의 증언이 전해주고 있다.[12]

그는 고향에 사는 동안 지인들에게 편지를 보내면서 꼭 낚시 이야기를 적어 보낸다. 서울에서 직장을 다닐 때는 주말에 낚시한 내용을 월요일에 동료들에게 전하기를 좋아한다. 이처럼 낚시를 자주하고 또한 즐겨서 자신의 삶의 중요한 일부분으로 삼는다.

그것은 아마도 자신이 밝혔듯이 경험에서 비롯된 결과일 것이다. 그는 水量이 풍부한 냇가에서 자라며 어려서부터 낚시를 즐긴다. 뿐만 아니라,

---

12) ① 이런 막대기 낚시도 <입문>이라고 할 수 있다면 나의 조력(釣歷)과 연조(年條)도 결코 만만치는 않다. 그러나 정작 낚시 입문은 일본에서 낚시광인 하숙 주인과 얼려 낚시를 다닌 데서부터 본격적인 낚시 입문이 아니었던가 한다(오영수, 낚시입문(유고), 『현대문학』, 1990.5, 152쪽).
② 간간 띄우는 엽서에 선생(오영수: 인용자)은 낚시터가 좋다, 밤이면 접동새가 운다, 대숲 사이를 부는 바람소리가 좋다, 하며 한가하고 조용한 생활을 써보내곤 했다(이범선, 「한 점 흰 구름처럼」, 『현대문학』, 1979.8, 270쪽).
③ 오선생(오영수: 인용자)은 낚시를 즐겨 다녔다. 직장에서 월요일이면, 나는 또 전차표 얘기를 자주 들었다. 그 전차표란 낚시에서 시원찮은 고기를 두고 그렇게 말했었다. 자매회사인 대한교과서에는 최선생이라는 오선생 동창 한 분이 있었는데, 그 분과 하루 전에 있었던 낚시로 화제의 꽃을 피웠었다(박재삼, 자기세계에 탐닉했던 분, 『현대문학』, 1979.8, 273쪽).
④ 낚시를 좋아하고 붓글씨를 쓰고 난초를 가꾸고 그리고 문학에 더 정력을 쏟던 오영수씨를 좋아한다(김윤성, 오영수씨의 일면, 『현대문학』, 1979.8, 280쪽).

본격적인 낚시 입문이라고 주장하는 일본 생활은 1930년 처음 시작하여, 해방 후 경남 여고 교사로 재직하기 전까지 귀국과 도일을 반복하며 이어 진다. 그 사이 낚시광인 일본인 하숙집 주인과 어울려 다니며 낚시를 자 주 하게 된다.

그렇다고 그가 낚시를 예찬하기만 한 것은 결코 아니다. 소품인 「낚시 광」에서는 주인공 Y에 대한 에피소드를 통해 낚시의 단점도 설명해준다. '처자식을 먹여 살리기 위해서 하루쯤 심신의 피로를 푸는 거'며, '한 주일 에 한번쯤 도시의 먼지와 소음을 떠나 교외로 나가게 하는' 계기가 되고, '가장 경제적이고 건강한 스포츠'라는 것이 장점이라면, 이른 새벽에 일 어나 남의 일상을 방해하고, 낚시를 못하게 되는 경우 짜증을 내거나 신 경질을 부리며, 집안일을 외면 할 수 있게 하는 것은 단점이라는 것이다. 낚시 관련 소설들을 통해 오영수는 낚시가 인간의 정신과 영혼에 유용함 을 강조한다.

「수련」에서는 인간의 심신수련에 기능하고 마음의 상처를 달래주는 수단이 되고 있음을 보여준다. 서울의 모대학 조교수인 남주인공 B는 주 말마다 낚시를 하면서, 한 주일 동안 쌓인 피로를 풀고 새로운 활력을 얻 는다.

B는 주말마다 橋門里 소재 장자늪으로 낚시를 간다. 그는 서울의 모대 학 조교수다. 때문에 주말마다의 낚시를 두고 연구나 교육을 도외시한다 고 비난할 수도 있다. 하지만 5일간 자신의 임무에 충실하고 토, 일요일에 만 낚시로 시간을 보낸다. 토요일도 오후 2시가 넘어야 낚시터에 도착하 는 것으로 보아 오전까지는 업무를 수행한 것 같다. 1주일 중 5일 반은 과 업을 수행하고, 1일 반은 휴식하는 셈이다.

그 5일 반의 일정을 작가가 일일이 적시할 필요는 없다. B는 직무에 열 심한 나머지 휴식이 필요했고, 그것을 위해 낚시를 하고, 그로 인해 새로 운 활력을 얻어 계속 업무에 종사했는지 모른다. 뿐만 아니라 자연을 관조하는 기쁨도 있다. 그는 낚시터를 찾아가는 그 자체에서 벌써 비길 데 없는 상쾌와 즐거움을 맛본다.

> 이른 새벽, 이슬을 떨면서 낚시터를 찾아가는 상쾌와 즐거움이란 비길 데가 없다. 낚시터에 들어서자 물냄새만도 아닌 수초 냄새만도 아닌 그 독특한 냄새가 훅 풍겨온다.[13]

따라서 주말마다의 낚시는, 한 주일 동안 쌓인 B의 스트레스를 해소하고, 각박한 도시생활에 찌든 감정을 정화하는 수단이 된다. 여주인공 정옥이 낚시를 하게 된 까닭은 무엇일까. 낚시를 통해 마음의 상처를 달래고 장차 삶에 대한 의욕을 갖고자 함이다. 그녀의 삶은 파란만장의 연속이었다. 패전과 함께 일본에서의 귀국, 6·25의 발발과 아버지의 행방불명, 어머니와 함께한 일본식 국수 장사, 세무서 이씨의 약혼 강요, 요리사 김씨의 겁탈 시도 등. 당장의 위기는 모면했지만 해결된 일은 아무 것도 없다. 시련과 위기 끝에 그녀가 찾은 일이 바로 낚시다. 여기서 낚시는 B에게는 일상의 피로를 해소하고, 쌓인 감정을 정화하며 재충전을 하는 수단으로, 정옥에게는 마음의 상처를 달래고 장차 희망의 불씨를 살리는 도구로 기능한다.

「뚝섬 할머니」에서는 부부의 정을 이어주는 매개체 역할을 한다. 요조하고 갸륵하다고 믿었던 소실이 실은 사특한 여인임이 밝혀지자, 영감은 신변을 정리하고 그 울울한 심사를 달래기 위해 낚시를 시작한다. 영감이 낚시하면서 잠깐 조는 사이 꿈을 꾼다. 용왕의 막내딸이 용왕의 명령으로 영감을 모시러 왔다고 한다. 영감은 황송하여 어쩔 줄 모르면서 용왕의 딸을 따라가려고 낚시대를 걷는 참에 꿈을 깬다. 꿈을 깨운 것은 아내(뚝섬 할머니)다.

---

13) 오영수, 「수련」, 『수련』, 정음사, 1974, 209쪽.

그때부터 영감은 심경의 변화를 일으켜 지금까지 돌아보지 않던 아내에게 애정을 갖게 된다. 용왕에 대한 꿈은 낚시로 인해 꾸게 되었으므로, 결국 낚시가 인물의 심경에 변화를 일으킨 셈이다. 낚시는 인간의 울적한 심사를 달래줄 수 있는 방편이 될 수 있고, 20년간 갈라져 있던 부부마저도 화합하도록 한다.

「메기와 권위」의 주인공 W는 메기가 걸리는 바람에 일만 이천환이나 하는 낚시대를 부러뜨리게 된다. '웬만히 성깔머리께나 부리는 사람 같으면 낚시고 뭐고 한데 둘둘 말아서 물속에 던져버림직도'한 상황이다. W는 '소태먹은 상을 하면서도 꾹 참는'다. 지금까지 낚시 경험을 통해서 길러온 인내심의 덕이다. 다시 말해 싫어하는 메기에게 고가의 낚시대를 꺾이고도 W가 의연할 수 있었던 것은, 그동안 낚시를 해오면서 수양이 된 덕택이다. 낚시로 인해 인격을 도야하고 인내심을 기르며 감정을 통제할 수 있다는 것이다. 낚시가 인격을 도야시키고 인내심을 길러주며 감정을 통제할 수 있는 수단이 된다.

「삼호강」과 「수변춘추」에서는 인생의 의미를 확인하는 계기가 된다. 인생과 낚시는 상대방이 있는 투쟁인데, 인생의 투쟁 대상이 죽음과 운명이라면, 낚시의 그것은 물고기라는 것이다. 인생이 아무런 보장도 약속도 없는 막연한 기대 속에서 살아가는 것이라면, 낚시는 물고기가 잡힐 것이라는 기대 속에 마냥 기다린다는 것이다.

지금까지 살펴본 것처럼 오영수는 낚시가 삶에 활력을 불어넣고, 마음의 상처를 달래주며, 애정의 끈이 되고, 인내심을 길러주며 인생의 의미를 확인시켜 준다고 본다. 그런 만큼 그에게 낚시는 취미나 기호 이상의 의미를 지니고, 그의 소설에서는 재료 이상의 의미를 지닌다.

그는 낚시에 관한 것만 따로 해서 소설집 한 권을 묶을 계획이었으나, 건강사정상 부득이 다음 기회로 미룰 수밖에 없었다[14]고 토로한 적이 있다. 이 방면의 소설에 많은 애정과 관심이 있음을 잘 말해주고 있다.

그를 가까이에서 지켜본 한용환은 낚시를 앞둔 그의 모습을 다음처럼 적고 있다.

> 나는 하도 기가 막혀서 선생(오영수: 인용자)의 눈빛을 한 번 살폈는데, 그만 기가 질리고 말았다. 선생의 눈빛은 평소의 온화하던 그 눈빛이 아니었다. 도무지 안정감을 잃은 번뜩이는 그 눈빛에서 나는 광기를 보았던 것이다. 하기야 선생의 낚시 취미라면 알만한 사람들은 모두들 알고 있는 사실이다.[15]

한용환은 오영수의 낚시에 임하는 자세를 '광기'로 표현한다. 그가 낚시에 얼마나 탐닉했는가를 알 수 있다. 오영수는 "낚시를 도락이라고 생각하는 사람과 더 이상 낚시 얘기를 할 필요는 없겠군"[16] 할 정도다. 이러한 기질이 낚시 관련 소설의 창작에도 어느 정도 작용했을 것임은 충분히 짐작된다. 그의 이방면의 소설을 가볍게 넘기거나 소홀히 취급해서는 안 되는 이유가 여기에 있다. 이 소설들을 좀 더 이해하기 위해 안정효의 낚시 관련 소설들과 몇몇 사항을 대비해 보자.[17]

주지하다시피 소설가 안정효는 소문난 낚시광이다. 그는 40세가 넘어서부터는 주말마다 낚시를 하기로 했는데, 그 후부터 삶이 훨씬 풍요로워졌다고 한다.[18] 그 경험을 바탕으로 「미늘」(문학정신, 1991), 「미늘의 끝」(낚시춘추, 2000), 「물에 빠진 대화」(2001) 등 3편의 중편소설을 발표한다. 이 작품들 외에 자기 나름대로 정립한 낚시 철학을 토대로 에세이집 『인생 4계』(황금시간, 2007)를 출간하기도 한다.[19]

---

14) 오영수, 「후기」, 『수련』, 정음사, 1974, 396쪽.
15) 한용환, 「아직도 남은 체온—오영수를 추억함」, 『작가연구』 10호 · 가을호, 2000, 124쪽.
16) 위의 책, 124쪽.
17) 안정효 소설의 본격적 분석은 본고의 의도가 아닌 만큼 다음 기회로 미룬다.
18) <「잔챙이 낚아도 행복은 월척」, 소설가 안정효씨 『인생 낚시론』 책내>, 『중앙일보』, 2007.3.20.

오영수와 안정효의 낚시 관련 소설을 대비하는 것은, 동일한 제재가 작가의 성향에 따라 어떻게 달리 형상화될 수 있는지 확인할 수 있을 뿐만 아니라, 그것을 통해 시대와 풍속의 변모도 인식할 수 있기 때문이다. 낚시 관련 소설이니 안정효의 소설 역시 오영수의 특질과 유사한 부분이 많다. 그러나 본고에서는 두 작가의 유사성은 제외하고 그 상이점을 살펴보고자 한다. 두 작가의 의식이 어떻게 차별화 되어 작품에 반영되었는지 탐색하고자 하기 위함이다.

오영수의 작중인물들은 서울에 사는 교수와 교사가 대부분이며, 주로 버스(대중교통)를 이용한다. 그들은 바다낚시 보다는 민물낚시를 즐겨 한다. 장자늪을 비롯하여 서울 외곽의 수로나 저수지가 낚시터가 된다. 낚시하는 기간도 토요일 오후에 출발하여 하루 민박하고 일요일에 돌아오는 1박 2일이 대부분이다. 몇 주일은 고사하고 며칠도 어렵다.

안정효의 인물들은 서울의 백화점 사장이나 자동차 정비공장의 전무 등 비교적 부유한 사람들이다. 이들은 콩코드나 갤로퍼·쏘나타 등 자가용을 이용하여, 서울서 멀리 떨어진 바다에서 낚시를 한다. 그 범위도 추자도의 푸랭이섬(靑島)부터 '거제도 장승포에서 쾌속정으로 한 시간 거리인 안경섬'(「미늘의 끝」, 58쪽)까지 뻗혀 있다. 기간도 보통 10일이나 14일이고 길 때는 한두 달이 넘는다.

오영수의 인물들은 3월부터 11월까지만 하고 겨울철엔 전혀 하지 않는다. 그들은 대개 혼자서 하되 자신이 즐기기 위함이다. 안정효의 인물들은 계절이 따로 없다. 어느 때고 마음이 내키면 떠난다. 겨울철에 오히려 그 빈도가 많은 편이다. 보통은 두 명이 가지만 여러 명이 집단으로 하는 경우도 있다. 이들은 즐기기보다는 번잡한 인생살이를 잠시 떠나보려는 의도가 강하다. 낚시터가 일종의 피난처인 셈이다. 전자가 점심을 도시락

---

19) 안정효,『미늘의 끝』, 들녘, 2001, 436쪽.

으로 낚시터에서 해결한다면, 후자는 음식점에서 배달해 먹거나, 아니면 비싼 먹거리를 준비해 바닷가에서 손수 해먹는다.

오영수의 인물들은 심적 여유가 있고 한가하다. 물고기를 인간과 대등하게 혹은 인격체처럼 대한다. 잡은 물고기는 대개 집에서 기르거나 남에게 나누어 준다. 자연과 생태계가 비교적 훼손되지 않은 현실의 반영이다. 여기에 자연친화적이고 인정적인 오영수의 성격이 투영된 모습이다.

안정효의 인물들은 행동이 무모할 정도로 모험에 가깝고, 그래서 낚시 중 자주 사고가 발생한다. 죽음이 수반되는 경우도 있다. 물고기에 대해서도 정복자의 위치에 있다. 물고기를 잡으면 '맛이 조금이라도 가기 전에 먹어치워 배에 넣고 가는 것이 현명하다고 믿어 잡은 것을 거의 다 회를 쳐 먹어버린'다. 자연과 생태계가 훼손되고 파괴되어 가는 1990년대 현실의 반영이다. 여기에 자연에 도전적이고 모험적인 안정효의 성격이 투영된 모습이다.

이처럼 오영수는 1960-1970년대의 가난했던 세태와 풍속을 반영한다. 인물들은 낚시를 심신수련의 한 수단으로 생각한다. 안정효는 이전에 비해 풍요로운 1990년대의 현실을 보여준다. 인물들은 낚시를 도락의 한 수단으로 간주한다. 오영수는 낚시 이야기를 통해 자신의 사상과 철학을 작품화했다면, 안정효는 인물의 심리를 부각하거나 사건을 전개하기 위해 낚시를 동원했다고 할 수 있다.

3. 인생교화와 현실비판

오영수의 낚시 관련 소설에서 중요한 특질은 우선 인생교화와 현실고발을 들 수 있다. 「수련」의 주인공 B는 낚시를 하면서 긴장하거나 흥분하지 않는다. 성급하거나 서두르지도 않는다.

근 한 시간이나 지나서야 비로소 B의 낚시에도 모선이 온다. 수면에
한 치 정도로 세운 찌가 반쯤 내린다. B는 가볍게 손잡이를 쥐면서 확
실한 찬스를 노린다. 특히 첫 번에 오는 고기는 미끼를 떼일망정 서툴
게 걸지는 말아야 한다. 서툴게 걸어서 놓치면 딴 고기까지 놀래 달아
나기 마련이기 때문이다. 내렸던 찌가 두 번 깜박거리고 얌전케 솟구친
다. 한 치, 한 치 반— 가볍게 챈다. 맞췄다. 대를 통해오는 감량을 보아
그리 크지는 않다. 조심히 다루어 올린다. 네 치다.[20]

인간이 행동함에는 그 시의가 적절해야 하고 또 신중해야 한다. 조급해
서도 안 되고 기다림도 필요하다. 낚시를 통해 이러한 교훈을 강조한다. B
와는 대조적으로 행위에 신중하지 못한 인물로 사나이와 천렵군이 등장
한다. B와 정옥이 낚시하는 곳에 낚시꾼 두 사나이가 나타난다. 이중 한명
이 쇠갈퀴로 수초를 제거하고 깨묵덩이를 소리나게 던져 방해한다. 조금
후에는 칠팔명되는 천렵군이 나타나 투망질을 한다. 그러자 먼저의 두 사
나이 중 한명과 천렵군 사이에 시비가 붙는다.

두 사나이와 천렵군의 행동은 모두 남을 배려하지 않은 모습이다. 자신
의 목적만 달성하면 예의 범절이나 체면도 돌아보지 않는다. 남에게 피해
를 입히는 것쯤 아무 문제도 되지 않는다는 태도다. 이들의 행위가 얼마
나 사회의 질서를 교란하고 있는지 묻는다. 그들의 몰염치한 행동을 비판
하면서 부도덕하고 비윤리적인 인간을 훈계한다. 이러한 내용과 함께 인
물의 만남과 헤어짐을 통해 교훈을 준다.

B와 정옥은 한 여름의 낚시터에서 만나 가을이 한창인 시월에 헤어진
다. 프라이의 견해에 따르면 여름은 희극적 움직임을 지향하는 로맨스의
상징이고, 가을은 비극적 움직임을 지향하는 리얼리즘의 상징이다. 따라
서 이들의 만남과 헤어짐은 낭만에서 현실로의 복귀를 의미한다. 여름 동

---

20) 오영수, 「수련」, 『수련』, 정음사, 1974, 193쪽.

안 두 사람이 사랑을 나누며 행복했었다면, 다시 말해 일상성에서 잠시 떠나 로맨스(환상) 속에서 지냈다면, 가을에 이들은 현실로 돌아오게 된다. B가 다음처럼 생각하는 것도 무리는 아니다.

> B 스스로 어떤 선비의 수련몽(睡蓮夢) 이야기를 정옥이란 가상의 여인에게 투사(投射)시킨 꿈이 아닐까? 지난 여름부터 지금까지 줄곧 꿈의 연속이 아닐까? 그러나 B는 고개를 설레설레 흔든다. 꿈일 수가 없다. 꿈이어서는 안 된다.[21]

B가 아무리 부정해도, 실제는 꿈이 아니라고 해도, 꿈같은 세월이었던 것만은 확실하다. 인간의 희로애락이 덧없는 일장의 춘몽에 지나지 않음을 암시한다. B는 떠나간 정옥을 미칠 듯이 찾아 헤매지만 끝내 만나지 못한다. 여기서 작가는 會者定離를 암시함과 함께, 인간은 무력하고 연약한 존재이니 우주의 섭리에 겸허하게 순응해야 할 것을 역설한다. 이러한 교훈을 온전히 낚시를 통해서 일깨우고 있는 것이다.

「두 노우」에는 낚시 관련 이야기가 에피소드로 삽입된다. 등장인물인 화동영감과 최노인이 함께 낚시하면서 최노인이 먼저 물고기를 낚는다. 그러나 성급히 낚싯대를 채는 바람에 놓치고 만다. 낚시 솜씨에서 한 수 위인 화동영감이 핀잔을 준다. 이로 인해 언쟁을 벌이며 충돌했지만 딱히 대화를 나눌 상대가 없는 이들은 곧 화해한다.

이들의 충돌과 화해를 통해 작가는 인간에게는 누구나 특기를 타고 난다는 것, 그 특기에서 우열을 가리는 것은 옳지 않다는 것, 인간은 공평하게 태어났다는 것, 인간은 남과 더불어 살아가야한다는 것, 늙어갈수록 말벗할 친구가 있어야 한다는 것 등을 전해주고 있다. 특히 성급하면 일을 그르칠 수 있으니 매사에 신중하라는 교훈을 강조한다. 이러한 신중론

---

21) 오영수, 위의 책, 236쪽.

은 위에서 살펴본「수련」에서는 물론「실걸이 꽃」,「수변춘추」에도 이어진다.

「실걸이 꽃」에는 낚시와 관련된 내용이 짧은 삽화로 소개된다. 주인공인 고교교사 '그'는 제자인 해정의 초대로 제주도를 여행하게 된다. 그 여행 중에 우연히 낚시할 기회가 생긴다. '그'는 스스로 낚시에 자신이 있다고 생각한다. 낚시꾼을 발견하자 곧바로 낚시를 해보자고 덤벼드는 것도 이 까닭이다. 허락을 얻어 한 시간 가량 은어 낚시를 한다. 하지만, 겨우 한 마리 잡는 것이 전부다. 게다가 돌에 낚시를 걸리게 한다. 노련한 낚시꾼을 자처하던 '그'로서는 체면이 말이 아니다. 이런 내용을 통해 익숙하지 않은 환경에 적응하기는 쉽지 않다는 것, 잘난 체 하는 태도는 화를 부를 수 있다는 것, 신중하지 못한 행위는 그 결과가 보잘 것 없다는 것 등의 메시지를 전해주고 있다.

「수변춘추」에서는 낚시하는 요령을 설명하는 가운데 인간은 매사에 신중해야 할 것임을 역설한다. 낚시를 하면서 '성난 머슴 도리깨질 하듯 채면 고기 주둥이가 찢어지는 건 고사하고' 잡은 고기도 찾기 어렵다는 내용이 그것을 말해준다.「두 노우」에서 최노인이 성급해서 고기를 놓쳤다면, 여기서는 신사가 신중하지 못해 잡은 물고기를 모두 잃어버리게 된다.

「실소」는 낚시에 서툰 C군과 낚시 베테랑 B와의 사이에 벌어진 이야기다. B는 낚시터에서 자신이 잡은 메기를 C에게 던지고 안 그런 척 시침이 뗀다. 이것을 눈치 채지 못한 C는 "물속에서 큰 고기에 쫓긴 메기가 뛰쳐 나왔다"고 생각한다. 그 생각 차체가 어리석지만 C는 아예 그 메기를 자신이 잡은 것으로 해버린다. C는 그 메기를 B가 준 붕어 몇 마리와 함께 집에서 기르면서 낚시솜씨를 인정받고, 앞으로 계속 낚시할 기틀을 마련한다. 순전히 남의 공을 발판으로 자신의 입지를 굳힌 셈이다.

B는 어떤 인물인가. 낚시 솜씨가 좋다는 것 외에는 C와 다를 바 없다. 자신이 싫어하는 메기가 잡히자 C에게 던져주고, 그런 사실을 알아채지

못한 C에 대해 비웃을 뿐이다. 여기서 작가는 남의 공적을 자기 것인 양 내세우는 C의 가식행위와, 친구의 그런 태도에 일조하거나 방관하면서 우롱하는 인물인 B를 다같이 비판한다. 인간의 허위의식을 고발하고, 겸손의 미덕을 역설한다.

「속 두메 낙수」의 낚시광 B는 나름대로 낚시 철학을 갖고 있다. 그런 그가 낚시 중에 물고기 대신 촌로의 밀짚모자를 낚아 올린다. 숙련된 낚시꾼이지만 어이없는 실수로 주위의 웃음거리가 된다. 이런 내용을 통해 누구나 실수하기 마련이니 자신의 재능을 너무 믿거나 뽐내지 말 것과, 언제나 예기치 않은 사건이 발생할 수도 있으니 대비할 것 등을 주문한다.

「어느 여름밤의 대화」는 권력의 하수인과 권력을 역으로 이용하는 약삭빠른 인물을 통해 현대사회의 비리를 고발한다. 서울 사는 주인공 '그'는 방학을 맞아 농장을 경영하는 친구 집을 찾아간다. 친구가 농장에서 일하는 동안 근처의 저수지에서 낚시를 하게 된다.

그때 열네 댓살 쯤 된 아이놈이 나타나 만류한다. 마을에서 그 저수지에 치어를 방류하고 관리한다는 것이다. '그'가 잠깐만 시간을 보내다 갈 것이라며 설득하자, 아이는 우회적으로 그에게 낚시 바늘을 요구한다. 낚시 바늘을 받아든 아이는 남에게 이 사실을 말하지 말라며 자리를 뜬다. 아이는 벌써 부정하게 이득을 취하는 방법을 알고 있다.

아이가 자리를 뜨자 이번에는 삼십 가량의 젊은이와 육십 가까운 그의 부친이 나타나 官의 지시라며 낚시를 못하게 한다. '그'는 이미 친구들을 통해 관권의 위력을 알고 있었기 때문에 보기 좋게 父子를 물리친다. '그'는 그 지역의 권력자인 면장을 잘 안다고 능청스럽게 거짓말을 한 것이다. 실상 '그'는 아무런 권력이 없다. 다만 관권으로 안 되는 일이 없다는 사실을 귀동냥으로 알고 이를 이용했을 뿐이다. 이러한 정황을 두고 천이두는 다음처럼 견해를 밝힌다.

　　낚시를 하고 있는 도시 나그네와 그것을 못하게 말리는 시골 사람
사이에 오고 가는 이 장면의 대화 자체는 제법 험악한 내용의 것이다.
그러나 그 대화를 통해서 빚어지는 작중의 분위기는 오히려 여유 자적
하고 평화스럽다. 옥신각신 말씨름을 주고받을망정 그들의 내심에는
조금도 악의에 찬 적의 같은 것이 없기 때문이다. 특히 낚시를 못하게
말리는 마을 사람에 대한 도시 사람의 분위기에서 그 점을 짙게 느낄
수 있다. 즉, 옥신각신 말씨름은 주고받을망정 그의 내면에는 이미 그
마을 사람에 대한 '선의'가 작용하고 있는 것이다. 그 마음속의 따뜻한
선의와 제법 험악한, 밖으로 나타나는 입씨름 사이에는 기묘한 언밸런
스가 빚어진다. 이 장면의 해학적 분위기는 주로 여기서 빚어진다. 따
라서 그것은 선의의 시선에서 연유되는 따뜻한 성질의 것이다.[22]

　　이러한 논리는 오영수가 선의를 추구하는 작가라는 선입견이 작용한
결과다. 선의를 추구하는 작가이므로 험악한 분위기에서조차 여유자적하
고 평화스러운 장면을 연출한다는 것이다. 천이두는 이 장면에 상당히 호
감을 느낀 듯 다른 지면에서도 비슷한 논조로 극찬한다.[23] 이 장면을 두고
김소운은 '단수段數 높은 상대와는 행여 시비를 걸지 말라는 것'이라고 해
석한다.[24] 천이두와 김소운은 이 작품의 이면에 숨겨진 의미를 간과하고
있다. '그'와 친구의 다음과 같은 대화에서 그 의미를 파악할 수 있다.

　　　"그런데 말야, 한가지 뒷맛이 씁쓰레한 것은 관권이란 괴물이야. 이
　　괴물이야말로 무소부재, 만사에 통하는 풍토구조가 말야—"[25]

　　위 대화의 내용은 인간사회에서 관권이란 괴물이 무소부재하고 만사

---

22) 천이두, 「오영수 작품론—따뜻한 관조의 미학」, 『동서한국문학전집』 14권, 동서문
　　화사, 1987, 512쪽.
23) 천이두, 「선의 해학의 문학—오영수론」, 『작가연구』 제10호, 새미, 2000, 19쪽.
24) 김소운, 「오영수란 소설쟁이」, 『황혼』, 창작과 비평사, 1977, 298쪽.
25) 오영수, 「어느 여름밤의 대화」, 『황혼』, 창작과 비평사, 1977, 259쪽.

형통하는 것이 못마땅하다는 것이다. 그러나 자연의 섭리 앞에서는 그것이 통하지 못한다는 내용이 곧 이어진다. 그러니 괴물이 발붙일 수 없는, 자연에서 살아가야 할 것이라고 주장한다. 작가는 관권 앞에서 기를 펴지 못하고 아첨하는 못난이와 원리원칙을 지키지 않는 인물들을 함께 비판한다. 아이부터 육십 노인에 이르기까지, 농민이나 지식인을 막론하고, 권력에 아부하거나 그것을 이용하는 병폐가 만연하고 있다고 고발한다.

「낚시터 인심」에서는 주인공 R이 낚시를 포기하게 된다는 이야기로 세상 인심의 야박함을 비판한다. R은 친구들의 권유에 따라 상당한 비용으로 도구를 일체 준비해서 낚시의 길로 들어선다. 그러나 정작 그가 낚시에 입문하자 지금까지 그것을 권유하던 친구들은 잘 인도하기는커녕 얕보고 외면한다. 친구들은 그 방면의 선배랍시고 '권위 냄새를 피워보겠다는 뻔한 수작들'을 한 것이다. 이에 대한 분풀이로 R은 낚시 중에 수영을 하거나 휘파람을 불어 소란을 떨고, 친구들 낚시대 앞에 참외를 던지며 투정한다. 마침내 R은 많은 손해를 감수한 채 낚시에서 손을 뗀다.

R과 그 친구들의 관계는 약자 대 강자 혹은 소수 대 다수 관계로 해석할 수 있다. 약자나 소수는 강자나 다수에 비해 보호와 격려를 받아야함에도 불구하고 따돌림을 당하거나 외면당한다. 작가는 여기서 약자나 소수를 배려하지 않는 현실을 고발한다. 오영수는 평소 불신과 상실의 세대를 살아간다고 개탄한 적이 있다. 그 심경을 구체화한 것이 바로 이 작품이라 할 수 있다.

> 그 누구도 그 무엇도 믿을 수 없는 반면 기존체제와 질서는 송두리째 무너져 버렸다. 붕괴와 상실밖에는 아무런 새로운 정립도 지향도 없이 극도의 개인주의, 무질서와 부패, 위선과 범죄만이 창궐해 가고 있는 것이 오늘의 현실이다.26)

---

26) 오영수, 「쭉정이 인생」(유고), 『현대문학』(1990.5), 42쪽.

지금까지 살펴본 것처럼 오영수는 자신의 지론을 낚시와 관련한 소설에서 형상화한다. 이때 자신의 낚시 체험을 그대로 소개하지 않는다. 인생교화의 내용을 담거나 현대사회의 비리를 고발하는 작품으로 구성한다. 매사에 신중하고 겸손하며 재능을 지나치게 믿지 말라고 조언하는가 하면, 예의를 지키고 자연의 섭리에 순응할 것도 주문한다. 관권의 병폐가 만연하는 사회를 폭로하는가 하면, 인간의 허위의식을 꼬집고, 약자나 소수를 배려하지 않는 세태를 고발하기도 한다.

이것은 곧 개인 사이에서 진정한 사회적 관계나 윤리의식·도덕적 가치 등이 흔들리고 있는 현실을 비판한 것이라 할 수 있다. 권영민도 이를 간파한 듯 "오영수는 혼란에 빠져든 윤리의식과 사회·도덕적 가치 개념에 대한 비판의식을 드러내면서도, 인간형의 탐구를 통한 서사적 자아의 확립에 관심을 기울인다"고[27] 주장하고 있다.

4. 자연친화와 생명존중

오영수 소설에 대한 논의의 핵심 중 하나가 자연 문제가 아닐까 싶다. 그 자연의 의미에 대해서 논자들은 다소 견해차를 보이지만, 소설의 근간이 자연에 있음은 한 목소리로 강조한다.[28] '인간과 자연의 융화', '자연에의 귀의', '농경문화 혹은 전원사회에 대한 애정', '자연과 생명을 추구',

---

27) 권영민, 「오영수 소설의 새로운 계보학을 위해」, 『자유문학』 가을호, 2006, 226쪽.
28) 대표적인 논의를 들면
　① 문흥술, 「친화적 자연에서 가혹적 원시적 자연에 이르는 과정―오영수론」, 『작가연구』 제10호, 새미, 2000, 51―72쪽.
　② 유임하, 「근대성 비판과 자연을 향한 동경―오영수 소설의 현실성」, 『작가연구』 제10호, 73―91쪽.
　③ 이동하, 「단편소설 미학의 전범」, 『자유문학』 통권 61호·가을호, 2006, 241―249쪽.
　④ 이정숙, 「오영수 소설의 보편성과 개별성」, 『2008 오영수문학제 발표지』, 42―54쪽.

'인간과 자연이 조화되는 세계', '자연을 향한 동경과 회귀의 몸짓', '인간 과 자연에 대한 깊은 믿음' 등이 그 대체의 요지다. 그만큼 자연을 제외하고는 논하기 어려울 정도로, 오영수가 자연을 형상화했다는 의미다. 그러나 이러한 논의들은 자연에 대한 의미를 지나치게 막연하고 추상적으로 해석하여 아쉬움을 남긴다.

오영수는 생래적으로 자연 속에서 살고 싶어한다. 어쩔 수 없이 서울에 살면서도 늘 고향의 자연을 그리워한다. 따라서 낙향하여 자연의 품에 안겨 난을 키우고 루끼(애완견)를 벗하여 살다 생을 마감한다. 이처럼 자연과의 동화와 친화는 본래부터 그가 바라던 바였던 듯하다. 이러한 취향은 낚시 관련 소설에서도 유감없이 발휘되는데, 대체로 동물이나 곤충을 인간처럼 묘사하는 것으로 나타난다. 즉 동물에게 인간적 속성을 부여하여 의인화한다. 인간과 동물을 동일시하는 작가의식의 반영이다. 인간과 동물이 동등하다는 인식이라면, 인간의 감정이나 사고를 얼마든지 자연스럽게 동물에게 이입할 수 있다.

> B는 잡어 중에서도 메기는 생리적으로 싫어한다. 위선 그 꼬락서니 가 싫다. 얼마나 처먹겠다고 아가리가 글쎄 몸둥어리 반을 차지했으며, 얼마나 게으름뱅이기에 눈깔은 고렇게 겨자씨앗 만한가 말이다. 도대체 건방지기도 하고 능글맞기도 하고 아무튼 B는 보면 볼수록 못마땅한 고기는 이 메기다.[29]

메기를 인간처럼 묘사하고 있다. 「속 두메 낙수」에서는 악머구리가 우는 것을 창가를 한다느니, 곡哭을 한다느니, 책 읽는 소리라느니, 처자식 이름을 부르는 소리라느니, 운동회를 하며 응원을 한다는 등 인간의 행위로 간주한다. 「수련」에서는 방아깨비를 선량한 사람으로, 「삼호강」에서

---

29) 오영수, 「실소」, 『수련』, 정음사, 1974, 174쪽.

는 잉어를 백전노장의 영리한 장군으로 그리고 있다.

인간과 동물의 동일시는 이들 사이의 벽을 허물고 서로 넘나들고 싶어하는 작가의 자연친화 사상에 근거한다. 이것은 고대부터 면면히 흘러오는 우리의 전통적 사고방식이다.30) 이러한 사고 속에 바로 현대가 상실해버린 낯익은 고향이 있다. 그것은 현대 문명사회에 대한 거부며 문명 이전의 상태로 놓여 있는 자연에의 집착이며 지향이라고 하겠다.31)

오영수는 "내게 만일 신이 있고 종교가 있었다면 그것은 자연이요 고향이었다", "종교와 과학도 인간의 불행을 구제하지 못한다면, 자연에의 복귀와 위대한 예술의 창조밖에 갈 길이 없다"고 말한다.32) 자신의 신이나 종교가 곧 자연이라는 주장에서, 자연에 대한 그의 신념이 어느 정도인지 알 수 있다.

자연에 대한 그의 신념을 외면한 채, 혹자는 낚시 행위를 생태 파괴로 간주하여 낚시를 즐기고 낚시 관련 소설을 창작하는 오영수를 환경파괴범으로 간주할는지 모른다. 그러나 그는 전업 어부도 아니고, 물고기를 잡아 이익을 챙기려는 사람도 아니다. 이론이나 작품을 통해 물고기의 포획을 주장하지도 않는다. 그의 낚시 행위는 아름다운 꽃 몇 송이를 꺾어다 가까이 놓고 기뻐하며 즐기려는 호사가의 심정에 비유할 수 있을 듯하다.

> 처마 밑에 왜식 사기화로가 놓였는데 그 속에는 불이 아니라 물이 담겼고 손가락같은 붕어새끼가 열 수쯤 나란히 서서 입을 빠끔거리고 있었다. 나는 낚싯대를 메고 마을 앞 냇가로 나가던 선생(오영수: 인용자)의 모습을 상상할 수 있었다. 그렇게 해서 달려나온 붕어새끼들이 무슨 친구나 되는 듯 그렇게 데리고 들어와서 같이 살고 있었던 것이다.33)

30) 졸고, 「오영수소설속의 동물의 의미」, 『한국현대문학의 어제와 오늘』, 국학자료원, 1998, 107−126쪽.
31) 남송우, 「오영수의 문학세계」, 『울산문학』 19호, 1992, 52−63쪽.
32) 오영수, 「낙향산고」, 『현대문학』(1990.5), 140−144쪽.

오영수는 낚시로 잡은 붕어새끼들을 어항 대신 사기화로에 넣어 친구 삼아 기른다. 예외가 있긴 하지만 작중인물들도 대체로 이와 같은 성향이다. 때문에 작중인물들에게 물고기의 포획여부는 문제되지 않는다. 이들은 반드시 물고기를 잡기 위해 낚시를 하는 것이 아니기 때문이다.

「실소」의 B는 낚시란 원래가 낚는 재미지, 잡힌 물고기에는 별 미련이 없다고 말한다. B는 잡은 물고기를 대개는 이웃에 나누어 준다.「수변춘추」의 주인공 '나'도 낚시로 잡은 붕어 세 마리를 아이에게 주고, 나중에는 몇 마리 더 줄 걸 그랬다고 아쉬워한다. 이들은 비록 물고기는 잡았을지언정 그 생명에 위해를 가했다고 보기는 어렵다. 어쩌면 이들의 낚시 행위는 자연을 가까이 하기 위한, 일종의 자연과의 융화를 위한 수단이었는지 모른다. 이들은 그대로 오영수의 모습이다.

> 산꼭대기 작은 못에서 낚시대를 드리운 채 하루 종일 말없이 앉아
> 있는 모습(오영수의 자태, 인용자)을 지켜보노라면 마치 은자의 넋인
> 듯 자연 속에서 자기 융화를 맛보고 있는 듯하였다.[34]

「수련」의 B가 서울을 벗어나 교문리에서 거의 매주 일박하면서 낚시하는 것은, 잠시나마 도시 문명에서 떠나 자연과 가까이하려는 작가의 의도를 반영한 모습이다. B와 정옥이 나눈 많은 대화에서도 자연에 대한 예찬론이 상당한 비중을 차지한다.

정옥은 지금까지 가슴에만 간직하고 있던 기구했던 역정을 낚시터에서 만난 B에게 토로한다. 무의식중 속내를 털어 놓게 된 것은, 순전히 반딧불이 날아다니는 시골 밤의 정취가 그 원인이다. 시골밤의 운치는 정옥의 괴로웠던 내력담조차 즐겁고 정감 있는 이야기로 승화시킨다. 작가는

---

33) 이범선,「한 점 흰 구름처럼」,『현대문학』(1979.8), 270쪽.
34) 정형남,「향토에 묻은 오영수의 문학과 생애」,『울산문학』19호, 1992, 72−87쪽.

자연의 정취가 인간의 심성에 변화를 일으킬 수 있다고 본다.

> "재미, 아니 재미있다면 실례지만 이렇게 반딧불을 바라보면서 정
> 옥씨 얘기를 듣고 있으니까 참 즐겁군요!"
> "고맙습니다. 건데 어째서 생소하다시피 한 선생님에게 아직 누구
> 에게도 못한 제 신상 얘기를 했을까 저도 모르겠어요!"35)

작품을 전개하면서 자주 보여주는 자연묘사도 은연중 이점을 암시해
준다.

> ① 어디서 모깃불을 놨는지 풀타는 냄새가 풍겨온다(196쪽).
> ② 느티나무에서 이름 모를 밤벌레가 지이지이 울다간 멎고 또 울
> 곤한다(198쪽).

「장자늪」과 「삼호강」에서도 인물의 자연친화적 모습은 볼 수 있다. 여
기에 특히 생명존중을 강조하여 눈길을 끈다. 『장자늪』은 어떤 노인이 친
구인 두만의 꿈꾼 내용을 낚시꾼 Y에게 전하는 이야기다. 역시 낚시꾼인
두만은 꿈에 용왕을 만난다. 용왕은 많은 물고기를 살육했다고 꾸짖으며
두만에게 비늘을 뒤집어씌워 물고기로 변신시킨다.

물고기도 인간과 마찬가지로 죽음에 대해 고통과 공포심을 갖는다. 이
를 인식하지 못하고 인간은 물고기를 잡아먹는다. 때문에 용왕은 두만을
물고기로 변신시켜 易地思之의 교훈을 강조한다. 친구는 물고기로 변한
두만을 알아보지 못하고 횟감으로 사용하려 한다. 두만은 자신의 머리위
로 칼날이 내리쳐지려는 순간 혼비백산하여 꿈을 깬다.

이것은 프로이트의 예를 들지 않더라도 두만이 평상시에 물고기를 잡

---

35) 오영수, 「수련」, 『수련』, 정음사, 1974, 26쪽.

아먹으면서 죄의식에 빠져 있었음을 반증한다. 그는 이 꿈을 꾼 뒤 다시
는 낚시를 하지 않는다. 그 꿈이야기를 들은 노인 또한 '이 얘기를 듣고부
터는 낚시를 할 적마다 뭔가 좀 께름칙'해 한다. 노인은 젊은이에 비해 인
생의 경험이 깊고 넓다. 따라서 그 꿈이 근거 없는 허무맹랑한 것만은 아
니고, 인간에게 어떤 계시를 암시한다는 믿음을 준다. 그 꿈이 신비감과
함께 신빙성을 더해주는 이유가 여기에 있다.

작가는 여기서 모든 생명체는 죽음을 당하는 순간 공포와 고통에 괴로
워함을 상기시킨다. 그와 함께 낚시꾼에게 물고기 남획에 대한 경각심을
일깨우고 있다. 낚시로 인한 강박관념으로 주인공(그)이 꿈을 꾸는 장면
은 「삼호강」에서도 발견된다. '그'는 삼호강에서 여러 번 낚시를 떼이게
되자, 하루는 단단히 채비를 한다. 그날 밤 '낚시터가 눈앞에 펼쳐지고 강
심에 던진 낚시에 정체를 알 수 없는 큰 고기가 걸려 승강이를 하'는 꿈을
꾸게 된다. 「수변춘추」에서는 주인공이 낚시대를 낚아챈다면서 아내의
팔목을 낚아채는 꿈을 꾼다.

이처럼 낚시와 관련한 꿈은 거의 가위 눌리는 악몽이다. 그것도 낚시나
물고기에 관심이 집중되었을 때 꾸게 된다. 인물들이 물고기를 결코 하찮
게 대하는 것이 아님을 말해준다. 생명의 존귀함을 인식한 결과다.

「삼호강」의 '그'는 대수술의 후유증과 몇 종류의 질병을 앓고 있어 출
입도 제대로 못할 처지에 있다. 여기에 의사의 적극적인 권유도 있어 귀
향을 희망하지만, 형편이 여의치 않아 일년 가까이 미적거린다. 그러던
중 결정적 계기를 맞는다.

그러는 동안 수개월 전에 친구들 중에서도 가장 우량아라고 놀려대
던 막역한 친구가 하루만에 뇌출혈로 타계해 버렸다. 여기에서 어떤
충격을 받고 마음 속에 동요가 일기 시작했다.[36]

---

36) 오영수, 「삼호강」, 『황혼』, 창작과 비평사, 1976, 202쪽.

건강한 친구에게 갑자기 닥친 죽음은 병약한 '그'에게 큰 충격으로 다가온다. '그'는 친구의 죽음으로 자신도 한순간 죽음을 맞을 수 있음을 인식한다. 모든 수단과 방법을 동원하여 자신의 생명을 보존해야함을 깨닫는다. 그 결과 귀향을 결심한다. 죽음을 막아준다는 보장은 없지만 지금으로서는 귀향이 최선의 방법이기 때문이다.

그러나 귀향하여 목숨만 부지하고 있으면 과연 그것도 삶이라고 할 수 있을까. 이와 같은 존재론적 질문에 돌파구를 마련한 것이 낚시다. '그'는 고향의 K라는 곳에 주거를 마련하고 그곳에 있는 삼호강에서 낚시를 하며 삶의 의미를 찾는다. 거기서 강적인 오래 묵은 잉어를 만나게 된다. 그 잉어는 '훌륭하고 당당한' 모습에 '대인의 풍모', '왕자다운 위의'를 갖춘 '이 강의 패자'다. '그'는 그 잉어를 투쟁의 대상으로 생각한다.

> 기껏 한 마리의 물고기를 상대로 이토록의 흥분과 긴장과 집념이야말로 하잘 것 없는 한사라고 빈축을 살는지도 모르나, 인간이 태초부터 피할 수 없는 숙명은 죽음과 투쟁이 아닌가. 산다는 자체부터가 투쟁이 아닌가. 인간은 역시 상대성의 존재로서 상대가 없는 투쟁이 있을 수 없고, 투쟁의 상대를 의식함으로써 자신의 존재를 재확인하는 여기에 의미가 있지 않겠는가?[37]

'자신의 존재를 재확인'하는 일이란 무엇인가. 자신의 목숨(생명)이 고귀함을 새삼 확인하는 일에 다름 아니다. '그'는 그 일을 잉어와 겨루는 것으로 확인하려 한다. 김윤식의 이론에 기댄다면 '그'는 잉어를 자기와 동등한 존재로, '위신투쟁(승인욕망)에 맞선 상대방(인간)'으로 간주하는 것이다.

'그'는 '대평원에서 천군만마를 호령하는 것이나, 한 마리의 물고기와

---

37) 오영수, 위의 책, 211쪽.

대결하는 거나 그 본질에 있어서는 마찬가지'라고 생각한다. 이것은 오영수의 생각이기도 하다. 오영수는 인간의 실존은 경쟁자와의 투쟁에서 확인할 수 있고 따라서 '그'로 하여금 실존의 확인 차원에서 낚시를 하도록 한 것이다.

'그'의 1차 대결은 무승부로 끝난다. 잉어가 끌려나오느냐, 줄이 끊어지느냐, '그'가 끌려 들어가느냐의 대결에서 결과는 줄이 끊어진 것이다. '그'와 녀석은 서로 적수가 되기에 충분하다. 그 후 녀석은 나타나지 않는다. '그'는 녀석이 나타날 때까지 기다리기로 한다. 녀석과의 대결을 포기하는 것은 생존의 의미를 상실하는 것이기 때문이다.

작가는 여기서 인간의 정체성을 환기시킨다. 실패와 좌절 속에서도 불굴의 의지를 다지는 것이 곧 인간이라는 것이다. 끝없는 도전이야말로 인간 본연의 모습임을 강조한다. '그'가 끝까지 잉어와 대결하려는 의지를 통해 이점을 암시한다. 김윤식의 부연을 들어보자.

> 인간이란 당초 짐승의 일종. 맹수와의 싸움이란, 죽음을 건, 승인욕망이 아닐 수 없는 것. 주인이 된 <나>가 할 수 있는 것이란, 지난날의 인류가 했던 수렵세계에의 향수 어린 재현이 아닐 수 없지요. 인간의 존엄과 동물에의 경시풍조란 예속적인 농경사회나 기술자의 사회에서 만들어진 생각일 뿐. 자기와 동등한 존재로 짐승을 놓고 그와 싸우는 일이란 신성한 것. 죽은 짐승에 대한 죄의식 따위란 없고, 대등한 자로서 경의의 대상일 뿐, 투우의 경우를 보면 금방 알 수 있지요.[38]

김윤식의 주장이 아니라도 '그'는 인간이란 근본이 짐승의 일종임을 깨닫고 있었던 듯하다. 따라서 '그'는 비록 대결의지를 불태우고 있지만, 잉어를 자신과 동등한 존재로 인식한다. 이것은 신성한 일이며 자신의 생명

---

38) 김윤식, 「헤겔의 시선과 베이트슨의 시선 ─ 『미늘』과 『미늘읽기의 끝』에 부쳐 ─」, 『미늘의 끝』(안정효), 들녘, 2001, 183─197쪽.

과 마찬가지로 잉어의 생명도 소중하게 생각한다는 뜻이다.

'그'는 잉어와의 대결이 팽팽하게 긴장된 것임을 인정하지만, 녀석의 생명까지 해칠 생각은 추호도 없다. '그'가 잉어를 한낱 물고기로만 인정했다면 이처럼 진지하게 대하거나 도전하지는 않았을 것이다. 이 강의 주인이라고 할 정도로 잉어를 영물 혹은 고귀한 생명체로 간주했기 때문이다. 여기서 작가는 생명의 고귀함과 함께 1970년대의 산업화 그늘에서 실패하고 좌절한 낙오자들에게 새 삶에 도전하기를 촉구하는 메시지를 전해주었다고 하겠다.

5. 결론

오영수에 대한 기존 논의는 대체로 사회 현실을 외면한 채 천진무구한 인간을 추구했다는 데 모아진다. 이러한 논리는 그의 작품의 다양성을 협소화했다는데 문제가 있다. 자신이 밝힌 대로 그는 다양한 작품 경향을 보여주고 있다.

그는 어려서부터 말년까지 낚시를 즐긴다. 그 경험을 바탕으로 낚시와 관련된 소설 13편을 발표한다. 자신의 경험을 형상화했기에 우선 독자에게 친근감을 주고, 독자는 등장인물이 작가와 동일인이라는 착각 속에 작품을 읽게 된다. 그로 인해 작가의 메시지는 더욱 절실하게 독자에게 다가간다.

소설은 어디까지나 허구이니 작가가 경험한 것을 그대로 옮겨 놓은 것이 아니다. 경험만으로 창작하려 하면 소재주의로 떨어지고 말 것이다.[39] 창작에서 소재주의에 빠지는 경우란 작가가 "어떻게 쓸 것인가"보다 "무

---

39) 조정래, 『소설창작, 나와 세계가 만나는 길』, 한국문화사, 2000, 66쪽.

엇을 쓸 것인가"에 골몰할 때다. 또 재료를 중시한 나머지 주제를 소홀히
할 때다. 오영수처럼 노련한 작가가 이런 사실을 모를 리 없다. 그는 낚시
경험을 적절하게 꾸미고 변형시켜 새로운 구조로 소설을 창작한 것이다.
이를 망각한 채 오영수가 낚시광이라는 이유로, 선입견을 앞세워 이들 소
설을 신변잡기적이고 사소설적이라고 비판하는 것은 잘못된 판단이다.

그나마 최옥선이 본격적으로 접근하여 어느 정도 성과를 보여주고 있
다.[40] 그러나 그 결과가 작품의 심층적 분석이 되지 못하고 개략적 고찰
에 그친 점은 아쉬움을 주고 있다. 이 소설들 중에는 물론 작가의 경험담
을 가볍게 소개하거나, 수필과 구별하기 어려운 작품도 없지는 않다. 하
지만 대부분이 전통적 소설 범위를 벗어나지 않고, 작가 또한 이를 위해
의식적으로 노력한 흔적이 보인다.

설화와 함께 꿈이 자주 삽입되는 것도 그 노력 중의 하나다. 「수련」,
「장자늪」, 「실걸이 꽃」, 「뚝섬 할머니」, 「삼호강」 등에서 그 예를 찾아볼
수 있다. 이들 꿈은 서사적 흥미와 함께 작품의 의미 확대에 기능한다. 의
식적으로 알파벳 이니셜이나 그 · 노인 · 촌로 · 신사 · 할머니 등 삼인칭
을 사용하여, 신변소설이나 사소설과 차별화도 꾀한다.

이들 작품은 대체로 사람이 살아가면서 지켜야할 본분이나 도리를 강
조하는 교훈으로 되어 있거나, 현세태에 만연하고 있는 부도덕과 무질서
와 비리를 고발한다. 좀 더 구체적으로 말하면, 우선 사람은 매사에 신중
하고 겸손해야 한다고 강조한다. 아울러 허위의식을 버리고 인격도야를
주문하는가 하면, 법도와 규율을 준수하라고 역설한다. 우주의 섭리 앞에
겸허해야 함을 경고하는가 하면, 사람이 지켜야할 덕목을 제시한다. 예의
범절이나 체면을 돌보지 않는 사람을 꾸짖고, 약자나 소수를 배려하지 않
는 몰인정을 질책한다. 권력에 아첨하거나 그것을 이용하는 병폐를 폭로

---

40) 최옥선, 「오영수의 낚시 소재 소설 고찰」, 『국제언어문학』(2007.12), 67-98쪽.

하기도 한다.

한편으로 자연친화와 생명의 고귀함을 강조한다. 이것은 인간을 동물과 동일시하여 이들이 서로 감정과 사고가 통한다고 보는 데서 입증된다. 사람과 마찬가지로 모든 생명체는 소중하다는 작가의식의 소산이다.

이러한 항목들은 어느 작품에 한정시켜 논의할 성질이 아니다. 인생교화를 역설하다 보면 현실고발이 될 수 있고, 자연친화를 강조하다 보면 생명존중이 뒤따를 수 있다. 그 반대도 성립될 수 있음은 물론이다. 이들 요소들이 혼합되어 있거나 서로 넘나들 수도 있다. 본고에서는 편의상 항목을 나누어 살펴보았을 따름이다.

현대 사람들은 낚시를 일종의 스포츠로 즐기고 있는 형편이다. 그러나 오영수는 정신 수양 혹은 심신수련의 한 방법으로 인식하고 이를 작품화한다. 이런 점에서 이 작품들은 여타의 소설들과 차별화 된다. 이로써 오영수는 한국문단에서 낚시관련 소설을 창작한 특이한 작가가 된다. 이것은 안정효의 낚시 체험 소설과 비교했을 때 더욱 두드러진다.

오영수 소설에 대한 연구는 그의 전 작품을 한꺼번에 개략적으로 살펴보기보다는 우선 주제별·경향별·시기별·제재별·인물별·기타 등 세분하여 집중적·총체적으로 이루어져야 한다. 본고가 이를 위한 밑거름이 되었으면 하는 마음 간절하다(『한민족어문학』, 한민족어문학회, 2008.12).

* 참고문헌

1. 논문

곽　근, 「오영수 소설의 동물의식 고찰」, 『한국현대문학의 어제와 오늘』, 국학
　　　자료원, 1998.

권영민, 「오영수 소설의 새로운 계보학을 위해」, 『자유문학』 가을호, 2006.

김병걸, 「오영수의 양의성」, 『현대문학』, 1967.

김영화·김병택, 「오영수의 소설 연구」, 『제주대 논문집』 24집, 1987.

김윤성, 「오영수씨의 일면」, 『현대문학』, 1979.

김윤식, 「헤겔의 시선과 베이트슨의 시선-『미늘』과 『미늘 읽기의 끝』에 부
　　　쳐-」, 『미늘의 끝』(안정효) 해설, 들녘, 2001.

문흥술, 「친화적 자연에서 가혹한 원시적 자연에 이르는 과정-오영수론」, 『작
　　　가연구』 10호, 새미, 2000.

박재삼, 「자기세계에 탐닉했던 분」, 『현대문학』, 1979.

신경득, 「공동사회의 불꽃-오영수론」, 『현대문학』, 1979.

신경림, 「반현대의 작가 오영수」, 『한국문학전집』 19권, 삼성당, 1988.

오영수, 「낙향산고」, 『현대문학』, 1990.

오영수씨와의 대화, 『문학사상』, 1973.

유임하, 「근대성 비판과 자연을 향한 동경-오영수 소설의 현실성」, 『작가연구』
　　　10호, 새미, 2000.

이동하, 「단편 소설 미학의 전범」, 『자유문학』 가을호, 2006.

이범선, 「한 점 흰구름처럼」, 『현대문학』, 1979.

이재인, 「21세기를 향한 오영수 소설 연구의 가능성」, 『경기대 인문논총』, 2000,
　　　『작가연구』 10호, 새미, 2000.

이정숙, 「오영수 소설의 보편성과 개별성」, 『오영수문학제 발표지』, 2008.

이호종, 「난계 오영수론」, 『울산문학』 19호, 1990.

천이두, 「한적 인정적 특징」, 『현대문학』, 1967.

______, 「오영수 작품론-따뜻한 관조의 미학-」, 『동서한국문학전집』, 동서문
　　　화사, 1987.

______, 「선의 해학의 문학-오영수론-」, 『작가연구』 10호, 새미, 2000.

최옥선, 「오영수의 낚시 소재 소설 고찰」, 『국제언어문학』, 2007.

한용환, 「아직도 남은 체온-오영수를 추억함-」, 『작가연구』 10호, 새미, 2000.

2. 단행본

안정효, 『미늘의 끝』, 들녘, 2001.

이재인, 『오영수문학 연구』, 문예출판사, 2000.

이창동·안정효편, 『한국소설문학대계』 86권, 동아출판사, 1995.

『울산문학』 19호·하반기호, 울산문인협회, 1992.

조정래, 『소설창작, 나와 세계가 만나는 길』, 한국문화사, 2000.

폴 퀸네트, 황정하 옮김, 『인간은 왜 낚시를 하는가?』, 바다출판사, 2006.

제2부

안회남 연구 서설

1. 문제 제기

1988년 이후 납·월북 작가의 작품이 해금된 것은 주지의 사실이다. 이와 함께 '한국 현대문학사의 복원', 혹은 '한국 현대문학사의 공백 메우기'라는 차원에서 이들 작가 및 작품에 대한 연구가 본격적이고 공개적으로 시도된다. 이전에도 제한적이나마 이들 작가와 작품이 학문적 차원에서 어느 정도 허용되어 왔지만, 해금과 더불어 비로소 일반적·대중적·상업적 측면에서도 공공연히 용인되기 시작한 것이다.

이와 함께 여러 출판사에서 다투어 작품집을 출간하였으며, 석·박사 학위 논문을 비롯하여 많은 글들이 발표되고 있음을 볼 수 있다. 서점이나 도서관의 신간 코너에도 이들의 작품집은 예외 없이 진열되어 있다. 이러한 사실을 접하면서 출판자와 연구자들이 너무 조급하고 성급하게 서두른다는 인상을 지울 수 없다. 그동안 금지되었던 작품을 발간하고, 그에 대한 연구를 하다 보니 그럴 수밖에 없다고 할는지 모른다. 그러나 좀 더 차분하게 차근차근 이에 접근해야 할 것이다.

이들 작품집의 출간이나 작가들에 대한 연구가 너무 성급하게 서두른다는 인상을 받은 것은 감상주의의 소산만은 아니다. 최근 간행된 작품집의 작품 선정 기준이 애매모호하고, 쉽게 구할 수 있는 작품 위주로 꾸며지고 있음을 발견하고, 연구물 또한 이러한 범주를 크게 넘지 못하고 있음을 확인했기 때문이다. 다시 말해 해금문인 전집, 혹은 월북 작가 전집 등의 명칭으로 된 작품집들이, 어떤 기준이나 작품의 질적 수준을 떠나서 우선 손쉽게 구할 수 있는 작품으로 채워졌다는 점이다. 그뿐만 아니라, 작가의 연보나 작품 목록 하나 올바로 작성해 놓지 않은 채, 먼저 작품집 발간이나 논문작성에 들어간 느낌이다. 더구나 사실과 다르게 왜곡된 부분이 자주 발견될 때는 아연실색할 수밖에 없다. 더욱 한심한 노릇은 선행 연구자가 저지른 잘못을 후대 연구자가 그대로 답습하고 있다는 것이다.

안회남의 경우도 예외는 아니다. 연보와 작품 목록부터 여러 곳에서 오류가 발견되고 있다. 따라서 본고는 우선 본격적 작품 연구에 앞서, 초보적 단계인 작가의 전기적 측면에 중점을 두어 고찰하려 한다.

2. 납·월북 문인의 해금과정

납·월북 문인의 해금과정을 살펴보는 것은, 감추어진 한국 현대문학사의 다른 한쪽이 어떤 순서를 거쳐 빛을 보게 되었느냐는 점을 확인하는 길이 될 것이다. 납·월북 문인이라고 했지만, 그 용어가 타당하다고 할 수는 없다. 납북 문인인 경우에도 북에서의 작품활동과 관련시켜 구분해야 하고, 재북문인 또한 이 범주에 포함시켜야 하기 때문이다.

해금 논의 때마다 문제되고 있는 납·월북 문인은 크게 세분류로 나누어진다. 첫째는, 시종일관 계급주의와는 상관없이 순수문학을 지향해 온 문인들, 즉 정지용·김기림·이태준·안회남·박태원·오장환·현덕·백석·이근영·최인준 등이 이에 속한다. 둘째는, 프로문학을 하던 중 일제의 탄압 때문에 일단 전향했다가 해방 후 남로당과 밀착, 자진 월북한 문인들, 즉 임화·이원조·김남천·안함광·설정식 등을 꼽을 수 있다. 셋째로는 1920년대 이후 줄곧 사회주의 문학을 고수하다가 월북한 작가들이다. 이기영·한설야·송영·박팔양 등이 그들로, 월북 후 북한 문단의 주류를 형성한 것으로 알려지고 있다.[1] 따라서 얼마간의 변수가 있을 수 있지만 해금의 우선순위는 자연히 첫째·둘째·셋째의 순으로 이루어질 수밖에 없다. 지금까지 진행된 해금조치는 크게 5단계로 나눌 수 있다.

그 첫째 단계는 1978년 3·13조치를 들 수 있다. 이때 정부는 납·월북 작가들의 작품에 대한 규제를 완화한다는 기본 방침을 밝혔다. 여기에 ① 북쪽에서 이미 사망한 문인, ② 해당 작가의 월북 이전의 작품, ③ 사상성이 없는 순문학적인 것으로, ④ 문학사 연구의 목적에 국한 하되, ⑤ 그 내용이 반공법·국가 보안법 등에 저촉되지 않아야 한다는 단서를 두었다. 다시 말해 규정 속에 연구용이나 학문적인 수준에서만 극히 한정적으로 해당 작품이 논의될 수 있었다. 이때, 이러한 규정하의 선별기준이 매우 모호하고, 누구의 어떤 작품이 연구의 대상이 될 수 있는지 막연했던 것이 문제점으로 지적되었다.

그 후 1983년 한국 문인협회는 남북작가대책위원회를 구성하고, 김기림·정지용 등의 작품을 해금해주도록 대통령에게 건의키로 하였다. 아울러 시인 조운·백석, 소설가 이태준·정인택·안회남·박태원, 평론가 박영희 등 7명에 대해서는, 정부 당국과 공동 조사위원회를 구성하여 용공성 여부를 살핀 후, 해금을 결정하기로 방침을 세웠다.

둘째 단계는 1987년 10·19조치로, 제5공화국 이래 금서로 묶인 478종 가운데 문학예술 분야 118종을 포함, 모두 431종이 해금된 것을 들 수 있다. 그러나 월북문인 도서 20종을 포함한 총 47종은 해금이 유보되었

---

1) 정경수, 「월북문인의 작품과 그 해금문제」, 『소설문학』(1987.12), 157쪽.

다. 그 20종의 저서명과 작가명을 들면 다음과 같다.

1)『임꺽정』(9권) : 홍벽초   2)『맥』: 김남천

3)『정지용시와 산문』: 정지용   4)『기상도』: 정지용

5)『분향』: 이찬   6)『백록담』: 정지용

7)『현해탄』: 임화   8)『오랑캐꽃』: 이용악

9)『낡은 집』: 이용악   10)『불』: 안회남

11)『헌사』: 오장환   12)『성벽』: 오장환

13)『분수령』: 이용악   14)『고향』(상, 하) : 이기영

15)『대하』: 김남천   16)『천변풍경』: 박태원

17)『탑』: 한설야   18)『화관』: 이태준

19)『금은탑』: 박태원   20)『소설가 구보씨의 일일』: 박태원

납 · 월북 작가의 경우 일부 작품에 해당되는 것이지만, 첫째 단계에서 학문적인 논의에 국한된 대상들이, 이번 단계에서는 일반적 · 상업적 수준에서도 논의될 수 있게 되었다는 점에서 의의를 찾을 수 있다.

셋째 단계는 1988년 3 · 13조치인데, 비록 정지용 · 김기림 두사람에 국한된 것이긴 하지만, 논의 문제에서 벗어나 작품 자체의 해금이 처음으로 가능해졌다.[2] 넷째 단계는 1988년 7 · 29조치로, 백인준 · 조영출 · 이기영 · 홍명희 등 5명을 제외한 해방 전 작품의 전면 해금이 곧 그것이다.

다섯째 단계는 1988년 10 · 27조치인데, 납 · 월북 음악가와 미술가의 해금과 더불어, 해방공간에 대한 제약도 벗어나게 되었다는 데서 의의를 찾을 수 있겠다. 그 후 1992년 7월 8일 조영출(호 : 명암)의 1948년 이전(월북하기전) 작품이 해금되었다. 그의 월북 전 작품에 정치색이 없다는 점이 감안된 것으로 알려지고 있다. 그는 월북 후 교육문화성 부상, 문예총 중앙위 부위원장 등 고위직을 지냈고, 아직 생존해 있어 지난 1988년

---

2) 김윤식,『80년대 우리 소설의 흐름』II, 서울대 출판부, 1989, 295쪽.

납·월북 작가 해금조치 때 제외되었다.[3]

이상에서 보았듯이 논의가 시작된 지 10년이 지나서야 비로소 대폭적인 해금이 이루어진 것이다. 1988년에 몇 차례 해금이 단행되었다는 것은, 당시의 민주화 정책과 결코 무관하지 않을 것이다.

3. 안회남의 전기

안회남은 1908년 서울 금후동(금부뒷골)에서 안국선의 독자로 태어난다. 출생년도는 1908년 외에도 1909년·1910년 설이 있다. 이를 확실히 규명하기 위해 참고자료를 인용해 본다.

「安懷南」
一. 原籍, 京城府 茶屋町 三
二. 住所, 京城 体府町 一七二
三. 生辰, 明治四十二年 十一月十五日
四. 最終學歷과 經歷, 學歷이랄건 거의 없오. 開闢社記者, 會社員
五. 處女作과 發表年度, 母子, 昭和五年[4]

회남 자신이 밝힌 듯한 이 자료는 출생 연도를 명치 42년 즉 1909년으로 알려 주고 있다. 1909년 출생은 「조선문예가총람」(『문장』, 1940.1, 237쪽)에서도 확인되고 휘문고보의 학적부에서도 증명된다.[5] 안국선의 『육아약기』에 보면 융희 2년 즉 1908년에 출생한 것으로 되어있다. 출생신고가 일년 늦게 되었고, 늦게 신고된 호적상의 출생 연도를 고집스레 사

---

3) 『조선일보』, 1992.7.9, 21면.
4) 『조선문학』 3권 1호(1937.1), 295쪽.
5) 윤재근 편, 『안회남』, 지학사, 1990, 332쪽.

용했던 것으로 생각된다. 회남은 자신의 출생에 대해서 다음과 같이 적고
있다.

> 아버님께서는 동경에서 유학하시고 돌아와 그 시대 한말(韓末)의 한
> 참 부패한 현실을 통탄한 바 있어 모종의 정치운동을 획책하시었다가
> 드디어 탄로나서 지금의 전라남도 저 아래 진도라는 절해의 외로운 섬
> 속으로 유배된 바 있었던 것이다. 우리 어머님은 이 진도의 토착씨의
> 딸로서 이를테면 '시마노 무쓰메'다. 이 유폐된 청년 정치가와 남국의
> 섬색시와의 사이에 '작열(炸熱)의 연(戀)'이 시작되어 나를 낳으셨다는
> 것이다.6)

이러한 인연으로 태어난 회남은 안국선으로부터 총애를 받는다. 과장
과 기담이 섞인 『육아약기』가 그것을 뒷받침해 준다. 회남의 교육을 위해
서울로 이사한 점이라든지 회남의 몇몇 기록을 종합해 보아도 그것은 충
분히 입증된다. 대개의 문인들이 그러하듯 회남 역시 어려서부터 문학적
재질이 엿보였던 것 같다.

> 사실 나는 어렸을 적부터 글짓기를 매우 좋아하였고 학교엘 다닐
> 때는 작문시간마다 선생님께 칭찬을 들었다고 기억하는데 언제 이것
> 을 아버님께 여쭈었더니 아버님은 나의 작문 지은 것을 가져오라셔서
> 읽어보시고 아무 말씀도 안하셨다. 내가 소설을 짓고 평론을 쓰고 하
> 게 된 것을 아버지는 보시지 못하고 돌아가셨는데 글에 대한 나의 재
> 질 여하를 아버님은 어느 정도로 시인하셨는지 모르는 일이다.7)

어렸을 때부터 글짓기를 좋아하고 지은 글에 대해 학교 선생님의 칭찬

---

6) 안회남, 「나의 어머님」, 『조광』(1940.6).
7) 안회남, 「명상」, 『조광』(1937.1).

을 들었지만, 무엇보다 부친의 혈통과 영향으로 일찍부터 문학에 관심을 모았던 듯하다. 어릴 적 자신의 글을 보고 아무 말도 하지 않던 아버지가 자신의 글을 인정한 것으로 단정했던 모양이다. 아버지의 묵시로 그는 무척 고무되었던 것이다.

한 동안 시골에서 한문공부를 했고, 휘문고보에 입학하면서부터 김유정을 비롯한 여러 문인들과 접촉하면서 문학방면으로 진출할 뜻을 정한다. 휘문고보에서 낙제하고 실의에 빠져 있을 때, 도서관에 다니면서 문학서적을 탐독하기 시작하였는데, 이때의 독서가 문학활동에 큰 도움이 된 듯하다.

그는 한 때 결혼문제로 고민한다. 연인이 있었지만 할머니의 반대로 난관에 봉착한 일이 그것이다. 그러나 마침내 할머니를 설득해 결혼에 이른다. 친한 친구 김유정이 연애에 실패한 것과는 대조적이다. 잠시지만 결혼 문제가 매우 심각했기에, 자신의 소설과 수필에서 자주 제재로 다루고 있다. 결혼 후 2남 1녀를 낳고 가정에 충실하였으며, 한동안 근무하던 개벽사나 화신을 그만두고 창작에만 전념한다. 아버지가 돌아가신 후 얼마간의 남겨진 유산으로 생활해 나갈 수 있었기 때문이다.

1930년 5월 『신소설』에 「모자(母子)」를 발표하면서 등단하여, 1948년 말 월북하기까지 소설 80여 편, 평론 90여 편, 수필 50여 편을 발표한다 (소설 중에는 꽁트, 중·장편소설이 포함됨). 이처럼 그는 소설가 겸 평론가에 속한다. 그 때문인지 소설이 발표될 때마다 거의 문제작 혹은 화제작으로 월평에서 거론된다. 그 자신 또한 다른 작가의 작품을 수시로 논평한다.

일제말기에는 얼마간 친일적 태도를 보이기도 하고, 해방 후에는 적극적인 문단활동도 보여준다. 그 여파로 월북하게 된다. 월북 후 몇 편의 작품을 남겼다고는 하나 작가적 종말은 그 때문에 일찍 찾아온다. 사망사실은 아직 확인되지 않고 있다.

이제부터 수필이나 신변 소설 혹은 앙케이트 등을 통해서 그의 인간적 면모를 살펴보기로 한다. ① 술을 무척 즐긴다. 술을 좋아하여 자주 그리고 많이 마셨음은 자타가 공인하는 것으로, 수필류와 신변소설을 통해 알 수 있다. 『조광』지의 한 설문에서 "과음을 못하게 하는 방법은 없습니까?"고 묻자 "천하의 미인이 안선생님 약주 잡숫지 마세요 하고 간청한다면 금주는 못하더라도 나의 애인을 위하여 과음은 안하게 될 것 같습니다"고 대답한다. 과음은 안 해도 금주는 할 수 없음을 밝히는 점에서, 얼마나 술을 좋아했는지 짐작할 수 있다.

② 끊임없이 자신의 생활을 반성한다. 고백적 글에서 이러한 태도를 잘 엿볼 수 있다. 하나의 예를 들어본다.

外出하면 흔히 밤늦게야 집엘 도라오니까 午後에는 저에게 家庭生活이 없습니다. 午前만 있는 家庭生活! 나는 내 自身을 위하여 家庭을 위하여 나의 고약한 習慣을 고치고 한번 生活을 改善해 볼가 計劃합니다.

一. 첫째, 술을 금할 것
一. 둘째, 안해와 각방을 使用할 것
一. 셋째, 아이들을 너무 귀여워하지 말 것[8]

③ 문학에 대한 정열이 대단하다. 가난했지만 문학을 위해서라면 언제든지 직장을 버릴 수 있을 정도다. 문학에 정진하기 위해서 개벽사나 화신을 그만 둔 것이 이를 증명한다.

④ 종교는 아버지를 따라 기독교 신자로 되어 있지만 독실하지는 못하다. 어쩌면 독실한 신앙인이 될 수 없는 체질이었는지 모른다. 그러니 종교에 대해 진지하게 논한 글이 보일 리 없다. 독실하지 못한 기독교 신자였기에 어머니나 아내에게 따돌림도 당한다. 사이비 종교나 미신에 대해

---

8) 안회남, 「나의 가정생활 공개」, 『여성』(1993.12), 49쪽.

서는 단호하게 반대의 입장을 취한다.

⑤ 생활이 다소 불규칙적이다. 취침시간이나 기상시간이 일정하지 않았음은 물론, 식사시간도 매우 불규칙했음을 자주 고백한 적이 있다.

⑥ 탐정소설에 특히 흥미를 갖는다. 감명 깊게 읽은 책 가운데 탐정소설이 유독 많고,9) 또 자주 읽었음을 고백하고 있다.

⑦ 도덕적 모랄리스트이자 정열적인 로맨티스트이다. 처자를 둔 몸으로 처녀를 사랑하기도 하고, 義妹를 맺기도 하며, 총각시절에도 많은 여인을 사랑하고 사귀는 등, 정열적 로맨티스트의 모습이다. 소설에도 이러한 면모는 투영되어 있다. 그러나 결코 비도덕적 · 비윤리적 행동을 한 바는 없다. 정열적 로맨티스트인 만큼 도덕적 모랄리스트였다고 할 수 있다. 한 앙케이트에서는 다음처럼 말한 적도 있다.

> 한 아름다운 여인에게 사랑을 고백하고, 그리고 그것이 이루어지지 못할 때 그러한 경우라도 나는 그 여인을 조금도 변함없이 영원히 사랑하고 그 여인을 위하여 살고, 그리고 마음을 끝까지 굽히지 않고 불순해지지 않고 항상 불타며 깨끗한 그런 사람이 되겠습니다(제가 한 여인을 연애하고 그 이상과 같이 못하여 한입니다).10)

"제 마음대로 사람이 되어 태어날 수 있다면 어떤 사람이 되기를 바라십니까?"라는 설문에 이렇게 대답하는 태도에서 정열적인 로맨티스트의 모습을 볼 수 있다. 지금까지의 논의에 자료를 더하여 그의 연보를 작성해 보기로 한다. 그렇다고 이 연보가 완벽하다고 할 수는 없다.

1908년(0세): 11월 15일(융희 2년, 양력) 서울 禁後洞(금부뒷골)에서 安

---

9) 안회남은 『조광』지 설문에서 반다인 · 목목가태랑 · 시메놈 · 벤도레 등의 탐정소설을 감명 깊게 읽었다고 토로한 바 있다.
10) 윤재근 편, 위의 책, 339쪽(再引).

國善(新小說作家)과 李淑堂 사이에 독자로 출생. 본명은 必承. 兒
名은 葛範.

1916년(8세): 경기도 안성군 고삼면 봉산리로 이사함.

1918년(10세): 서당에서 주로 통감으로 한문공부를 함. 약 2년간 이 공
부가 계속됨.

1921년(13세): 교육을 위해 서울로 이주함. 수송동 공립보통학교 2학
년 입학.

1922년(14세): 동교 3학년 자퇴. 이후 한성강습소에 다님.

1923년(15세): 4월 9일 검정고시로 휘문고보에 입학. 이때부터 김유정 ·
이상 등과 교유하며 문학에 뜻을 둠. 문단에 나서야겠다는 생각
은 하지 않고, 위대한 작품을 써서 책상서랍에 넣어두겠다고 마
음먹음. 처음에는 有島武郎을 그 후는 코난 도일을 사숙함.

1924년(16세): 메리필빈(Mary Philbin: 미국 여자 영화배우)을 사모하여
그녀의 초상화를 수백 매나 모으고, 그녀가 출연한 영화를 보고
일기와 시를 쓰기도 함. 이런 행위가 약 7년 동안 계속됨.

1926년(18세): 부친 사망. 휘문고보(4학년)에서 낙제 당함.

1927년(19세): 12월 15일 퇴학. 학적부에 의하면 의원 퇴학으로 되어
있고 사유로는 家事 · 病氣로 기재됨.

1932년(24세): 玉卿이란 여인을 만나 서로 사랑하고, 할머니의 반대에
도 불구하고 그녀에게 약혼반지를 전해줌.

1933년(25세): 개벽사에서 발간하는 잡지『第一線』의 편집을 채만식 ·
이석훈과 함께 맡음. 이 잡지 3월호에 김유정의 처녀작『산골 나
그네』를 게재함.

1934년(26세): 박영희 · 김기진 · 한설야 · 유진오 · 백철 · 임화 · 이갑
기 · 홍효민 · 안함광 · 권환 등과 함께 당당한 비평가 대열에 서
게 됨.

1935년(27세): 5월 여운형 주례로 천향원서 결혼식 거행. 6월 4일부터
　　　　　　이듬해 4월 24일까지『조선중앙일보』의 '筆彈' 혹은 '日評'이란
　　　　　　단평란을 김복진·박노갑·박귀송·노천명·박승극·전무길·
　　　　　　이원우·장북영·이봉구·한흑구·이해문·김북원 등과 함께
　　　　　　담당함.

1936년(28세): 장남 秉輝 출생.

1937년(29세): 차남 秉殷 출생. 그 후 고명딸이 출생(1938년-1940년
　　　　　　사이)하나 정확한 연도는 알 수 없음. 이 무렵 연애지상주의의
　　　　　　인물로 창작해 보려고 安綠山과 楊貴杞를 모델로 하여 자료수
　　　　　　집을 함. 김유정의 신병이 악화되자 치료비를 구하려고 한때 동
　　　　　　분서주함. 義妹가 결혼하자 한동안 단장을 짚고 다니면서 고독
　　　　　　과 슬픔을 달램. 일본서 유행하던 신감각파의 수법에 영향을 받
　　　　　　아 '구인회'적 성격을 띤 예술파의 입장으로 문단에 군림함.

1938년(30세):『探偵作家論』(다그라쓰톤손),『루루주事件』(에미루카
　　　　　　부리오),『黃色의 室內』(가스톤 루루),『바스카비일의 엽견』(코
　　　　　　난 코일) 등을 읽으면서 탐정소설의 이론과 기교에 관심을 가
　　　　　　짐. 단편소설「沒落」,「波紋」장편소설『少年體育團』을 構想해
　　　　　　놓고 이의 구성을 위해 노트함(이들 작품이 발표되었는지, 구상
　　　　　　으로만 그쳤는지는 확인할 수 없음).『私有財産과 國家의 起源』
　　　　　　(엥겔스)을 읽음. 又香·최재서·노자영·이원조·亨緖·김문집
　　　　　　등과 교유.

1939년(31세):『안회남 단편집』(학예사)간행. 仇甫·黎 ·節山·陸史
　　　　　　등과 교유. 4월부터『동아일보』가 기획한 '신인문학 콩쿠르'에
　　　　　　유진오·이효석·백철·임화·엄흥섭 등과 함께 참가함.

1940년(32세): 김기림·김남천·이태준·이원조·임화·백철과 함께
　　　　　　소화 15년판『조선작품년감』편찬위원.

1941년(33세): 김기림 · 김남천 · 이태준 · 이원조 · 임화 · 백철 · 최재서
와 함께 소화 16년판 『조선작품년감』 편찬위원.

1942년(34세): 소설집 『愛人』(正價 二圓五十錢), 『탁류를 헤치고』 간행.

1944년(36세): 9월 26일 日本北九州 佐賀縣 立川炭鑛으로 징용감(만 2
년 기한).

1945년(37세): 9월 25일 귀국(해방 덕분으로 이른 귀국).

1946년(38세): 서울 옥인동 135번지에 거주. 조선문학가동맹 소설부 위
원장이 됨. 소설집 『田園』(고려문화사) 간행.

1947년(39세): 소설집 『불』(을유문화사) 간행.

1948년(40세): 소설집 『봄이 오면』(정음사) 간행. 11월경 월북.

4. 해방 후의 안회남

1944년 9월 26일 일본 북구주로 출발하여 좌하현 입천탄광에서 일
하던 회남은 꼭 일년만인 1945년 9월 25일 고국으로 돌아오게 된다.
8 · 15해방 덕분이다. 그 후 문단에 적극적으로 참여하여 활동한다. 그
의 문단 참여는 해방 후의 문인 단체의 면면을 살펴봄으로써 자연히 밝
혀질 것이다. 해방과 함께 임화 · 김남천 등은 재빨리 '조선문학건설본
부'란 간판을 종로 한청빌딩에 내걸게 된다. 1945년 8월 16일의 일이다.
이들은 해방 문단의 조직적인 재정비를 목표로 범문단적인 기구를 결성
하고자 한다. 이 단체의 중앙위원회의 임원은 다음과 같다.

중앙위원장: 이태준
소설부: 이기영 · 박태원 · 안회남 · 이태준 · 한설야 · 김남천
시부: 김기림 · 김광균 · 오장환 · 임화 · 정지용

평론부: 이원조 · 박치우 · 서인식 · 조윤제
외국문학부: 김진섭 · 김삼규 · 김광섭 · 이양하 · 최정우[11]

이들은 『문화전선』이라는 기관지를 내는 한편 미술 · 음악 · 영화건설 본부와 함께 '조선문화건설중앙협의회'(이하, 문건)를 조직하여 문화운동의 주도권을 잡으려 한다. 한편 한설야 · 이기영 등은 이 문건을 탈퇴하여 1945년 9월 17일 '조선프롤레타리아문학동맹'을 건설하고, 9월 30일에 음악 · 미술 · 연극 · 영화동맹과 함께 '조선프롤레타리아예술동맹'(이하, 예맹)을 조직한다. 이들은 『예술운동』이라는 기관지를 발간하면서 문건과 대립한다. 이들의 대립은 각각 나름대로 과거 문학사에 대한 일정한 평가와 문학예술 운동에서의 통일전선의 문제에 견해를 달리하여 야기된 것이다.[12]

문건 측의 중요 인물은 임화 · 김남천 · 이태준 · 안회남 · 김기림 · 박태원 · 조벽암 · 이용악 · 이원우 · 이서향 · 민병균 등이다. 이들이 내세운 '문화전선의 통일'은 조직에 가담한 문화예술인들의 사상적 경향이나 이념성을 크게 문제삼지 않았다는 점이 특색이다. 이에 비해 예맹 측의 중요 인물은 이기영 · 한설야 · 박팔양 · 한효 · 이동규 · 송영 · 엄흥섭 · 이찬 · 이북명 · 박영호 · 김북원 · 홍순철 등이다. 이들은 공산주의적 이념을 표면에 내세우고, 조직의 선명성을 문건에 비해 좀 더 노골화하고자 한다.

이처럼 이견을 보이던 두 단체에 대해 조선 공산당에서는 당시의 사회 상황과 지식인들의 동향으로 볼 때, '예맹'의 급진적인 투쟁노선보다는 '문건'의 문화통일 전선이 전략상 유리함을 간파한 후, '문건'을 중심으로

---

11) 권영민 편, 『월북문인 연구』, 문학사상사, 1989, 21쪽.
12) 김재용, 「해방직후 남북한 문학운동과 민중성의 문제」, 『창작과 비평』 봄호, 1989, 140쪽.

하는 문화전선의 통일을 촉구한다. 따라서 1945년 12월 3일 '문건' 측의 임화 · 이태준 · 이원조 · 김기림 · 김남천 · 안회남과, '예맹' 측의 윤기정 · 권환 · 한효 · 박세영 · 송완순 등 11인 합동위원회에서 두 조직의 통합을 결의하고, 12월 13일 '조선문학동맹'의 발족을 보게 된다.

'조선문학동맹'은 새로운 조직의 강화를 목표로, 제1차 '전국문학자대회'를 서울에서 개최하기로 결정하고, 그 준비위원으로 김태준 · 권환 · 이원조 · 임화 · 한효 · 박세영 · 이태준 · 김남천 · 안회남 · 김기림 · 김영건 · 박찬모 등을 선출한다. 이 대회를 통해 120여 명의 맹원이 확보되고 명칭도 '조선문학가동맹'으로 바뀌게 된다. 이때의 임원진을 보면 다음과 같다.

>   위원장: 홍명희
>   부위원장: 이태준
>   서기국장: 이원조(공산당기관지『해방일보』주간)
>   소설부 위원장: 안회남
>   시부 위원장: 김기림(여운형의 조선인민당 선전국원)
>   평론부 위원장: 김태준(공산당 서기국원)
>   희곡부 위원장: 이서향
>   농민문학부 위원장: 권환
>   외국문학부 위원장: 김영건
>   아동문학부 위원장: 정지용
>   고전문학부 위원장: 이병기[13]

지금까지 살펴본 해방 후의 문단을 회남과 결부시킬 때 다음과 같은 사실을 발견할 수 있다. 첫째, 회남은 문단의 중심부에 자리 잡고 있었다는 점이다. 조직이 개편될 때마다 핵심에서 조직을 리드하는 역할을 한다.

---

13) 이기봉, 『북의 문학과 예술인』, 사사연, 1986, 146쪽.

둘째, 뚜렷한 자기 이념이나 소신으로 문학 단체에 참여했다기보다, 시류에 휩쓸리거나 친분관계에 따라 행동했다는 점이다. 해방 전부터 임화와 이원조에게 각별한 우의를 다져오면서 이들과 행동을 함께 했다는 것이 이를 입증해 준다. 백철도 회남이 허준과 함께 친구를 따라 문학가동맹원으로 뇌동했을 뿐, 좌익사상에 깊이 물든 문인이 아니었다고 증언하고 있다.14) 혹자는 환상적 좌익동정파로 분류하기도 한다.15)

회남이 어떠한 이유로 '조선문학가동맹'의 '소설부 위원장'에 임명되었는지는 자세히 알 수 없다. 아마도 박헌영의 지시에 따라 임화 · 김남천 등의 입김이 작용하지 않았나 싶다. 임화 · 김남천 등은 '조선문학가동맹'의 임원진을 구성하면서 한두 명을 제외하고는 대체로 온건파를 전면에 내세워 공산당 외곽 단체에 문학예술인들의 총집결을 기도했던 듯하다. 회남 역시 비교적 온건파에 속했기 때문에 무난히 중책에 기용되었던 것 같다. 그 이유로 북한의 사회과학원에서 발행한『조선문학사』에는 자유주의적 문인들은 물론, 임화 · 김남천 · 이원조 · 이태준 · 김기림 · 정지용 · 박태원과 함께 회남도 제외시킨 것 같다.16) 다시 말해 이들의 온건성은 사회주의 리얼리즘의 미학적 원칙과 김일성 주체사상과는 거리가 멀었기 때문이다.

이러한 회남의 문학단체 활동과 그의 월북은 결코 무관하지 않은 듯하다. 해방 후부터 6 · 25 전후까지 문인들의 월북은 크게 3차례로 나눠 볼 수 있다. 제1차는 1945년부터 1946년 사이로, 이기영 · 한설야 · 송영 · 이동규 · 윤기정 · 안막 · 박세영 등의 월북을 말하는데, 이들은 주로 '조선프롤레타리아문학동맹'의 맹원들로 뒤에 북한 문단의 주류를 형성한다.

---

14) 정영진 편,『통한의 실종문인』, 문이당, 1989, 32쪽.
15) 위의 책, 32쪽.
16) 권영민 편, 위의 책, 37쪽.

제2차는 1947년부터 1948년 사이로, '조선문학가동맹'의 중심인물이었던 이태준·임화·김남천·이원조 등의 월북을 말한다. 이때는 미군정 당국에 의해 박헌영의 체포령과 함께 공산당의 정치활동에 규제를 가하기 시작하자, 남로당의 주체세력을 따라 문인들도 월북하게 된 것이다. 제3차는 1950년 6·25전쟁의 와중에서, '보도연맹'에 가입해 있던 김기림·정지용·박태원·설정식·이용악·정인택·송완순·임서하 등의 월북을 말한다. 이들의 일부는 자진 월북하거나 강제로 끌려가기도 한다.[17]

회남은 6·25 이전의 마지막 월북자군의 일원으로서, 1948년 11월쯤 월북한 듯하다. 제2차 월북 문인 그룹에 속하는 것이다. 그 후 1950년 6·25전쟁과 함께 문단이 혼미한 상태에 빠져들었을 때, 이태준·임화·김남천·오장환 등과 함께 잠시 서울에 나타났었던 것으로 알려져 있다.[18] 월북 후 북한에서 별로 대접을 받지 못했음은 최태응이 잘 전해주고 있다.

1953년 8월 3일부터 8월 6일까지 평양 모란봉 지하극장에서 진행된 소위 괴뢰 특별군재에서 남로당 간부 숙청이 단행된다. 정부 전복 음모에 관한 사건이라 하여 이승엽·조일명·박승원·배철 등과 함께 임화와 설정식이 사형을, 이원조가 15년 징역을, 이태준이 평북지방의 괴뢰 직영 인쇄공장 교정공으로 유배된다. 이때 회남은 김오성·김남천·박태원·임학수·이병철·김영석·채규철·안영일·박산운·이용악·지봉문·이서향 등과 함께 반년 이상의 집필 금지를 당하게 된다.[19]

혹자는 이들이 반년 이상의 집필 금지 대신 문단에서 도태되어, '노동개조'(강제노동―즉 노동을 통해 사상을 개조하라는) 처분을 받고, 각 노

---

17) 위의 책, 19쪽.
18) 위의 책, 33쪽.
19) 최태응, 한국문인협회편, 「북한문단」, 『해방문학 20년』, 정음사, 1966, 83쪽.

동직장으로 추방당했다[20]고 증언하기도 한다. 일설에는 회남이 1966년
'사상검토회' 때 숙청되었다고 전하기도 하고, 숙청을 모면코자 장편소설
『샤만호』를 썼으나 발표되지는 않았다고[21] 전하기도 한다. 심한 알콜중
독으로 폐인이 되어 아무런 활동도 하지 못한 채 몰락해 버렸다[22]고 하기
도 하고, '민주노선'의 문화부장인가를 했다는 기록도 보인다[23]고 전하기
도 한다. 그러나 어떠한 사실도 확인할 수 없는 형편이다. 그가 월북하여
남긴 작품을 『남북한 문학사 연표』(한길사, 1990)에서는 다음과 같이 보
여주고 있다.

   ① 「눈위에 발자욱이」(단편소설) 1950.4
   ② 「견직공의 노래」(시) 1956.9
   ③ 「삽」(단편소설) 1961.5
   ④ 「안전기사와 직장장」(단편소설) 1961.9

5. 결론

   소설은 작가의 실제 생활을 형상화하기보다는 작가의 꿈이나 추구하
는 삶의 모습을 구체화한 경우가 많다. 따라서 작가의 실제 모습을 작중
인물에서 발견하지 못하는 것은 당연하다. 어쩌면 흔적조차 찾지 못할 경
우도 있다. 작가에게 그가 창조한 인물의 관념 · 감정 · 인생관 · 도덕관 ·
세계관 등등에 대해 책임지게 할 수 없는 이유가 여기에 있다. 이러한 논

---

20) 이기봉, 위의 책, 295쪽.
21) 한국비평문학회, 『혁명전통의 부산물 — 납 · 월북 문인 그후』, 신원문화사, 1989, 23
   7쪽.
22) 이철주, 『북의 예술인』, 계몽사, 1966, 200—204쪽.
23) 신형기, 「안회남론」, 『문학사상』(1988.11), 254쪽.

리는 신비평가들이 강도 높여 부르짖는 '작가와 작품의 분리'에 그 근거를 두고 있다. 그들은 작품이 자족적 법칙성을 띠므로 그 자체대로 읽고 분석할 뿐이지, 그 외의 사항은 작품 이해나 분석에 아무런 도움을 주지 못한다고 주장한다.

이 같은 이론은 매우 설득력 있기 때문에 우리의 공감을 얻기에 충분하다. 그럼에도 불구하고 작품은 작가의 '전체험이 문학적으로 형상화된 것' 혹은 '가치 있는 인간적 체험의 기록'이라는 의견도 여전히 우리의 공감을 얻기에 충분한 까닭은 무엇일까. 자족성을 지나치게 강조하다보면 문학작품이 의미의 예술이란 본질을 망각하고 비인간화하여, 사물화된 화석으로 전락하기 때문이다. 분명한 사실은 작가의 전기적 사실이나 체험은 창작의 토양이 된다는 점이다. 작가의 생애나 작품의 시대적 배경이나 사상을 젖혀둔 채 작품의 의미를 제대로 파악하기는 힘들 것이다. 따라서 작가의 전기적 사실 혹은 체험은 어떠한 의미로든 그 작가의 작품 이해에 많은 도움을 준다고 할 수 있다. 텍스트 자체에만 매달리는 방법론적인 경직성을 벗어나, 의미의 예술로써 작품을 정당하게 이해하기 위해서도, 작가의 전기적 고찰은 이루어져야만 할 것이다. 해금 문인 회남의 전기를 그의 작품 연구에 앞서 고찰하는 것도 이 때문이다. 그러나 회남의 전기적 고찰은 앞으로 더욱 충실히 이루어져야만 할 것이다(『장촌 임영천 화갑기념 논문집』, 국학자료원, 2000.10).

릴레이소설의 가능성에 대한 관견

1. 들어가며

21c에 접어들면서 새로운 매체로서의 컴퓨터는 인간 삶의 양식만을 변모시킨 것이 아니라, 문학의 영역에도 새바람을 불러 일으킨다. 컴퓨터와 통신의 결합은 가상공간이라는 새로운 문학의 영토를 만들어 내어, 기존의 문학 영역과 소통에 상당한 변화를 가져온 것이다. 사이버문학이라는 용어가 말해주듯 가상공간에서만 펼쳐지는 또 다른 문학이 짐차 확산되고 있다. 집체시 · 릴레이소설 · 작가 엑스 등 다양한 문학의 장르가 생겨나는가 하면, 성애소설 · 과학소설 · 무협소설 · 환상소설 등 대중소설이 크게 유행하고 있다. 사이버문학의 특징 중 하나는 작가와 독자의 개념이 모호해지고, 그들의 경계가 허물어지고 있다는 사실이다. 기존의 작가와 독자의 관계에서 점차 벗어나, 텍스트의 의미 생산에 작가와 독자가 함께 참여한다는 말이다.

이러한 현재의 문단 상황에 결부하여 사이버문학 중에서 선풍을 일으키고 있는 릴레이소설에 주목하고 싶다. 릴레이소설은 어떤 한 주제를 놓고, 여러 작가가 릴레이 경주에서 서로 바통을 이어받듯, 사건을 이어받아 전개하는 소설을 말한다(한 소설을 원작대로 놓아두고 앞과 뒷부분을 여러 작가가 공동으로 이어 쓰는 경우도 여기에 해당한다). 다시 말해, 한 작가가 쓴 소설을 읽고, 다음에 이어질 내용을 다른 작가가 창작한다. 또 다른 작가가 그 다음에 이어질 내용을 쓴다. 이런 방식으로 이어지게 되는 소설이다.

뒤의 작가들은 자신들이 쓰고 싶은 내용을, 앞의 소설이 이제까지 어떻게 진행되어 왔는지를 잘 알아보고, 그 다음에 이어지도록 창작하게 된다. 이렇게 완성된 작품을 과연 소설이라고 할 수 있을지 회의적인 시선을 보내는 사람도 있지만, 각자의 책임감으로 좀 더 재미있고 즐거운 읽을거리를 제공할 수 있을 것이라고, 낙관적인 견해를 내비치는 사람도 있다.

릴레이소설이 사이버문학의 대표주자로 자리 잡고 있음은, 수많은 소설동호회나 창작동인회의 홈페이지에 예외 없이 개설된 릴레이소설난이 증명해주고 있다. 뿐만 아니라, 초 · 중고등학교의 작문시간에도 이 소설이 자주 창작되고 있는 실정이다. 현재 릴레이소설에 대한 문단의 전반적인 인식은, 아마추어 작가들이나 호사가들의 취미나 동인회 활동 이상으로 간주하지 않는 듯하다. 기성 작가들 사이에서 릴레이소설을 창작한다는 소식은 여전히 들리지 않기 때문이다.

그러나 사이버공간에서 발표되는 많은 작품들이 점차 출판되고 있는 점으로 미루어, 장차 많은 릴레이소설이 활자화로 문단에 영향을 끼칠지 모른다. 이들 소설 가운데 상업적인 흥미위주의 열등한 작품이 없을 수 없겠지만, 문학적 가치가 있는 작품도 얼마든지 있을 수 있는 까닭이다. 설령 문단에 큰 영향을 주지 않는다 할지라도, 현재 진행되고 있는 상황만으로도 이에 관심을 가질 필요는 충분히 있다고 생각한다.

릴레이소설이 인터넷의 등장과 함께 비로소 발생한 것이라고 할 수는 없다. 정확히 일치한다고는 할 수 없지만, 1920년대 후반부터 1930년대 전반에 걸쳐 발표되었던 연작소설이 이에 해당한다고 볼 수 있다. 이 소설이 당시 크게 유행했다고 보기는 힘들지만, 새로운 형태로 문단의 주목을 받은 것은 사실이다. 그때의 연작소설을 고찰하여, 동일한 형태인 현재의 릴레이소설이 나아갈 방향을 탐색해보는 것도 의미 있을 것이다.

1920, 1930년대에 연작소설이란 이름으로 발표된 작품들은 당시의 중견작가들이 창작하였음에도 불구하고 조명을 받지 못한 형편이다. 참여한 작가들이 대중적인 인기가 대단했고, 작가적 역량을 인정받아 문단의 주도적 위치에 있었음에도 그렇다. 조명을 받지 못했을 뿐만 아니라, 그들의 전집에서마저 제외되어 있다. 현진건의 경우는 전집에 수록되어 있는 작품도 있고, 빠져 있는 작품도 있다. 이상경은 『강경애전집』(소명출판사, 1999)을 펴내면서, 그녀가 참여한 연작소설 「젊은 어머니」와 「파경」을 작품목록에는 수록하고 그 전문은 싣지 않는다. 염상섭의 경우도 마찬가지다.

이들 연작소설들에 문제점이 없는 것은 아니다. 한 작품을 놓고 여러 작가가 동원되다 보니, 특정 작가에게만 작품의 무게 중심이 실릴지도 모른다. 작품의 문제점에 대해 그 책임 소재를 명확히 밝히기가 모호할 수도 있다. 저널리즘에 편승하여 상업주의에 영합한 면이 전혀 없지도 않다. 그러나 작품을 제대로 평가해 보기도 전에, 단지 공동창작소설이라고 외면해서는 안 된다.

실상 이들 중에는 비교적 우수하다거나 성공작이라고 평가받은 작품도 있다. 당시 紙誌의 문예담당자들이 더 많은 독자를 확보하기 위한 수단으로 기획했기 때문에 다양한 모습으로 실험성을 내포하고 있기도 하다. 이들 작품을 면밀히 분석하면, 비록 공동창작일망정 동원된 작가들의 문학관이나 인생관·철학관을 포함하여 가치관과 문체의식을 찾아낼 수도 있을 듯하다.

2. 유사한 형태로서의 공동창작

1)

릴레이소설의 가장 큰 특징은 여러 작가의 공동창작이라는 점이다. 따라서 지금까지 공동창작된 작품을 우선 살펴보아야 할 것이다. 시에서도 공동창작은 얼마든지 발견할 수 있다. 1980년대에 발표된 몇 작품을 소개한다.

> ① 노동자 공동창작시: 「광산쟁이는 사람이 아닌가」 외 3편(『실천문학』 9호, 1988년 봄호)
> ② 공동창작시: 「하나된 주먹」 외 5편(『실천문학』 10호, 1988년 여름호)
> ③ 집단창작서사시: 「피어린 산하」 - 집단창작단 진군나팔(중앙대학교 문예창작학과)(『실천문학』 13호, 1989년 봄호)
> ④ 집단창작장시: 「농민의 깃발」 - 문예집단 진달래(『실천문학』 14호, 1989년 여름호)
> ⑤ 공동창작시: 「나의 태 묻은 땅 뼈도 묻고 말테다!」 - 일산 신도시 건설 반대투쟁에 부쳐 - 민족문학작가회의 시창작 2분과(『실천문학』 17호, 1990년 봄호)

이 작품들은 첫째, 개별 작가의 의미가 적다는 것이다. 개인의 역량이 집단속에 용해되어 있는 까닭이다. 둘째, 특별한 형식이 없고 분량이 대체로 길다는 점이다. 여기서 주목할 것은 이들 시의 성공여부나 내용이 아니라 공동창작이란 점이다(공동창작과 집단창작 중 어느 것이 적당한 용어인지도 생각해 볼 일이다). 공동창작의 개념을 위해 '「농민의 깃발」 창작보고서'에서 인용해본다.

집단창작의 어려움을 짐작 못한 것은 아니지만 초고를 완성한 이후의 수정 작업은 많은 인내를 필요로 했다. 개인적인 성향이 문제였다. 사소한 조사 하나 단어 하나로 몇 시간씩 허비하기도 했다. 자기가 쓴 작품에 집착하는 경우가 없지 않았는데 개인적인 친분 때문에 엄격한 비판이 힘들었다. (중략) 중복과 불필요한 부분을 삭제하고 표현을 새롭게 바꾸는 등 수차례의 수정작업 끝에 집단창작 「농민의 깃발」은 완성되었다.

창작단원 사이에 엄격한 비판이 힘들어 작품의 완성도가 훼손될 수 있는가 하면, 여러 사람이 여러 차례 수정 작업을 거쳐 좀 더 훌륭한 작품으로 만들 수 있는 것이 공동창작임을 전해주고 있다.

2)

북한 문학에서의 집체작도 공동창작이다. "1960년대 이후 양산되기 시작한 김일성 관련 문예물을 '수령형상작품'으로 분류하는데, 이러한 작품 창작시 김일성이나 김정일이 '너무나 위대하기 때문에', 어느 한 개인의 힘으로는 도저히 창작할 수 없으므로, 여러 창작가들의 힘과 재능을 모아야 한다는 요구를 내걸었다." 문학뿐만이 아니라 조각 · 동상 · 영화시나리오 집필 및 제작 · 미술작품 등도 여러 사람이 함께 만들었다. 때문에 이들은 조직적인 창작단을 만들고 그 속에서 작품 활동을 하였다. 이들의 논리는 철저히 개인의 힘을 무력하다고 보는 것이다.

1967년 6월 20일 김정일의 주도로 설립된 '4 · 15문학창작단'은, 문학작품을 전문적으로 창작해 내는 문학단체로, 김일성의 생일인 4월 15일을 본떠 만들어졌다. 이 창작단은 북한의 유명한 작가 50-60명으로 구성된, 노동당 선전선동부 직속기관으로 김일성 찬양 문학작품의 창작을 체계화하기 위한 것이다. 이곳에서 만들어진 대표적인 작품으로는 『닻은 올랐다』, 『혁명의 려명』, 『은하수』, 『백두산 기슭』, 『근거지의 봄』, 『혈로』, 『빛

나는 아침』,『조선의 힘』등의 부제가 각권에 붙어있는『불멸의 력사』시리즈물과, 총서『불멸의 향도』, 김일성의 회고록『세기와 더불어』등이 있다. 이 집체작은 본고에서 다루려는 내용과 상당히 차이가 있어 공동창작의 한 예로 언급하는데 그친다.

3)

연작소설에 해당하거나 이와 유사한 형태도 있다. ①「그 여자와 나―젊은 시절의 로맨스」(『조선일보』, 1929.4.1―5.12), ②「마지막 웃음」(『학생』, 1929.10―1930.1), ③「아침」(『별건곤』, 1928.8―1930.6) 등이 그 예다. ①은 김영팔 · 최승일 · 최서해 · 안석영 · 이태준 등이 하나의 주제로 각기 다른 작품을 창작한 연작소설의 변형이다. ②는 '소년 연작소설' 혹은 '학생소설 창작 릴레이'라고 하여 학생들이 쓴 연작소설이다(이 작품은 얼마 후 기성 작가 권환의 작품을 표절한 것이라 하여 화제가 되기도 한다. 이것은 당시에 학생문단에서 연작소설이 얼마나 유행하였는가 하는 것을 보여주는 예가 될 것이다). ③은 명사 10인 연작 강담이라 하여 저명한 10인이 강담을 연작한 것이다. 강담도 이야기라는 차원에서 보면 소설과 흡사하다. 최남선 · 송진우 · 박희도 · 안재홍 · 정대현 등이 필자로 동원되고 있다. 이들 작품들은 본고에서 논하고자 하는 정통 연작소설과는 거리가 있으므로 작품 소개 정도로 그친다.

4)

해방 후 공동창작소설로는 ①「어느 白磁의 이야기」(이음소설)(『고대신문』, 1983.3.5, 934호―1983.5.24, 942호), ②『광야에서』 전 3권(윤영수 · 우윤, 푸른 솔, 1998), ③『남북』 전 3권(신재호 · 손종극 · 송병규 ·

진병관 · 김경진, 들녘, 1999), ④『소설 엠더불유지』 전 2권(남정욱 · 조성호 · 신범수, 창조문화, 1999), ⑤『눈물의 이중주』(박상우 · 하성란, 하늘연못, 2001) 등이 있다.

①은 이음소설이라고 되어 있는 단편이다. 1920, 1930년대의 연작소설과 동일한 형태로 아마추어 작가들의 작품이다. 첫 회분의 내용을 이어받아 7인의 작가가 각각 1회씩 이야기를 써가는 형식으로 되어 있다. ②는 윤영수(『자린고비의 죽음을 애도함』의 작가와는 동명이인)와 우윤이 중심이 되고, 뜻을 같이하는 여러 사람들이 며칠 밤을 새워 기획안을 만들고, 최종적으로 두 차례에 걸쳐 80여 명의 독자 모니터의 품평까지 한 작품으로 알려져 있다.

③은 각 분야 전문가들이 육해공군을 나눠 공동창작했다는 점에서 주목을 끈다. 다섯 명이 전쟁 양상의 큰 줄기를 바탕으로 주요 장면을 분야별로 따로 집필한 작품이다. 전략 전술은 신재호가 특수전은 손중극이 맡았다. 공중전은 송병규가, 해군관련 특수전은 진병관이 썼다. 전체 구성과 스토리 전개는 김경진이 담당했다.

④는 1998년 작가집단 'digital@105'를 결성한 작가들의 창작이다. 남정욱은 영화기획자, 조성호는 컴퓨터애니메이터, 신범수는 시나리오작가 출신으로 그 분야에서는 전문가들이다. ⑤는 공동 테마를 놓고 둘이 함께 쓴 소설이다. 『내 마음의 옥탑 방』으로 이상문학상(1999)을 수상한 박상우와, 『곰팡이 꽃』으로 동인문학상(1999)을 수상한 하성란이 '눈물'이라는 테마로 200자 원고용지 300장 남짓의 경장편을 각각 쓴 다음, 한 권의 책으로 묶은 것이다. 이 작품이 릴레이소설에 가장 가깝다. 이들 작품들 역시 본고의 직접적인 텍스트가 아니므로 소개 정도로 그친다.

여기서는 위에 소개한 작품들 외에 이기영의 『고향』(『조선일보』, 1933. 11.15−1934.9.21)을 통해, 릴레이소설의 가능성에 대해 생각해보기로 한다. 이 작품은 이기영의 대표작으로 알려져 있고, 지금까지 많은 논자들에 의해 검토된 바 있다. 이기영은 다음처럼 이 작품의 창작 배경을 자세히 밝히고 있다.

> 나는 어떤 날은 원고지 한 장도 못 썼지만 구상이 잘 떠오르는 날은 100매 이상을 쓴 적도 있었습니다. 그래서 40일 만에 약 2,000여 매의 『고향』초고를 탈고하였습니다. (중략) 나는 그 이튿날 식전에 『고향』 원고를 싸들고 그때 사직동에 살고 있던 『조선일보』 편집국장을 찾아 갔습니다. 며칠 뒤에 조선일보사에서 내 소설을 신문에 연재하겠다는 통지가 왔습니다. (중략) 그래서 나는 신문사 원고용지에다 일 회분 20 여 매씩 새로 추고를 해서 써 보냈습니다. 검열관 놈들은 전후관계는 생각지 않고 당일치만 읽으니까 웬만한 것은 통과되었지만 그러나 일 제를 정면으로 규탄하는 구절은 우회적 표현을 하여도 용허되지 않았 습니다(이상경, 『이기영−시대와 문학』, 풀빛, 1994, 139−140쪽. 재인용).

이 글을 보면 『고향』은 완성된 작품이다. 이기영은 이 작품 원고를 한 꺼번에 신문사에 보내지 않고 1회분씩 퇴고하여 보낸다. 그러던 중 1934 년 5월 카프 2차 검거 당시 구속되는 바람에 원고를 퇴고하지 못한 채 보 내게 된다. 이와 관련하여 김기진은 구속된 이기영의 부탁에 의하여 마지 막 40여 회분을 자신이 창작했다고 주장한다. 『고향』이 총 252회 연재된 것을 감안하면 전작품의 15% 이상을 김기진이 창작한 셈이다.

두 사람의 진술을 토대로 생각할 수 있는 것은 세 가지다. ① 비록 마지 막 부분을 퇴고하지는 못했지만, 이기영은 완성된 원고를 신문사에 보냈 다. ② 김기진은 이기영이 퇴고하지 못한 부분을 퇴고했다. ③ 김기진이 애초부터 마지막 부분을 창작했다. 이때 아무래도 ②, ③에 무게 중심이 놓일 수밖에 없다. 왜냐하면, 이기영은 한 동안 떨어져 있던 서울의 식구들을 빨리 만나보아야 할 형편이다. 처음부터 원고 전체를 신문사에 넘겨줄 생각도 없다. 이 작품의 앞부분이 연재되고 있는 동안 뒷부분을 창작하거나 퇴고하고자 했을 수도 있다. 따라서 마지막 부분은 퇴고가 되지 않았거나 창작되지 않았다. 조남현은 이런 사정을 다음처럼 조심스럽게 적고 있다.

> 이기영은 『고향』을 일단 탈고해서 상경한 것으로 되어 있고 김팔봉은 여러 번 대필설을 흘릴 정도로 자신하고 있는 것이다. 이기영이 원고를 그대로 연재한 것이 아니고 그때 그때 검열을 통과하기 위한 선에서 원고를 다듬었다는 사실을 고려하면 김팔봉이 신문에 연재된 원고를 다듬어 주었을 가능성은 있는 것이다(조남현, 『이기영』, 건대출판부, 2002, 167쪽).

김기진이 이 작품의 40여 회분을 다듬어주었을 것으로 본 것이다. 창작을 했든 다듬었든 김기진이 이 작품에 관여한 것은 사실일 듯하다. 한 작품을 두 사람이 공동으로 참여하여 완성한 것이다. 그리고 그것이 크게 문제시되지 않았다는 것이다. 그렇다면 두 명 이상도 함께 창작에 가담할 수 있고, 따라서 릴레이소설도 가능하다는 생각이다.

3. 1920, 1930년대의 연작소설들

1920년대 중반에서 1930년대 중반까지 발표된 연작소설 중 첫 작품은 「홍한녹수」다. 연작소설은 몇몇 작가를 미리 결정하지만, 소설의 내용은 서로 의논하지 아니하고 한 작가가 1회씩 나누어 연달아 쓰는 것이다. 제

2회 집필자가 마음대로 계속하여 쓰고, 3회 집필자가 또 자신의 의도대로 계속 쓴다. 독자도 함께 다음에 전개될 내용을 상상하였다가, 집필자의 계속된 것과 비교하여 볼 수 있다. 지금까지 문단에 존재하지 않던 새로운 양식의 실험으로, 한 작품에 인기 작가 여러 명을 동원하여 독자들의 관심을 끌려는 신문사의 의도를 알 수 있다.「홍한녹수」를 포함하여 당시의 연작소설은「무제」(총 3회),「여류음악가」(총 9회),『황원행』(총 131회),「연애의 청산」(독자공동제작소설),「젊은 어머니」(총 5회),「파경」(총 6회) 등이다. 이들 작품에 대한 각론은 다음 기회로 미루고『황원행』을 중심으로 당시 연작소설의 문제점을 찾아보도록 한다.

> 『황원행』의 내용과 형식으로 보아 고도의 문예사적 지위를 不肯할 수 없다. 이 작품은 유행작품과 문예작품의 內質과 外形이 異常하게도 교묘히 합치되고 조화되었기 때문이다(원호어적,「『황원행』독후감」, 『동아일보』, 1929.11.7).

이 글에서 연작소설의 개념을 어느 정도 알 수 있다. 여러 작가가 함께 하나의 작품에 참여하여, 다른 작가가 쓴 부분에 전혀 구애받지 않고 자유자재로 써 나간다는 것이다. 그렇다면 '시작이 반이다'라는 속담이 암시하듯, 처음 시작하는 작가가 가장 심혈을 기울이게 되고 그만큼 역할이 크다고 보겠다. 작가들은 창작을 하면서 처음 실마리가 풀리지 않아 애를 태운다는 말도 자주 한다. 처음의 구상도 어렵거니와, 처음부터 끝까지 배역을 담당할 인물도 창조해야 하기 때문이다. 처음이 정해지면 나머지 작가들은 거기에 이어서 작품을 써 나가면 되는 것이다. 이 작품에 대해 한원영은 매우 긍정적으로 평가한다.[1]

---

1) …이 소설은 남녀 관계가 가져다주는 여성심리, 事業(革命)을 위해서는 인간이 가장 중히 여기는 이성간의 사랑마저도 순수히 사랑으로 받아들이지 않고 사업을 위한 한 방편으로 생각하는 한 남자의 의지, 사회제도의 모순이 만들어낸 저항적인 인간상, 강

이처럼 이 작품은 비난보다는 칭찬을 받았으므로 일단 성공작으로 평가할 수 있다. 그렇다고 긍정적으로만 볼 수 있는 것은 아니다. 그 예를 「젊은 어머니」에 대한 논쟁에서 찾을 수 있다. 이 소설의 연재가 끝나자 박화성이 素影이란 필명으로 「연작소설 '젊은 어머니'에 대한 촌평」(『신가정』, 1933.8)을 발표한다. 박화성은 자신이 작가이면서 평자가 된 셈인데, 이글에 대해 최정희는 다음과 같이 주장한다.

> 나는 원래 연작소설이란 그다지 반가워하지 않는다. 웨 그러냐하면 동일한 이즘(主義)밑에서 상의(相議)한 후에 공동제작(共同製作)의 형식으로 쓴다면 모르거니와 각양각색(各樣各色)의 다섯사람이 내용 전개에 대한 통일된 입안(立案)도 없었던 것이 아닌가? (중략) 말하자면 한개 미지(未知)의 인물(人物)이나 사건(事件)을 분석한다면 작자의 주의주장과 수법에 따라서 그 결과가 달라질 것은 필연적 사실이 아닐까 한다.[2]

동일한 主義하에 작가들이 상의한 뒤 공동창작을 해야 연작소설이 성공할 수 있다고 본다. 그렇지 않으면 한 인물과 사건에 대해 작가의 주의·주장과 작품 기법이 각각 달리 적용될 것은 뻔한 일이라는 것이다. 이러한 지적은 『황원행』에도 그대로 적용할 수 있다.

도사건에 얽힌 인간관계 등을 흥미롭게 묘사해 낸 장편소설로 5인의 작가의 連作品이나 한 사람이 써도 이 이상 더 정연할 수 없을만치 줄기를 갖추었다. 또 탐정소설적인 요소와 사랑의 삼각관계 등에서 오는 독자의 誘引力은 신문연재소설로는 성공한 一品作이다(한원영,『한국 근대 신문연재소설 연구』, 이회출판사, 1996, 144쪽).
2) 최정희,「1933년도 여류문단총평」,『신가정』(1933.12), 46쪽.

4. 마무리

릴레이소설의 창작에는 여러 작가가 동원된다. 때문에 주제와 내용에 어긋나는 이야기나 대화가 삽입될 수 있다. 어이없는 사건이 전개되거나 장난기 어린 장면이 등장할 수도 있다. 작가들 사이에 충분한 논의를 거쳐 작품 전개의 방향과 주제나 인물이 설정되어야 이런 문제가 해결될 것이다.

작품 외적인 문제에도 소홀해서는 안 될 것이다. 1920년대의 연작소설 「홍한녹수」는 6인의 작가가 일주일 간격으로 발표하여, 이어받는 작가가 앞 작품을 충실히 읽고 자기 작품을 구상할 시간적 여유가 있었다. 이에 비해 「여류음악가」는 9인의 작가가 매일 발표하였으므로, 이어받는 작가가 하루 만에 자기 분량을 완성해야만 할 형편이었다. 아무래도 시간이 촉박해서 작품이 부실해질 수 있다. 그 대신 「홍한녹수」의 독자는 일주일 동안 다음 이야기를 기다리는 지리함이 있고, 「여류음악가」는 매일 작품을 접할 수 있게 되어 작품을 기다리는 지리함은 없다. 작가들에게 창작의 시간이 충분히 허여되면 독자가 지리하게 되고, 그렇지 않으면 작가가 쫓기게 됨을 알 수 있다.

현재 이우혁의 홈페이지에서 진행 중인 릴레이소설 『그녀를 위한 장미꽃』을 살펴보자. 그 첫 회가 2003년 4월 12일 발표되어, 2003년 6월 20일 현재 제12회까지 발표되었다. 이 기간 동안 하루 만에 그 다음회가 발표되기도 하고, 22일 만에 그 다음회가 발표되기도 하였다. 발표기간이 22일간의 차이가 있는데, 앞으로 발표되는 작품이 그 이상의 간격이 없으리란 보장도 없다. 이때 독자들의 반응이 긍정적이지만은 아닐 것이다. 일정한 시간적 간격에 익숙해 있는 독자의 기대에 혼선을 주기 때문이다. 작품 발표 기간에 어떤 기준이나 규칙이 정해져야 할 이유가 여기에 있다. 따라서 성공적인 릴레이소설이 되려면 작가와 독자를 함께 배려하는 방법을 생각해야 할 것이다.

릴레이소설은 여러 명이 참여하지만 집단창작시나 공동창작소설, 북한의 집체작과는 확연히 구별된다. 공동 혹은 집단창작은 개인이 아닌, 작품 창작에 참여한 단체가 책임져야 한다. 이 말은 곧 책임질 사람이 따로 없다는 말과도 같다. 이에 비해 릴레이소설은 명확히 작가를 밝히므로, 창작한 부분에 대한 책임이 그 작가에게 있다. 때문에 사상이나 이념을 같이하는 작가들이 창작을 앞두고 충분히 협의를 하는 등, 이전의 릴레이소설에서 발견된 문제점을 타산지석으로 삼는다면 훌륭한 작품이 산출될 수 있을 것이다.

현재 아마추어 작가들 사이에서 유행하고 있는 이 소설이, 장차는 기성 작가들 사이에서 혹은 독자와 작가가 함께 할 수 있지 않을까 하는 생각이 든다. 이렇게 되면 소설(문학)의 대중화를 위해서도 바람직하다. 가뜩이나 문학의 위기, 소설의 위기가 공공연히 논의되고 있는 현실이다. 기성 작가들도 소설에 대해 새로운 기술 방법, 새로운 접근, 새로운 운동 등으로 이러한 소설(문학)의 위기에 대처해야 할 것이다. 그중의 한 대안을 릴레이소설에서 찾을 수 있지 않을까 생각한다(『월간문학』 418호, 월간문학사, 2003.12).

국가 정체성의 위기와 그 극복

-『아버지의 얼굴』을 중심으로-

1. 서언

인류 역사상 순탄하게 주권을 수호하고 온전히 국토를 유지해온 국가가 얼마나 될까. 아마도 별로 없을 듯하다. 그 원인은 자연 재해를 비롯하여, 외적의 침입, 내부의 혼란 등을 포함하여 다양할 것이다. 한국도 예외는 아니다. 아니, 오히려 여타 국가에 비해 더욱 파란만장하고 우여곡절이 빈번했었음을 누구나 쉽게 수긍할 것이다. 그 역사와 전통을 유구한 반만년 운운하지만 자세히 살펴보면 상처로 얼룩진 수난의 연속이었음을 곧 인식하게 될 것이기 때문이다. 특히 20세기 초의 일제 침략과 6·25전쟁은 고통의 최고점에 이르게 한 느낌이 없지 않다. 그것은 국가의 정체성에 치명적일 수밖에 없는 사건이다.

이러한 상황은 당대 현실에 촉각을 세우고 있는 작가들의 주된 관심거리가 된다. 당시를 배경으로 한 작품이 의외로 많음이 이를 증명하고도 남는다. 작가들은 다양한 형태와 기법으로 이를 형상화한다. 그중의 하나가 아버지로의 표출인데, 그 시기에 초점을 맞춘 많은 소설들을 통해서 그것을 확인할 수 있다.

『아버지의 얼굴』[1]이란 표제로 소설집이 발간된 것도 그 한 예일 것이다. 이 책은 제목이 시사하는 것처럼 아버지와 관련된 사건이 중심된 소설의 모음집이다. 김원일의 「어둠의 혼」 / 이창동의 「용천뱅이」 / 임철우의 「아버지의 땅」 / 김성동의 「오막살이 집 한 채」 / 이순원의 「아버지의 수레」 / 최윤의 「아버지 감시」 / 김하기의 「아버지의 나라」 / 윤동수의 「새벽길」 / 이경자의 「노스웨스트로 떠난 아버지」 등으로 되어 있다. 「새벽길」만 중편이고 나머지는 단편이다. 한두 편의 예외도 있지만, 대부분 격동기에 야기된 비정상적이고 파행적인 국가 현실을 아버지와 결부시킨 작품들이다.

전통적 사고로 볼 때 아버지는 한 집안의 주체요 핵이고 기둥이다. 이를 확대 · 해석하면 자연스레 한 국가가 될 수 있다. 소설에서 다루어진 아버지의 문제에 관심을 기울여온 김윤식은, 아버지(아비)를 핏줄이면서 동시에 그 이상인 힘과 권위로써 비로소 그의 자리를 갖는다고 주장하면서 국가개념으로 파악한다.[2]

그러면서 1910년의 한일합방은 국가상실이면서 동시에 부의식의 상실이 되며, 父가 이미 상실되어 버렸다면 무엇보다 선행하는 것이 부의식의 회복 즉 국가 회복인 만큼, 이것이 일제 시대의 한국문학에서 최우선시 되어야 할 과제라고 말한다.[3] 그는 잠정적이긴 하지만 부계문학[4]이란 용어까지 만들어 쓴다.

작가가 어떤 소재 혹은 제재를 취하여 창작했는가 하는 것은 그다지 중요하지 않다. 그보다는 그가 선택한 소재 혹은 제재의 작품화 여부가

---

1) 김철 엮음, 『아버지의 얼굴』, 국민서관, 1999.
2) 김윤식, 『80년대 우리소설의 흐름』 II, 서울대학교출판부, 1989, 28쪽.
3) 김윤식, 『한국근대문학사상비판』, 일지사, 1978, 7쪽.
4) 김윤식, 『한국현대소설비판』, 일지사, 1981, 50−53쪽.

문제 된다. 국가개념이기 때문에 아버지라는 제재가 중요한 것이 아니고, 아버지라는 제재가 어떻게 국가개념으로 형상화 되었는지의 성공 여부가 우선되어야 하는 이유가 여기에 있다.

본고에서는 작가들이 국가의 위기를 아버지로 어떻게 형상화하고, 그 극복을 위한 방법을 어떻게 제시하고 있는지에 초점을 맞추어 살펴보려 한다. 이를 위해 이 소설집의 몇몇 작품을 중심으로 고찰하되, 필요하다면 이와 관련된 여타의 작품도 참고하려 한다.

2. 위기의 현실

1) 불구의 아버지

먼저 불구인 아버지로 형상화한 경우다. 「아버지 감시」의 망가진 허리를 지닌 채 살아가야 하는 '아버지'나, 「새벽길」의 절름발이 '아버지'가 여기에 해당한다고 할 수 있다. 「아버지의 땅」의 노인도 절름발이다(노인도 그 아들을 기준으로 할 때는 아버지에 속한다).

특히 「아버지 감시」의 '아버지'는 망가진 허리가 차차 나이가 들면서 더 심해져서 오똑한 의자에만 앉아야 할 형편이다. 그는 또 재채기를 동반한 심한 기침을 하는 것으로 보아 겨울이면 재발되는 만성천식을 지금도 앓고 있는 듯하다. 불구자이면서 질병을 앓고 있는 형편이다.

> ① 네게 불편을 주려고 그런 것이 아니라 진작부터 망가진 허리가
> 나이가 드니 더 극심해져서 이런 의자가 편해 그런다(「아버지 감시」,
> 135쪽).[5]

---

[5] 김철 엮음, 『아버지의 얼굴』, 국민서관, 1999. 이후 이 책에서의 인용은 말미에 쪽수만 밝힌다.

② 아버지의 절룩거리는 다리……. 어려서부터 지팡이 없는 아버지의 걸음은 본 적이 없다. 난리가 터졌을 때 다쳤다는 말을 풍문으로 들은 게 전부였다(「새벽길」, 225쪽).
③ 나는 그가 한쪽 다리를 조금씩 절고 있음을 발견했다. 얼핏 보면 잘 드러나지 않았으나 분명히 노인은 왼편으로 기우뚱대며 걷고 있었다(「아버지의 땅」, 67쪽).

아버지는 아니지만 이들 외에도 불구인 경우가 있다. 「어둠의 혼」의 이모부가 절름발이고 찬길이형은 외팔이다. 이모부는 해방 전 일본서 살았는데 관동대지진 때 일본인의 몽둥이에 맞아 다리뼈가 부러져 절름발이가 된다. 찬길이 형은 학병에 끌려갔다가 해방이 된 후 외팔이가 되어 돌아온다.

이들이 불구가 된 시기는 역사의 격동기로 국가 정체성이 심각히 위기를 맞을 때다. 이러한 불구는 세월이 흐른다고 치유될 성질이 아니다. 따라서 이들은 평생 고통과 괴로움 속에서 한을 품고 살아가야 한다. 이들의 불구가 팔 · 다리 혹은 허리인 것은 의미심장하다. 팔과 다리는 양쪽이 온전히 균형을 이루었을 때 기능을 제대로 발휘할 수 있고, 허리는 신체의 중앙부위로 몸 전체를 지탱해주기 때문이다.

국가에 비유한다면 절름발이나 외팔이 그리고 허리병 환자는 곧 분단된 국토가 된다. 이들의 불구는 한국분단의 모습을 상징적으로 보여주고 있다. 그 불구가 후천적인 것으로 자신의 과오나 실수에서 비롯되었다기보다는 외부의 충격에 의한 것이라면, 분단은 자체의 역사나 사회가 원인으로 작용한 것이 아니고 외세에 의한 것임을 암시한다.

이들 작품은 아버지의 고통과 괴로움을 전하는 것으로 그치지 않는다. 가시적 · 육체적 · 외형적으로 뚜렷하게 드러나는 불구나 질병보다도 심리적 · 정신적인 내면의 질환이 더 심각하다는 것을 보여주고 있다. 이들은 정신 건강을 해쳐서 육체적 고통보다 더욱 심적 괴로움을 겪으며 살아간다. 삶 역시 불완전하고 비정상적일 수밖에 없다. 남자 혹은 가장으로서의 권위나 지위를 지탱하지 못하고 무능력자로 전락하는 것은 불을 보듯 뻔한 일이다.

비록 육체적 불구는 아니라 하더라도 「용천뱅이」 속의 아버지는 무능력하기로는 불구자보다 더하다. 정신적 불구자라 할 수 있다. 그는 매일 술을 마심으로써, "단 한 순간도 온전한 정신으로 있지 않겠다고 작정한 사람 같았다."

> 어머니는 두 달을 자리에 누워 있다가 세상을 떠났다. 어머니가 그 끔찍한 고통과 처절한 사투를 벌이던 마지막 두 달 동안에도 아버지는 매일 술에 취해 있었다. 아니 단 한순간도 온전한 정신으로 있지 않겠다고 작정한 사람 같았다. 좁은 방 한 구석에 만취해 쓰러져 잠든 아버지에게서 풍기는 역한 술 냄새를 맡으며, 그리고 시시각각 빈도를 더해 가는 어머니의 신음소리를 들으며 나는 밤새 이를 갈았고, 아버지를 결코 용서하지 않으리라고 수천 번 되뇌었던 것이다(「용천뱅이」, 48쪽).

「어둠의 혼」의 아버지는 세상 사람들이 모두 싫어하는 일을 하며 도망 다니다가 잡혀 죽음을 당한다. 그밖에 컴컴한 방안에서 웅크린 채 미동도 하지 않는 바위 같은 존재(「새벽길」의 아버지)이거나, 월북하여 '일생을 폭삭 망친' 사람(「아버지 감시」의 아버지)도 있다. 이들은 육체적 불구 여하를 떠나 정신적 불구자라고 할 수 있다. 이들 모두 정체성에 위기를 맞은 국가의 모습이다.

2) 행방불명된 아버지

아버지가 행방불명된 경우는 「아버지의 땅」, 「오막살이 집 한 채」와 이창동의 「소지」가 해당될 듯하다.

① 그때가 아마 열 두서너 살이었으리라. 그때서야 비로소 나는 우리집엔 어머니와 나 둘뿐이라는 사실을 처음으로 확실한 의문점으로 여기기 시작했던 것 같다. 아버지는 돌아가셨다. 먼 곳으로 배를 타고 나갔다가 영영 돌아오시지 못하게 된 것이야. 아버지에 대해 물으면 어머니는 겨우 그렇게만 대답해주곤 했다(「아버지의 땅」, 68쪽).
② "갈쳐. 산너머 갈쳐. 아부지 찾으러 산너머루 간단 말여." 소리치며 소년은 마구 달려갔고, 아낙이 허둥지둥 몸을 일으키며 두손으로 허공을 긁어내렸다(「오막살이 집 한 채」, 92쪽).

이들 작품에서 아버지의 행방불명은 우회적으로 표현되어 있다. ①에서는 죽었다고 한다. ②에서는 아이가 찾아 가겠다는 것으로 암시하고 있다. 이러한 간접적 표현은 여전히 이데올로기의 문제가 종식되지 않았다는 의미다. 이들이 행방불명된 원인은 좌익 이데올로기의 신봉에 있으며, 그것은 죄악시되므로 공공연히 밝힐 수 없기 때문이다.

행방불명자들은 일신상의 위협을 벗어나 안전을 도모하거나 아니면 자신의 뜻을 펴기 위해 가정을 떠나간 것이다. 생사는 물론 어떠한 상태나 상황에 있는지 현재로선 알 수 없다. 이들은 어쨌든 행방불명되기 전의 삶에 비해 위기를 맞은 것이 사실이고 이것은 곧 국가 위기의 다른 모습이다. 이들도 가정을 붕괴시키고 처자식에게 고통을 주기는 불구자인 아버지와 차이가 없다.

「소지」는 아버지의 행방불명이 가족에게 어떤 피해를 입혔는지에 초점이 맞추어져 있다. 먼저 아버지와 수평적 관계인 어머니의 정신적 · 육체적 피해를 들 수 있다. 그녀는 '아버지'가 행방불명된 30년 동안 불안과 공포, 공허함과 어두움 속에서 한을 품고 살아간다. 아버지를 만날 수 있게 해주겠다는 사기꾼의 꾐에 빠져 돈과 몸을 빼앗긴다. 그로 인해 원하지 않는 임신을 하고 배다른 형제를 낳게 된다.

아버지의 행방불명이 아니었더라면 발생하지 않았을 윤리적 · 도덕적 훼손은 어머니에게 감당하기 힘든 정신적 · 심적 충격으로 다가온다. 그녀는 자식과 자기 자신까지 속이며 살 수밖에 없는 처지가 된다. 수직적 관계인 아들(성국)의 피해는 어머니보다 좀 더 직접적이고 현실적이며 가시적이다.

이 냉소적인 발언 속에는 30년이란 긴 세월이 흘러갔음에도 불구하고, 아버지는 여전히 아들에게 피해를 입히는 존재라는 원망이 내포되어 있다. 아버지로 인해 아들은 자신의 능력을 발휘할 기회마저 차단당한 채 대학진학도 포기하고, 말단공무원으로 시영아파트 십삼 평의 좁은 공간에서 살아갈 수밖에 없는 처지가 된다.

「오막살이 집 한 채」에서는 높고 험한 산 밑의 오막살이 집에 살고 있는 할머니 · 어머니 · 어린 소년(영복이)이란 가족 구성이, 아버지의 행방불명이 이 집안에 어떤 재앙을 가져왔음을 감지케 한다. 할머니의 "애비 왔느냐"를 연발하는 외침에서 발견되는 실성기도 실상은 '아버지'의 부재에 그 원인이 있다. 그녀의 정신이상은 늙은 과부로서 자식이자 동시에 의지할 지주의 상실로 인한 허탈과 충격의 결과다. 맺힌 한의 측면에서 보면, 현길언의 「우리들의 조부님」에 등장하는 85세 노인의 빙의된 모습과 상통한다. 그 노인은 외아들의 무고한 죽음으로 인하여 30년 동안 한 맺힌 삶을 영위하는데, 마침내 빙의라는 정신이상의 상태가 된 것이다.

영복이는 자신의 뛰어난 바둑 실력을 아버지에게 보일 수 없게 되자,

---

6) 이창동, 「소지」, 『이창동소설집 소지』, 문학과 지성사, 1987, 100쪽.

앞으로는 바둑을 두지 않겠다고 작정한다. 자신의 실력을 알아줄 아버지가 없다는 것이 그 이유다. 또 잠시 영복의 집에 유숙하던 중년 남자에게 "하냥 살면 안 되나유. 여기서 하냥……" 하며 그가 떠나지 말기를 간절히 부탁한다. 지금까지 아버지 없이 살아온 영복이는 중년 남자에게서나마 父情을 느끼고 싶었던 까닭이다. 아버지의 부재는 영복에게서 꿈과 희망을 빼앗아 갔음은 물론 父情에 굶주리게 한다. 뿐만 아니라 할머니와 어머니도 슬픔 속에 살아갈 수밖에 없는 결과를 초래한다.

「아버지의 땅」에서도 아버지가 사라진 뒤 어머니는 삶에 구멍이 뚫린 것처럼 '넋나간 사람', '무엇엔가 홀려있는 사람', '멍한 눈'을 가진 사람이 된다. 이런 모습은 대개 철새를 바라볼 때였는데, 새들도 철따라 고향을 찾아오는데 아버지는 처자식을 버리고 사라진 채 나타나지 않기 때문이다. 주인공 '나' 또한 행방불명된 아버지로 인해 '눈빛이 깊고 어두운 아이가 되어'간다. '나'는 항상 수심 속에서 외롭게 살아간다. 이들의 삶을 정상적이라고 보기는 어려운 형편이다.

「용천뱅이」에 등장하는 '아버지'는 식구들과 철저히 단절되어 있다는 점에서 행방불명자와 다름없다. 그는 옛날에 남로당에 가담한 공산주의자로서 좌익 활동을 한 적이 있다. 그 결과 6·25 전후에 3년 반 동안 형무소 생활을 하였으며, 그로 인해 가족들에게 피해를 주고 있다. 그는 가족의 삶을 전적으로 어머니가 떠맡도록 한다. 어머니가 위암으로 숨지게 되는 원인의 많은 부분도 그에게 있다.

아버지 외에 고모부도 6·25 직후 홀연 자취를 감추었고 지금까지 생사조차 알지 못하고 있다. 고모가 삼십여 년간 삼남매를 억척스럽게 키워내며 남자의 역할을 할 수밖에 없는 이유가 여기에 있다. 행방불명된 아버지들은 스스로가 위기에 처했음은 물론 한 가정의 위기이면서 한 국가의 위기를 암시한다.

3) 증오와 저주의 대상

위에서 살펴본 것처럼 작가들은 국가의 위기를 불구자나 행방불명된 아버지로 형상화한다. 이 아버지들은 가정을 파괴하고 자손들에게 고통과 괴로움을 안겨준다. 따라서 이들은 자신의 혈육인 자식에게 마저 증오와 저주의 대상이 된다. 「어둠의 혼」의 소년은 경찰이 아버지를 잡으러 왔다간 날 무서움에 울고 떨면서 밤을 지낸 뒤에 다음처럼 중얼거린다.

> 죽어 뿌리라. 어디서든 콱 죽고 말아 뿌리라. 나는 아버지를 두고 몇 십번이나 이 말을 되씹었는지 모른다. 한밤중 순경들이 밀어닥쳐 집안을 뒤지는 날 밤 나의 머리에 떠오르는 아버지는 밉다 못해 원수처럼 여겨졌던 것이다(「어둠의 혼」, 12쪽).

소년은 아버지가 죽어 없어지기를 바란다. 아버지를 원수처럼 여기게 된다. 아버지로 인해 식구들이 당하는 고통을 계속 지켜보기가 두려웠던 까닭이다. 「소지」의 자식은 아버지 존재 자체를 부정하려 든다. 그는 아버지 때문에 뜻하는 일이 모두 물거품이 되고 만다. 사라졌던 아버지가 나타난다 해도 무의미하다고 생각한다.

> "내겐 아버지가 없어요. 아버지란 사람이 지금 당장 살아서 저 문을 열고 걸어들어온다 해도 난 일 없어요. 난 사관학교 떨어지고, 대학 포기하고, 동사무소 서기 하면서부터, 아니 그 이전부터 내 손으로 아버지를 파묻어버렸어요."[7]

「아버지의 땅」의 자식은 의도적으로 아버지를 '그', '그 사내'라고 부른다. 아버지를 인정하지 않으려는 태도다.

____

7) 이창동, 위의 책, 102쪽.

그는 언제나 시커먼 어둠 저편에 숨어서 음산하기 그지없는 눈빛으로 나를 쏘아보고 있었다. 그는 어디에나 숨어 있었다. (중략) … 내가 한번도 얼굴을 본 적이 없는 그 사내는 핏발선 눈알을 번득이며 나를 쏘아보고 있는 것이었다. 그건 어디서 묻었는지도 모르는, 오랜 시간이 흐른 뒤에까지 지워지지 않는 핏자국처럼 내게는 저주와 공포의 낙인으로 깊이 박혀져 있었다. 그리고 그 낙인을 가슴에 지닌 채, 나는 끝끝내 나를 휘감고 있는 어떤 엄청난 죄악감과 불길한 예감으로부터 영영 벗어날 수가 없었다(「아버지의 땅」, 69쪽).

「아버지 감시」의 '나'는 현재의 보잘 것 없는 자신의 위치와 어머니의 때 이른 죽음, 온 가족의 비정상적 삶을 모두 아버지 탓으로 돌리며 증오한다.

명백한 진실이란 다름이 아니라 이 구차하기 짝이 없는 나의 상황을 만든 원인은 하나부터 끝까지 아버지의 망령 탓이라는 사실이었다. (중략)
"아버지가 나타나지만 않았어도 어머니는 한 십 년을 더 사셨을 겁니다. 아버지 망령에 시달리느라 우리 가족 중 누구 하나 온전하게 남아 있는 사람이 있는 줄 아세요?"(「아버지 감시」, 138-139쪽).

이처럼 아버지들은 한결같이 폐인이나 다름없고 정상적인 생활을 하지 못한다. 가정을 이끌어 가고 자식을 가르치는 가장으로서의 일반적이고 보편적인 생활을 영위할 수 없다. 그들의 역할을 대신한 아내들에게마저 고통과 비애를 안겨준다. 아내들이 생활전선에 뛰어들어 그들을 대신하여 고군분투하게 할 뿐이다.

이 아버지들의 공통점은 대개가 소위 빨갱이로 불리는 좌익 이데올로기의 신봉자라고 할 수 있다. 그런데 이들이 보통 사람보다 매우 뛰어난 인물이란 점에서 비극은 배가 된다. 「어둠의 혼」의 아버지는 동네 사람들이 인정하는 똑똑한 사람이다. 비록 고학은 했을망정 일본 유학을 다녀왔고, 그 만큼 착실하고 야심에 불탔으며 열심히 공부한 인물이다. 해방되기 전에는 야학당을 차려 학교에 다니지 못한 청년들과 처녀들을 모아 글을 가르친 적이 있다. 「아버지의 땅」의 아버지는 '마을에서 단 하나 뿐인 학생이었'고, 죽음의 위기에서 여러 사람을 구한 적이 있다. 「아버지 감시」의 아버지는 젊은 시절 재주가 다방면에 뛰어나 주위의 부러움을 산 인물이다.

이와같이 출중한 아버지지만 한결같이 자식들에게 증오와 저주의 대상이 된다. 이것을 확대 해석하면 국가에 대한 국민의 원망이다.

3. 용서와 화해

이처럼 앞 다투어 국가 정체성의 위기를 지적하고 증오와 저주만 하면 작가의 임무는 끝나는 것인가. 그렇다면 국민의 한맺힘은 풀릴 것인가. 아버지를 증오하고 저주하면 문제가 해결될 것인가. 결코 그렇지 않다는 것을 작가들은 인식한 것 같다. 가정과 가족을 파멸로 이끌었다고 해서 아버지와의 관계를 절연할 수도 없음을 깨달은 것 같다. 마치 그 누구도 조국을 버릴 수 없는 것과 마찬가지다. 아버지를 이해하려는 노력이 아들의 의식 속에서 움틈을 엿볼 수 있기 때문이다.

아들이 아버지의 지난날의 과오만을 문제 삼지 않고 이해하려고 노력할 때 혈육관계라는 사실이 부각된다. 「어둠의 혼」의 아버지는 장터에서 체포되어 총살당한다. 그가 장터에서 체포되었다는 사실은 무엇을 의미하나. 장터는 삶의 공간으로 사람들이 들끓고 돈과 물건이 거래되는 장소로, 이데올로기와는 거리가 있는 곳이다. 따라서 아버지가 지금까지 정치성이 강하고 좌익 이데올로기를 추종했을지라도, 잡히는 순간에는 그것을 떨쳐버리고 가정에 복귀하려 한 것이라고 할 수 있다. 다시 말해 좌익 이데올로기를 버리고 예전의 일상적인 생활로 돌아오려 했음을 장터에서의 체포가 암시해주고 있는 것이다.

'나' 또한 죽음을 앞둔 아버지를 만나러 지서로 가면서 아버지가 보고 싶다는 생각을 한다. 불쌍하다고 동정도 한다. 이모부를 통해서 아버지의 죽음 소식을 듣고는 마구 흐느낀다. 아버지를 원수처럼 저주했었는데 시간이 지나면서 증오와 연민이 뒤섞인 감정이었다가 차차 동정심이 솟고 마침내 애통해한다.

> 아, 나는 볼 수 있었다. 달빛 아래 희미하게 드러나는 아버지의 처참한 얼굴을. 반쯤은 피에 가려 있고 나머지 부분은 하얗게 바래버린 찌그러진 얼굴, 죽은 아버지의 눈은 부릅뜨고 있었다. 턱은 퉁퉁 부어 있고, 입은 커다랗게 벌어져 있었다. 아버지가 저렇게 되다니. 나는 믿을 수가 없다. 아버지가 아닌, 다른 사람인 것만 같다. 낡고 검은 국방복의 저고리 단추가 풀어진 사이로 보이는 아버지의 가슴, 나는 어릴 때 그 가슴에 안겨 얼마나 재롱을 떨었던가! 그런데 이제 아버지의 가슴은 그 무서운 보랏빛으로 변하고 말았다(「어둠의 혼」, 27쪽).

이모부는 왜 어린 갑해에게 아버지의 시체를 보여주었을까. 이 사실을 두고 서석준은 "처자식을 버려둔 채 볼세비키의 전위대로 처참한 최후를 맞은 육친을 통해, 가능한 역사와 시대의 철저한 방관자가 되라는 암시이다"[8]라고 주장한다. 역사와 시대에 참여한 까닭에 아버지는 비참하게 죽었으니 갑해는 철저한 방관자가 되라는 것이다. 갑해 역시 시대와 현실에 뛰어들었다가는 이 모양(시체)이 될 것이라는 것이다. 그러나 이러한 이모부의 의도를 이해할 정도로 갑해는 성숙해 있지 못하다. 이모부는 그냥 처참한 시체 자체를 갑해에게 보여주고 싶었던 것이다. 단지 만신창이가

---

8) 서석준, 「아비망실과 찾기의 변증법」, 『경희대학교 어문논총』 7집, 1991, 202쪽.

된 조국 현실을 직시하라고 한 것이다.

「용천뱅이」에서는 교도소에서 만난 아들 앞에서 믿기지 않을 정도로 아버지가 소리 없이 눈물을 흘린다. 그 순간 아들(김영진)은 콱 잠긴 목구멍으로 한덩어리의 설움 같은 것이 비집고 나오려 함을 느낀다. 아버지를 이해했음을 암시한다. 아버지는 얼마 남지 않은 삶을 용천뱅이 신세로 살지 않겠다고, 간첩죄를 스스로 뒤집어쓰고 교도소에 수감 중이다. 이에 대해 아들은 미친 짓이라고 비난하며 공격한다.

> 정신 없이 말을 뱉어내던 나는 갑자기 입을 다물고 말았다. 믿을 수 없게도 아버지의 얼굴에 흐르고 있는 물기를 보았던 것이다. 여전히 허공을 바라보고 있는 아버지의 주름지고 초췌한 얼굴에 소리 없이 눈물이 번져 가고 있었던 것이다. 나는 더 이상 입을 열 수가 없었다. 그 대신 나의 콱 잠긴 목구멍으로 한 덩어리의 설움 같은 것이 비집고 나오려는 것을 알았다. 나는 온몸의 힘이 탈진해 버린 것처럼 그 자리에 주저앉고 말았다(「용천뱅이」, 53쪽).

지금까지 증오의 대상이었던 아버지의 눈물을 보자 아들도 눈물을 흘리는 광경이다. 아들이 눈물을 흘리는 것은 아버지를 이해하고 용서하는 태도다. 아버지의 눈물은 삶에 대한 회한의 표출이다. 「아버지의 땅」의 '나'도 군부대의 훈련지에서 신원이 확인되지 않은 유골을 발견하고는, 유복자의 몸으로 태어나 한 번도 보지 못한 채 지금까지 저주만 해오던 아버지에게 동정심을 나타낸다.

> 아아. 아버지는 지금 어디에 쓰러져 누워 있을 것인가. 해마다 머리 맡에 무성한 쑥부쟁이와 엉겅퀴꽃을 지천으로 피워내며 이제 아버지는 어느 버려진 밭고랑, 어느 웅달진 산기슭에 무덤도 묘비도 없이 홀로 잠들어 있을 것인가(「아버지의 땅」, 75쪽).

사상을 혈육보다 우선했던 비정의 아버지였지만 자식은 그 반대로 핏줄로써 이념을 용해시킨다는 고통스럽고 어려운 결단을 통해 화해하려는 모습을 보인다.9) 「아버지 감시」의 주인공 '나'(이창연)는 아버지를 아직도 공산주의자로 의심하여 긴장하지만, 대화를 나누는 사이 차차 마음을 열게 된다.

> 아버지에게서 처음 본 그윽하고 깊은 시선이었다. 아버지의 눈자위는 붉게 물들어 있었지만 여전히 마른 채였다. 저것이 아버지의 나에 대한 사랑의 표정인가. 아버지의 사랑이라는 것을 한 번도 경험해 본 적이 없는 나는 홀린 듯 속으로 중얼거렸다(「아버지 감시」, 143쪽).

'나'는 아버지의 눈길에서 자식에 대한 사랑을 확인한다. '나'는 먼 외가 쪽의 도움으로 프랑스에 유학하여 학위를 받고, 그곳 국립 식물학 연구소의 연구원으로 근무 중이다. '나'가 유복자였을 때 아버지(이하운)는 월북하였다가 다시 중공으로 탈주하였으며, 지금 74세로 프랑스로 '나'를 찾아와 한 달 간의 일정으로 함께 살게 된 처지다.

'나'는 공원을 산책하면서 길 저쪽 끝에서부터 불어오는 찬바람을 막을 양으로 아버지의 양어깨를 감싼다. 이것은 아버지가 실은 이십년 동안 농사에 매달린 야인일 뿐이며, 너무 단조로운 삶에 진절머리가 나서 월북했음을 인정하고 그의 삶을 이해했다는 의미다.

> 정말 추우신지 바람에 온통 붉어지기까지 한 얼굴을 돌리시며 아버지께서 다시 물으셨다.
> "거 참 바람 한 번 극성스럽구나. 아직도 멀었냐?"
> 나는 길 저쪽 끝에서부터 또 한 차례 몰려오는 바람을 막을 양으로, 아버지의 어깨를 껴안으면서 대답했다.

---

9) 서석준, 위의 책, 200쪽.

"이제 거진 다 왔습니다. 아버지."(「아버지 감시」, 149−150쪽).

이것은 「새벽길」에서 광석이가 아버지를 이해하는 것과 같은 맥락이라 할 수 있다. '나'의 태도는 이데올로기를 지양·극복하고 혈육의 정으로 아버지를 보호하겠다는 자식의 정을 보여준 모습이다. '나'는 아버지에게 사랑의 감정을 느낀다. 특히 이 부분은 매우 극적이며 암시적이다. '나'는 지금까지 아버지를 아버지라고 부른 적이 없다. 작품의 대단원에 이르러서 비로소 아버지라고 부른다. 이제부터 아버지를 육친으로 받아들이겠다는 의미다.

이에 앞서 '나'는 공원에서 북한 동포들을 만나게 되는데, 같은 민족이면서 공산주의자들인 그들을 바라보면서, 그들과의 소통을 위해 마음가짐을 준비한다. 한편으로는 아버지를 용서하려는 마음에 한 발짝 다가선다.

> 저들(북한동포, 인용자)이 빨리 설명을 마치고 가버렸으면 하는 마음과 우리들의 시선을 인식하지 않고 좀 더 머물러 더 떠들어 주었으면 하는 상반적인 감정에 묻어오던 그 어색한 거리감에도 불구하고 나는 그들의 얼굴 위에서 환각처럼, 기억에도 없는 젊은 시절의 아버지를 보고 있었던 것이다(「아버지 감시」, 149쪽).

저들이 '가버렸으면' 하는 마음은 이데올로기에 대한 거부 반응이고, '좀 더 머물러 더 떠들어 주었으면' 하는 마음은 동족에 대한 친근감이다. 이러한 교차된 느낌에 '기억에도 없는 젊은 시절의 아버지'를 떠올려보는 것이다. 아버지의 이데올로기는 거부하면서도 혈육에 대한 정에는 이끌리고 있다는 뜻이다. 이것은 이데올로기보다 혈육을 중시하겠다는 주인공의 생각이면서 작가의 판단이다.

4. 전망의 제시

지금까지 살펴본 작품이 아버지에 대한 용서와 화해의 차원이었다면, 이를 넘어서 아버지에게 받은 상처를 지워버리고 새로운 비전을 제시하려는, 자식의 염원을 보여준 작품이 있어 우리의 관심을 끈다. 「아버지의 땅」에서 이를 확인할 수 있다. 다음과 같은 구절은 암울했던 과거를 깡그리 잊어버리고 새로운 비전을 염원하는 장면이다.

> 머리 위로 눈은 하염없이 쏟아져 내리고 있었다. 함박눈이었다. 굵고 탐스러운 눈송이들은 세상을 가득 채워버리려는 듯이 밭고랑을 지우고, 밭둑을 지우고, 그 위에 선 내 발목을 지우고, 구물거리는 새떼를 지우고, 이윽고는 들판과 또 마주 바라뵈는 거대한 산의 몸뚱이 마저도 하얗게 하얗게 지워가고 있었다(「아버지의 땅」, 78-79쪽).

여기서 주목할 점은 '함박눈'과 '구물거리는 검은 새떼'라는 색채의 대조를 통한 상징성이다. 물론 색채의 상징성을 간단하게 처리할 수는 없다. 역사적·사회적 체험의 양상에 따라 그 인식에 차이가 있는 까닭이다. 가령 무채색인 백색과 흑색은 양극단으로 시작과 종말, 긍정과 부정 등 대척적이지만, 두 색이 동시에 절망이나 공포, 침묵이나 허무를 상징하기도 한다. 그러나 일반적으로 백색은 순수·순결·청결·소박·신성·정직·숭고·결백·승리·영광·不死·환희를 상징하고, 검은 색은 허무·절망·정지·침묵·견실·부정·죄·주검·암흑·불안을 상징한다. 여기서 새떼는 까마귀떼를 일컫는데, 작품의 서두에도 등장하여 작품의 전체 분위기를 어둡고 음습하게 하고 있다.

'수많은 까마귀들이 그 검고 칙칙한 날개를 퍼덕이며 밭고랑을 뒤적이고 있다가' 까아욱 까아욱 울어서, "황량하기 그지없는 초겨울의 빈 들녘을 공허하게 흔들었다" 그 까마귀들이 함박눈을 맞고 있는 것이다. 그것을 작가는 '지우고' 있다고 표현한다. 구물거리고 움직이는 물체 즉 까마귀가 눈을 맞아 쉽게 지워질 수 없는 것이 객관적 현실이라면, 제발 사라져 주기를 바라는 염원을 이렇게 나타낸 것이다. 아버지에 대한 부정적 인식을 긍정적으로 대치하기를 기원하는 것이다. 다음과 같은 주장도 이를 뒷받침해 주고 있다.

> 분단문제의 극복이라는 과제에서 우리 문학이 샤머니즘적 체질을 극복해 간 측면이 아비·자식사이의 핏줄 위에, 고통의 나눠 가짐이라는 또 하나의 사실에 있음의 확인은 양선규의 작가적 총명함이 아니었을까. 이럴 때 문학은 한 단계 발전하는 것 아닙니까. 김승옥의 「환상수첩」이나 「서울, 1964년 겨울」, 임철우의 「아버지의 땅」이 그러하듯 말입니다. 이러한 문학사적 성과는 쉽게 깨지지 않지요.[10]

「아버지의 땅」이 '아비·자식사이의 핏줄 위에 고통의 나눠 가짐'으로 분단문제의 극복에서 한 단계 발전하고 있다는 것이다. 여기서 고통이란 물론 정신적 그것임은 말할 것도 없다. 고통을 나눠가짐으로 지금까지의 앙금을 씻어내고 부자간에 새로운 비젼을 제시하는 것이다.

「소지」에서는 절망의 근원을 다음 세대가 제거해 줄 것을 기대하는 것에서 새로운 비젼을 엿볼 수 있다. 즉 어머니가 골치거리인 이빨을 어린 손자에게 빼달라고 부탁하는 장면에서 이를 확인할 수 있다. 왜 하필이면 손자일까.

그 이빨은 어머니에게 번번이 고통을 안겨주었다. "사변이 터지고 전세가 점점 급박해져 간다는 소문으로 뒤숭숭하던 며칠 동안은 특히 심하였다" 남편이 끌려갈 때도 미칠 듯한 통증이 있었고, 삼십년이 지나 시누이

---

10) 김윤식, 『80년대 우리소설의 흐름』 II, 서울대학교출판부, 1989, 28쪽.

가 꿈속에서 남편을 보았다고 말했을 때와 경찰관이 성호 때문에 찾아왔을 때도 심하기는 마찬가지였다. 남편에 관련된 소식을 들을 때는 언제나 이빨의 통증을 심하게 느낀다. 현기영의 「아버지」를 연상시키는 부분이다. 여기서는 할머니가 이와 유사하게 위장병을 앓고 있다.

「소지」의 어머니는 그 아픔의 끝이 몸 안 아주 깊은 곳에 숨어 있는 또 다른 아픔과 맞닿아 있다는 생각을 한다. 이때의 또 다른 아픔이란 무엇일까. 영혼의 아픔, 정신적·심적 아픔이 아닐까. 그녀는 고통의 치유가 자신의 세대나 아들 세대에는 불가능하리라고 판단했던 것 같다.

이복형제의 이념대립은 비록 30년 전 좌우익의 대립과는 본질적으로 다르다 하더라도, 어머니의 눈에는 같은 양상으로 비쳤을 것이다. 따라서 자신의 아픔을 치유할 염원과 희망을 아들 세대가 아닌 손자 세대에 기대하는 것이다. 역사의 소용돌이는 비록 한 순간에 그칠지 모르지만, 그 와중에 휩쓸린 개인은 상당히 긴 기간 고통과 괴로움을 당할 수밖에 없음을, 작가는 이빨의 통증을 통해 암시해 주고 있다. 고통의 원인인 그 이빨을 타오르는 불길 속에 던져 넣으므로 악몽의 역사에서 벗어나고자 하는 작가의 의지를 상징적으로 보여준 셈이다. 여기서 이빨은 객관적 상관물의 기능을 하고 있는 것처럼 보인다.

「어둠의 혼」의 말미에는 어린 '나'가 지서에서 아버지의 시체를 확인하고 나서 흐느끼며 내닫는 장면이 있다. '나'는 이모부도 뿌리치며 달려 낙동강 강둑에 이른다. 어릴 때 아버지와 함께 많은 이야기를 나누며 걷던 곳이다. 강물은 쉬지 않고 흘러간다. 여기서 '나'는 어떤 깨달음을 얻게 된다.

이제 내가 죽기 전 영원히 만날 수 없게 된 아버지. 어린 나에게 너무나 큰 수수께끼를 남기고 죽어 버린 아버지의 일생을 더듬을 때 나는 알 수 없는 두려움 때문에 사시나무처럼 떤다. 그와 더불어 나는 무엇인가 깨달은 느낌을 가지게 되었다. 그 느낌을 꼬집어 내어 설명할 수는 없었으나, 이를테면 살아가는 데 용기를 가져야 하고 어떤 어려움도 슬픔도 이겨내야 한다는 그런 내용의 것이었다. 모든 것이 안개 속 같은 신기한 세상, 내가 알아야 할 수수께끼가 너무나 많은 세상을 건너갈 때, 나는 이제 집안을 떠맡은 기둥으로서 힘차게 버티어 나아가지 않으면 안 된다. 이런 굳은 결심이 나의 가슴을 뜨겁게 적시며 뒤채이는 눈물을 달래고 있음을 느꼈던 것이다(「어둠의 혼」, 28쪽).

"나는 무엇인가 깨달은 느낌을 가지게 되었다", "이제 집안을 떠맡은 기둥으로서 힘차게 버티어 나아가지 않으면 안 된다" 등의 구절이 암시하듯, '나'는 아버지의 죽음을 슬픔과 허무로만 받아들이지 않고 자신의 새 삶의 전기로 생각하려 한다. 지금까지 이 세상에 대해 두려워했다면, 아버지의 죽음을 계기로 이를 극복하려는 마음을 다지게 된다.

'나'는 정신적으로 한 단계 성장한 것이다. '나'는 아버지로 인해 맞은 현실적 위기에 대해 아버지를 증오하고 저주하는 데서 그치지 않고 이해하고 용서한다. 나아가 그간의 정신적 상처를 치유하고 새로운 삶의 전환을 위해 노력할 것을 다짐한다.

4. 결 론

아버지는 한 집안의 중심이요 기둥이므로 이를 확대 해석하면 국가가 될 수 있다. 따라서 1910년 한일합방은 국가의 상실이며 아버지의 상실이 된다. 일제강점기와 6 · 25전쟁을 거치는 동안 국가는 심각한 위기를 맞는다.

당대 현실에 민감한 소설가들은 국가를 자주 아버지로 작품화한다. 그 예를 『아버지의 얼굴』이라는 소설집에서도 확인할 수 있다. 이 작품집에는 한두 편의 예외가 있기는 하지만 대부분 정체성에 위기를 맞은 국가의 모습을 아버지로 형상화하고 있다. 아버지들의 모습은 대개가 불구자이거나 행방불명자로 되어 있다. 이들은 원래 똑똑하고 뛰어난 인물들이었으나 공산주의자가 되어 스스로 몰락의 길을 간다.

문제는 자신들만의 몰락이 아니라 아내와 자식들마저 고통과 괴로움에 빠뜨린다는 것이다. 가장을 잃은 가정은 온전할 수 없고 자식들은 출세길이 막히게 되기 때문이다. 그들의 아내나 자식들이 남편이며 아버지를 증오하고 저주하며 한 맺힌 세월을 보내게 되는 까닭이 여기에 있다. 확대 해석하면 국가에 대한 원망으로 볼 수 있다.

이러한 자식들이 장성한 뒤 아버지를 이해하고 용서하려 든다. 이데올로기보다는 혈육이 중요함을 인식한 까닭이다. 이것은 자식들이 아무리 부정하고 거부하더라도 아버지는 어쩔 수 없는 자신의 혈육임을 깨달은 결과다. 이것은 곧 아무리 거부하려해도 조국(국가)은 거부할 수 없는 존재임을 인식한 결과다. 때문에 이를 바탕으로 작가들은 국가의 정체성이 심각한 위기를 맞을 때 그것을 극복할 수 있는 방법론을 모색한다. 그 방법은 부자지간에 정신적 고통을 공유하거나, 이데올로기와는 무관한 후손에게 그 동안의 상처를 치유하게 하거나, 자아 성장을 통해 스스로 터득케 하는 것이 될 수 있다.

이러한 방법이 다소 막연하고 추상적이긴 하지만 상처 자체가 심적·정신적인 것이므로 어쩔 수 없는지 모른다. 그러나 여기서부터 구체적 대안이 제시될 수 있으므로 그 의미는 적지 않다고 하겠다(『국제언어문학』, 국제언어문학회, 2008.12).

한국 현대소설의 연구 동향

1. 서언

이글은 최근의 한국현대소설의 연구 동향을 개략적으로 살펴보는데 그 목적을 둔다. 따라서 깊이 있는 연구논문이라기보다 보고서 형식임을 미리 밝혀둔다. 이러한 작업은 한국 현대소설의 경향을 살펴보는 효과도 있다. 소설이라는 장르가 존재하는 한 작가들은 소설창작을 계속할 것이고, 소설이 존재하는 한 소설연구자(비평가 포함)들은 소설을 분석하고 평가하기 위해 노력할 것이기 때문이다.

이 작업을 위해서는 전제조건이 요구된다. 한국현대소설에 대한 연구물이 게재되고 있는 많은 학술지와 문학잡지를 모두 거론할 수 없다는 점이다. 따라서 나무를 통해 미루어 숲을 본다는 식으로 편의상 어떤 기준을 정할 필요가 있다.

여기서는 한국의 대표적인 현대소설 연구단체인 「한국현대소설학회」의 학회지 『현대소설연구』를 중심으로 살펴보고자 한다. 즉 2005년부터 2009년 현재까지 이 『현대소설연구』[1]에 발표된 연구물로 한정하되 필요에 따라서 다른 관련 자료를 참고하고자 한다.

「한국현대소설학회」는 1992년 11월에 회칙이 만들어지고 1993년 10월 총회를 가졌으며 1994년 8월 학회지『현대소설연구』창간호를 발간한다. 이후 결호 없이 발간되고 한국 인문학계에서 우수성을 인정받고 있다. 해마다 한국의 최고 학술연구지원 단체인 「한국연구재단」의 지원에 의해 2009년 11월 현재까지 총 41호가 발간된 상태다. 현대소설 전공자 600여 명이 회원으로 가입해 있다.

2005년부터 지금까지 이 학술지의 연구물을 개괄해보면 가장 큰 특징이 연구 대상의 폭이 매우 넓다는 점이다. 비록 명칭은 「한국현대소설학회」지만 그 연구 대상이 한국의 근대 계몽기(1900년대) 개화기소설부터 2009년 현재 발표된 소설까지 걸쳐 있다는 것이다. 이것은 연구자들이 다양한 주제로 연구에 임하고 있다는 증거다. 이글에서는 이중에서 비교적 많은 논자들이 관심을 드러내거나 최근 새롭게 대두되는 주제를 중심으로 몇 항목에 나누어 살펴보고자 한다.

2. 다문화주의와 디아스포라, 북한관련 소설에 대한 연구

한국에는 이주노동자 · 결혼 이민자 · 난민 · 탈북자 · 귀국한 재외동포 등 다양한 문화 배경과 이주 경로를 가진 사람들이 살고 있다. 이주민과 결혼한 한국인 사이에서 태어난 자녀들도 있다. 그러나 이들에 대한

---

1) 이 기간에 25호부터 41호까지 총 17권 254편의 논문이 발표된다. 25호(2005.3) 16편, 26호(2005.6) 14편, 27호(2005.9) 16편, 28호(2005.12) 15편, 29호(2006.3) 17편, 30호(2006.6) 14편, 31호(2006.9) 13편, 32호(2006.12) 15편, 33호(2007.3) 15편, 34호(2007.6) 15편, 35호(2007.9) 14편, 36호(2007.12) 16편, 37호(2008.4) 13편, 38호(2008.8) 17편, 39호(2008.12) 16편, 40호(2009.4) 15편, 41호(2009.8) 13편.

국가의 정책적 배려는 아주 미흡하다. 2006년 정부는 이주민 정책을 다문화주의2)에 입각해 전환한다고 선언했지만 이들의 정주화를 방지하기 위한 정책을 여전히 고수하고 있다. 이주노동자들의 가족 동반은 불허되고 반인권적인 단속과 추방은 강화되고 있다.

이주문제의 핵심인 미등록 이주노동자들의 문제는 주변화되고, 등록과 미등록, 재외한인과 기타 외국인, 선진국 출신의 전문직 이주자와 개발도상국 출신의 비숙련 이주자, 남성 이주자와 여성 이주자 간의 법적·인종적·문화적 분열과 위계도 심화되고 있다. 따라서 2009년 현재 한국은 '외국인 100만 명 시대'를 맞이하고 있지만, 유엔 산하 인종차별철폐위원회(CERD)로부터 "민족우월적인 단일민족 개념을 극복해야 한다"는 권고를 받고 있는 처지다.

이주민 공동체들 사이에 존재하는 상이한 정치적 입장과 문화적 욕구를 배려하고 존중하는 노력은 시민사회에서도 아주 미약한 형편이다. 다문화 담론에서도 정작 다문화사회의 주체라고 할 수 있는 이주민의 목소리는 어디에서도 찾아보기 힘들다. 이주민 공동체들 대부분은 다문화에 무관심하고 그것의 절박성에 대해 공감하지 못하고 있는 형편이다.

이러한 문제의식이 급속도로 공론화되었으나, 그 수준에서 그치고 체계적인 연구는 이루어지지 못한 것이 현실이다. 공론화도 인류학·사회학·철학·신학·여성학 전공자들의 몫이었다. 그러나 이제는 많은 소설가들이 이에 관심을 갖고 작품화하고 있다. 가령 난쟁이 아버지와 베트남 출신 엄마와 아들을 그린 김려령의 『완득이』(창비, 2008), 한국인 아버지와 조선족 엄마와 아들의 이야기인 김재영의 『코끼리』(2005), 탈북

---

2) 다민족 사회에서 문화적인 다양성을 관리하는 정책이다. 공식적으로 상호 존중과 문화적 차이에 대한 관용을 중시한다. 정책으로서 다문화주의는 상이한 문화들의 특징을, 특히 이들이 들어오는 국민 내부에서 서로 관계를 맺는 점을 강조한다. 이 용어는 처음 1957년 스위스를 기술할 때 사용되었으나 1960년대 후반기 캐나다에서 대중화되었으며 이후 영어권에서 빠르게 퍼지게 되었다.

자 아내와 무슬림 남편을 그린 황석영의 『바리데기』(창비, 2007) 등이 대
표적인 예가 될 것이다.

소설연구자들도 이에 대한 인식을 새롭게 하고 그들 작품에 관심을 갖
게 된다. 그 예를 보여주는 것이 『현대소설연구』 40호의 특집 『다문화주
의와 한국소설』이다.[3] 이 특집은 이미 2008년 11월 22일 서울대학교에
서 개최된 「한국현대소설학회」 학술발표대회에서 발표된 것들이다. 여
기서 우한용은 박범신의 『나마스테』[4]를 통해 이 시대 다문화주의 지향
성의 의미를 규명하고, 사회통합적인 다문화주의 미래를 예견하여 제시
하고 있다. 정혜경 · 김영찬은 소설에 나타난 다문화주의를 규명하고 있
으며, 김형규 · 허명숙 · 류보선은 오래전 조국을 떠나 외지에 나가 소수
민족으로 살고 있는 한국 동포들의 민족 정체성에 대한 의식을 연구한다.

다문화주의에 대한 문학(소설)적 연구는 타분야의 연구에 비해 다소
뒤쳐진 감이 없지 않다. 즉 오경석의 『한국에서의 다문화주의─현실과
쟁점』(한울아카데미, 2007), 한경구의 『다문화사회의 이해』(동녁, 2008)
등이 저서가 있는 반면 이 분야의 소설을 분석한 저서는 아직 보이지 않
는다.

거칠게 말해시 다문화주의가 한국내에 거주하는 외국인과 관련된 문
제라면 디아스포라는 외국에 거주하는 한국인과 관련된 문제라고 할 수

---

3) 이 특집에 실린 논문은 다음과 같다.
　우한용, 「21세기 한국사회의 다양성과 소설적 전망」.
　정혜경, 「2000년대 가족서사에 나타난 다문화주의의 딜레마」.
　김영찬, 「경계를 넘어서는 문학들」.
　김형규, 「중국 조선족 소설과 소수민족주의의 확립」.
　허명숙, 「민족 정체성 서사로서 재일동포 한국어 소설」.
　류보선, 「다언어공동체와 연인들의 공동체」.
4) "안녕하세요, 안녕히 가세요, 어서 오세요, 건강하세요, 행복해지세요, 다시 만나요"
　등 넓은 의미로 쓰이는 네팔말 '나마스테'. 장편소설 『나마스테』(한겨레신문사, 2005)
　는 히말라야 마르파 마을에서 온 사내 카밀과 아메리칸 드림에 끌려 미국에 갔다가 만
　신창이로 돌아온 신우의 사랑을 그리고 있다.

있다. 따라서 다문화주의가 최근에 부각되었다면 그보다는 다소 앞서지만 역시 근대에 더욱 문제시된 디아스포라도 이 자리에서 함께 살펴볼 수 있을 듯하다.

2009년 10월 30일, 31일 이틀간 동국대학교(서울캠퍼스)에서 진행된 '2009년도 학회 및 연구소 연합 학술대회'의 주제는 <한국문학 연구와 디아스포라>이다.5) 이번 학술대회는 「국제비교한국학회」, 「한국비평문학회」, 「현대문학이론학회」 등 학회와 「동국대학교 한국문학연구소」가 주최하고, 「동국대학교 BK21 한국어문학에서의 '전승'과 '번역' 연구인력 양성사업단」에서 주관한다. 주지하다시피 위에 열거한 학회나 연구소는 한국에서 비교적 활발히 활동하는 한국현대문학분야의 학술단체다. BK21사업단 역시 국가가 연구비를 지원하는 연구사업단으로 장차 그 업적이 기대되는 연구를 수행하고 있다.

이러한 단체들이 연합하여 학술발표회를 하면서 그 주제를 '디아스포라'에 둔 것은 이 문제가 사회화 · 공론화 되었다는 것을 말해준다. 따라서 '디아스포라(diaspora)'6)라는 현상을 문학연구의 대상으로 적극 불러내

---

5) 이 학술대회에서 발표된 논문은 다음과 같다.
　　홍기삼, 「한국 문학 연구와 디아스포라―한중일의 전통사상과 에스니시티문제」.
　　우한용, 「한국 소설에 나타난 디아스포라」.
　　김종회, 「재외 한인들의 디아스포라 문학」.
　　김경훈, 「디아스포라 삶의 공간과 정서―백석, 이용악, 윤동주의 경우」.
　　김춘식, 「소수집단 문학의 정체성―기억, 이산, 장소―」.
　　오윤호, 「2000년대 소설에 나타난 외국인 이주자의 표상」.
　　최종환, 「在日濟州人시 연구―4 · 3형상화를 중심으로」.
　　하상일, 「재일 디아스포라 시문학 연구―허남기 시를 중심으로」.
6) 디아스포라의 어원은 그리스어로 播種에서 유래한다. 특정 인종(ethnic) 집단이 기존에 살던 땅을 자의건 타의건 간에 떠나 외부로 이동하는 현상을 말한다. '離散'이라고도 하지만, 遊牧과는 의미가 다르며, 난민 집단 형성과 일정한 관련성이 있는 말이다. 난민들은 새로운 땅에 계속 정착할 수도 있고 아닐 수도 있으나, 디아스포라란 낱말은 이와 달리 본토를 떠나 항구적으로 나라밖에 자리잡은 집단에만 쓰인다. 이러한 사전적 설명을 따르면 식민지 기간 만주 · 하얼빈 · 블라디보스톡 · 미국 · 브라질 등 세계

자는 발상이 전제 되어 있다. 나아가 이를 한국문학의 폭을 넓히고 주제의식을 심화시키는 계기로 만들자는 방법론적 측면도 엿볼 수 있다.

이 발표회에서 주목을 요하는 것은 홍기삼이 에스니시티[7]와 디아스포라를 연결하여 동아시아의 문화전통 속에서 '和'의 사상에 주목하고, 이것의 가능성을 타진하는데 주력했다는 점이다. 이른바 '동아시아적 가치'의 발견을 디아스포라라는 현상과 연결짓는 방법을 제시한 셈이다.

디아스포라는 점차 제재의 차원을 넘어서서 문제의식의 확장을 요구하는 상황이다. 이 때문인지 그와 관련된 연구물은 계속 발표되고 있다.[8] 이에 대한 문학계의 관심은「국제한인문학회」(2003년 창립)와「국제언어문학회」(2000년 창립) 등 관련학회의 학회지에 발표된 논문에서도 여실히 드러난다. 최근의 저서로는 최강민의『탈식민과 디아스포라문학』(제이앤씨, 2009)이 있다.

이와 함께 이 자리에서 북한소설에 대한 연구현황[9]도 함께 언급하고자한다. 북한도 논의에 따라서는 한국을 벗어나 있다고 할 수 있으므로 가

각지로 흩어지게 된 우리 민족의 삶이 자연스럽게 강조될 수 있다.
7) 에스니시티(ethnicity)는 소수집단이 자신이 속한 문화권의 정체성과 자신이 이주해온 인종적 기억 사이 어디에도 거주하지 못하는 '이방인'의식을 집단화해 표현한 용어다.
8) 김형규,「중국 조선족 소설 연구의 현황과 현재적 의의」(29호).
  허명숙,「1990년대 재일동포 한국어 소설과 민족 정체성」(30호).
  임명진,「일제강점기 在滿韓人小說을 통해 본 '만주'의 문제」(31호).
  이정석,「재일조선인 한글문학 속의 민족과 국가」(34호).
  최은수,「중국 조선족 '반성소설' 연구」(34호).
  방민호,「이효석과 하얼빈」(35호).
9) 장사선,「남북한 소설 연구와 이데올로기」(25호).
  이영미,「북한 정치체계의 형성과 문학」(25호).
  조경덕,「천세봉의『석개울의 새봄』연구」(27호).
  홍혜미,「전후 북한의 문예정책과 형상화 문제」(28호).
  최병우,「리근전 소설 연구」(29호).
  오태호,「『평양시간』에 나타난 '수령 형상'과 '연애담' 연구」(36호).
  남원진,「'혁명적 대작'의 이상과 '총서'의 근대소설적문법」(40호).
  유임하,「총서 '불멸의 력사'의 기획의도와 독법」(40호).

능한 일이라고 생각한다.

1988년 7월 납북 및 월북 문인들에 대한 해금조치가 발효된 후부터 북한소설에 대한 연구는 급물살을 타기 시작한다. 통일을 지향해 가는 시점에서 소설연구자들은 북한소설의 연구가 매우 의미 있다고 생각한 듯하다. 이에 대한 내용은 임옥규의 「북한문학연구사 고찰」(『국제한인문학연구』 제3호, 2006)에 자세히 기술되어 있다. 단행본으로는 권영민 편 『북한의 문학』(을유문화사, 1989)을 시작으로 그 후 여러 권이 발간된다. 최근의 것으로는 최동호의 『남북한현대문학사』(나남, 2007), 김중하의 『북한문학연구의 현황과 과제』(국학자료원, 2007), 민현기의 『남북한 역사소설 비교연구』(계명대출판부, 2008) 등이 있다.

3. 인터넷소설과 판타지소설에 관련된 연구

한국에는 1990년대부터 광범위하게 개인 PC가 보급되기 시작한다. 그에 따른 PC통신의 급성장과 국가적 차원에서 빠른 속도로 보급된 인터넷에 힘입어 각종의 소설들이 생겨난다. 예컨대 추리소설 · 게임소설 · SF소설 · 멜로 · 하이틴 로맨스 등이 곧 그것인데 이들은 네티즌들의 폭넓은 사랑을 받는다. 오프라인의 본격소설과는 또 다른 소설의 영토를 개척해 온 것이다.

좀 더 부연하면 1989년 12월 이성수가 국내에서 최초로 『아틀란티스 광시곡』이라는 SF소설을 천리안 게시판에 올리기 시작하면서 통신 공간과 소설의 만남이 시작된다. 그 후 이우혁의 『퇴마록』(1993년 하이텔에 연재, 1994년 출간)이 주목받고, 1990년대 중반 이후 하이텔과 천리안 등 통신이 멀티미디어 환경의 인터넷으로 변화하면서, 이영도의 『드래곤 라자』 같은 판타지소설, 『엽기적인 그녀』나 『동갑내기 과외하기』 같은 유

머 소설, 듀나 일당(통신 작가 이영수)의 과학소설(SF) 등의 본격적인 인
터넷소설 시대가 열린다.

그 후 귀여니의 『그놈은 멋있었다』(2001년 8월 daum에서 연재 시작.
2003년 출간)[10]와 『늑대의 유혹』(2002년 인터넷 연재. 2002년 출간)이
연이어 성공을 거둔다. 그 결과 "누리꾼들도 이제는 소설의 새로운 독자
군에 합류하고 있다"고 평가받을 정도다.

인터넷소설은 디지털시대와 맞물려 새롭게 태어난 장르다. 이러한 환
경의 변화에 따라 지금까지 활자매체로만 활동하던 작가들, 예컨대 박범
신 · 황석영 · 공지영 · 정이현 · 이기호 · 박민규 · 백영옥 등도 인터넷소
설을 연재하기 시작한다.

박범신은 장편소설 『촐라체』를 한국의 대표적 포털사이트인 네이버에
2007년 8월부터 연재하여 큰 반향을 몰고온다(2008년, 푸른숲출판사에
서 발간). 황석영은 장편소설 『개밥바라기별』을 2007년 자신의 네이버
블로그에 총 102회에 걸쳐 연재한다. 그동안 200만 명 이상이 접속하고,
1회에 평균 100－200개의 댓글이 달릴 정도로 인기를 끈다(2008년, 문학
동네에서 출간). 이런 추세라면 인터넷소설 연재 붐이 계속될 것 같다. 실
상 인터넷소설도 여러 가지 측면에서 활자매체인 전통적인 소설에 비해
손색이 없다.

인터넷소설의 독자들은 대체로 수용자이면서 동시에 생산자다. 이런
점에서 인터넷소설의 수용자인 독자를 어떻게 고급의 독자로, 나아가 수
용창작자로 만들어갈 것인가에 대한 연구와 노력도 아울러 병행되어야
할 것이다. 장차는 인터넷이 한국소설의 새로운 지평을 모색할 수 있는
역량 있는 신예를 적극적으로 발굴해야 한다. 이와 함께 기존 한국소설을
더욱 발전시킬 수 있는 공간으로 인터넷이 활용되어야 할 것이다.

---

10) 인터넷 조회수가 1,000만회를 넘기고, 팬클럽 회원수가 100만에 육박한다고 함.

이러한 상황에 걸맞게 이에 대한 연구도 비교적 활발한 편이다.11) 최근의 저서로는 김진기외『사이버소설의 미적 구조와 세계관 연구』(박이정, 2006)와「국제어문학회」의『디지털시대의 언어와 문학연구』(국학자료원 2006), 최혜실의『문자문학에서 전자문화로』(한길사, 2007) 등이 있다. 앞으로는 더욱 활발한 연구가 예상된다.

한편, 인터넷시대의 독자들은 무게 있는 긴 이야기에 견딜 수 있는 인내심이 부족한 편이다. 이전에는 소설이 역사나 이데올로기를 전달하는 수단이어서 독자들이 많은 시간을 내서 공부하듯 읽었지만, 지금은 엔터테인먼트처럼 생각하는 경향이 많다. 이러한 경향에 편승해서 유행화된 장르 중의 하나가 바로 판타지소설이다. 대개의 판타지소설은 양은 길지만 기존의 대하소설처럼 주제가 무겁지 않아 쉽게 읽힌다. 인터넷과 판타지소설의 이러한 관련성을 감안하여 판타지소설 연구 현황도 여기서 언급하고자 한다.

판타지소설(fantasy novel)은 그 배경이 현실과는 동떨어진 가상의 공간에서 벌어질만한 이야기를 상상하여 창작한 소설이다. 환상소설이라고도 하며 환타지 또는 팬터지로 잘못 쓰기도 한다. 본격적인 연재는 하이텔(Serial)·나우누리·천리안·유니텔의 4대통신망이 활성화되면서부터 시작된다.

대표적인 연재글로 김근우의『바람의 마도사』(1996), 임달영의『레기오스』(1995),『피트에리아』(1996), 이영도의『드래곤 라자』(1998), 김예리의『용의 신전』(1998), 이수영의『귀환병 이야기』(1998), 홍정훈의『비상하는 매』(1999)』, 전민희의『세월의 돌』(1999), 이경영의『가즈 나이트』(1999),

---

11) 김성진,「인터넷 로맨스 서사물 읽기의 맥락과 문학교육」(26호).
　　김진량,「디지털 네트워크 환경에서 서사성의 변화」(29호).
　　류철균·서성은,「디지털 서사 창작의 도구의 서사 알고리즘 연구」(38호).
　　정미숙,「여성소설과 '미디어문화'의 재현」(41호).

이상혁의『데로드 앤드 데블랑』(1999), 유민수의『불멸의 기사』(1999), 이 상균의『하얀 로냐프 강』(1999) 등이 있다.

『조선일보』가 제1회 <2009 조선일보 판타지문학상>(당선작 고료 1 억 원)을 제정해 세계 출판시장에 내놓을 수 있는 한국형 해리포터 소설 을 공모한 것도 주목할 일이다. 2009년 8월 31일까지 공모한 결과 총 150 편이 응모되고 그중 9편이 본심에 오른다.『해리포터』,『피터팬』,『나니 아 연대기』등처럼 온 가족이 함께 읽을 수 있는 멋진 판타지소설을 신문 사는 기대한 것이다. 당선작은 단행본으로 출간하기로 하고 초중등학생 들이 응모하는 청소년 부문도 따로 마련한다. 이것은 그만큼 판타지소설 의 수요층이 두텁다는 것을 입증한다. 그 결과 본심에 오른 9편 중에서 이 준일의 장편소설『치우와 별들의 책』이 당선작으로 뽑힌다.

판타지소설에 대한 열풍은 아직도 여전하다.[12] 그러나『현대소설연 구』에는 나병철의,「환상소설의 전개와 성장소설의 새로운 양상」(31호) 외에는 이에 관한 논문이 보이지 않는다. 이것은 그만큼 이분야가 최근 에 대두되었음을 말한다. 또한 양적으로 많은 작품이 있음에도 불구하고 연구는 아직 본격적으로 이루어지고 있지 않음을 말해준다. 최근의 저서 로는 이유선의『판타지문학의 이해』(역락, 2005)가 있다.

4. 기타-영화 및 연극, 페미니즘, 생태환경 등과의 관련성

위에서 논의한 사항 외에 소설연구자들의 관심을 끈 분야가 '영화 및

---

12) 연세대학교 중앙도서관 대출 순위에서 판타지소설의 인기가 두드러진 것도 그 한 예 일 것이다. 2000년 이경영의『이노센트2-망국의 왕자』가 1위에 오른 것을 시작으 로 2004년까지 거의 매년 국내 판타지소설이 대출 도서 상위권을 휩쓸었다(『조선일 보』, 2009.11.18 기사 참조).

연극', '페미니즘', '생태환경' 등과 소설의 관련성이다. 이들을 차례로 살펴보기로 한다.

먼저 '영화 및 연극'과 소설과의 관련성이다. 소설과 영화·연극은 독립적인 장르로서 각각의 독자적인 영역을 구축하면서 발전되어 왔다. 특히 영화와 연극은 대표적인 문화상품으로 손꼽히며, 과학기술의 진보와 발맞추어 발달하여 대중 속에 자리 잡고 있다. 그러면서도 이들은 소설에 크게 의존하는 바 있다.

중편소설 「우리들의 일그러진 영웅」(이문열, 1987), 장편소설 『엽기적인 그녀』(김호식, 2000) 등 그 작품성을 인정받았거나 대중적으로 널리 읽힌 작품을 포함하여, 많은 영화가 소설을 원작으로 하고 있는 것에서 그 예를 볼 수 있다. 이 같은 현상은 우수한 시나리오 작가가 수적으로 부족한 반면, 그에 비해 많은 숫자의 뛰어난 소설가들이 소설을 양산해 내고 있음을 말해준다. 여기에 예술성과 흥행성이 높은 작품을 만들어 내고자 하는 영화 감독의 열의가 자연히 원작소설에 눈을 돌리게 한 때문으로 볼 수 있다.

위에서 살펴보았듯이 영화와 연극이 독자적인 표현방식을 가진 독립적인 매체이면서 소설과 직접적 연관을 맺을 수 있는 근거는 무엇일까? 소설이 영화와 연극이라는 다른 매체로 바꿔질 수 있다는 사실은, 전달과 표현방식의 뚜렷한 차이에도 불구하고, 서로간의 매체가 공유하는 부분과 상호 대체 가능한 표현방식이 있다는 것을 의미한다.

요즘에는 소설 자체가 마치 영화 시나리오나 드라마 대본처럼 써진 경우가 많이 있다. 소설가가 처음부터 영화나 드라마를 염두에 두고 소설을 쓰기 때문일 것이다. 이처럼 소설과 영화·연극은 관련성이 깊고 따라서 이들 사이의 관계에 대한 연구도 점차 증가하는 추세다.[13]

---

13) 백문임, 「70년대 문화지형과 김승옥의 각색 작업」(29호).
　　표정옥, 「박태원과 이효석의 영화적 기법의 담론연구」(29호).

다음으로 '페미니즘'과 소설의 관련성이다. 한국에서 1980년대 이래 여성문제의 인식과 이에 대한 소설적 형상화는 꾸준하게 이루어져 오고 있다. 그것은 여성억압이라는 현실이 여성 자신의 속성에 원인이 있다고 보는 보수적 관점과 맞서서, 이를 역사적으로 형성된 사회구조로부터 설명해 내려는 노력이라고 할 수 있다. 여성의 본질은 생래적으로 주어진 고정불변의 것이 아니다. 남성들은 오랫동안 누적된 가부장적 이데올로기와 습관에서 일시에 자유로와질 수 없고, 여성들 또한 그런 이데올로기에 의한 의존적 사고방식에서 쉽게 깨어날 수 없다. 다시 말해 여성의 해방은 사회 전체의 변혁과 뗄 수 없는 관계임을 의미한다.

이러한 인식하에 발표된 소설들은 매우 많아서 일일이 거론할 수 없을 정도다. 박경리·오정희·박완서·공지영 등을 포함한 거의 모든 여류 작가들의 작품이 여기에 해당한다. 다소 반페미니즘의 경향에 속한다고 알려진 황석영·김승옥 등의 작가에게서도 논의에 따라서는 얼마든지 이러한 속성을 발견할 수 있다.

이 페미니즘에 관련된 소설연구도 활발한 편이라 할 수 있다.[14] 제 20

김경수, 「염상섭 소설과 연극」(31호).
박유희, 「1960년대 문예영화에 나타난 매체 전환의 구조와 의미」(32호).
김정남, 「소설과 미디어 환경에 관한 연구」(32호).
노지승, 「1920년대 초반, 조선 영화에서의 '민족'의 의미」(36호).
노지승, 「'영화'에 있어서 '문학적인 것'이란 무엇인가」(38호).
14) 서영인, 「순응적 여성성과 국가주의」(25호).
정혜영, 「근대적 세계와 '첩'의 사랑」(27호).
이덕화, 「염상섭의 작품을 통해서 본 신여성에 대한 오인 메커니즘」(28호).
이태숙, 「붉은 연애와 새로운 여성」(29호).
김미영, 「1980-90년대 한국 여성소설의 남성인물 형상화 방식 연구」(29호).
구자희, 「한국 현대 소설에 나타나는 에코페미니즘(Eco-Feminism)」(29호).
방민호, 「1930년대 후반 최정희 소설에 나타난 여성의 의미」(30호).
최미진, 「광복 후 공창폐지운동과 김말봉 소설의 대중성」(32호).
김복순, 「페미니즘 시학과 리얼리티 문제」(32호).
김지영, 「여공의 신체에 새겨진 '화폐'의 초상」(33호).

회(2009년도) 팔봉비평문학상 수상작이 김미현의 비평집『젠더 프리즘』
(민음사)인 것도 요즈음 이에 대한 열기를 보여주는 예다. 김복순의『페미
니즘 미학과 보편성의 문제』(소명출판, 2005), 김해옥의『페미니즘 이론
과 한국현대 여성소설』(박이정, 2005), 송인화의『근대소설과 여성주체』
(예림기획, 2006) 등의 저서가 근래 발간되어 이 분야에 대한 관심을 실감
케 한다.

마지막으로 '생태환경'과 소설의 관련성이다. 생태학적 세계관은 인간
의 인간다움을 보존하기 위해 자연스러움에 눈을 돌린 너무나 절실한 외
침이다. 이러한 생태적 사유를 상징적으로 형상화한 작업이라는 것이 바
로 생태소설이 지닌 의미일 것이다.15) 오늘날의 생태적 위기는 단지 과학
의 힘만으로 해결하기에는 그 한계에 도달한 것이 사실이다. 이 문제는
과학을 비롯한 여러 학문과의 통합적 연계 속에서 그 해결의 실마리를 발
견해야 할 것이다. 여기서 문학적 상상력은 보다 근본적 해결방안의 제
시, 즉 문제를 야기한 인간의 인식 전환을 촉구하는 데서 의미를 찾아야
할 것이다.

생태학적 소설에서 다루는 문제들은 대기오염 · 수질오염 · 소음진
동 · 폐기물 처리 · 원폭피해자 문제를 포함한 핵문제 · 베트남 전쟁터에
서 고엽제에 노출되었던 병사를 포함한 농약오염문제 · 토양오염문제 ·
식품오염문제 · 골프장과 아파트 건설로 인한 환경 파괴 문제 · 소비문
제 · 인구문제 등등이 될 것이다.

서영인, 「근대적 가족제도와 일제말기 여성담론」(33호).
이덕화, 「『혼불』의 여성독법과 여성적 글쓰기」(33호).
김정자, 「대하소설『아리랑』으로 본 한국여성의 수난사」(34호).
김주리, 「채만식의『탁류』에 나타난 여성 폭력과 히스테리의 의미」(35호).
이경재, 「한설야 소설에 나타난 여성 표상 연구」(38호).
심진경, 「전쟁과 여성 섹슈얼리티」(39호).
15) 차봉준, 「조세희 소설의 생태학적 상상력 연구」(34호), 167쪽.

한국에서는 1960년대부터 본격적인 환경 생태소설이 출현 했다고 보는데, 대체로 홍성원의 중편 「폭군」(창작과 비평, 1969)을 그 출발점으로 본다. 이 작품은 환경 생태에 대한 인간의 의식을 호랑이 사냥을 통해 우회적으로 비판하고 있다. 정을병은 중편 「병든 지구」(1974)에서 서구 물질문명에 대한 직설적 비판을 가하고, 김용성은 「死海 위에서」에서 산업 폐수로 인해 죽어 가는 바다를 묘사하고 있다.

특히 환경오염에 대한 인식이 확대되면서 발표된 작품으로는 조세희의 연작소설 『난장이가 쏘아올린 작은 공』 안의 「기계도시」(1977)를 들 수 있다. 이 작품은 정치경제적 측면에서 환경생태 문제에 접근하고 있다. 이문구는 연작소설 『관촌수필』 안의 「일락서산」(1972)에서 농촌에서도 환경오염이 시작되고 있음을 증언한다. 김원일은 중편 「도요새에 관한 명상」(1979)에서 수질오염 문제에 관해 다루고, 한승원은 「누이와 늑대」(1982)에서 농촌의 가난하고 무식한 가족들을 등장시켜 농약으로 인한 피해를 다루고 있다. 이러한 경향은 최창학의 「해변의 묘지」(1981), 김원일의 「따뜻한 돌」(1981), 황순원의 장편 『신들의 주사위』(1982), 이청의 장편 『부러진 노를 저어저어』(1982), 한정희의 중편 「불타는 폐선」(1989) 등에도 나타난다.

이러한 흐름을 타고 이 분야에 대한 많은 연구물들이 선보이고 있다.[16] 본격적인 연구서적도 발간되고 있다. 신덕룡의 『환경위기와 생태학적 상

---

16) 구자희, 「접화군생의 질서를 통한 에콜로이즘」(25호).
　　이승준, 「인간과 자연의 화해」(25호).
　　홍기정, 「이태준소설에 나타난 자연 지향」(28호).
　　김인호, 「모더니즘소설의 생태학적 가능성」(29호).
　　정연희, 「생태학적 관점에서 본 이태준 문학의 의미와 가치」(31호).
　　정연희, 「1970년대 한승원의 소설에 나타난 '바다'의 생태론적 의미」(33호).
　　차봉준, 「조세희 소설의 생태학적 상상력 연구」(34호).
　　구자희, 「한국 현대 도시 소설에 반영된 생태의식(Ecologism)」(36호).
　　이상진, 「자유와 생명의 공간, 『토지』의 지리산」(37호).

상력』(한국문학도서관, 2007) 전혜자의『한국 현대생태소설의 서사적 유형과 분석』(새미, 2007), 구자희의『한국현대소설과 에콜로지즘』(국학자료원, 2008), 이승준의『한국 현대소설과 생태학』(도서출판 작가, 2008) 김용민의『생태문학』(책세상, 2008) 등을 그 예로 들 수 있다.

5. 결론

한국의 학계는 요즈음 그 어느 때보다 긴장감이 감돈다. 국내외의 각종 대학평가와 한국내 대학의 교수업적평가 등으로 연구 환경이 급격히 바뀌어가고 있기 때문이다. 따라서 엄청난 양의 연구물이 쏟아져 나오고 있다. 이러한 현상은 현대소설연구 분야에도 예외가 아니다. 그중에서 근래 새롭게 제기되는 이슈가 다문화주의와 디아스포라에 관련된 소설의 연구다. 그만큼 이 방면의 소설이 많이 발표되고 있고 그와 함께 이 문제가 중요하고 절실하게 부각되고 있다는 증좌다.

다문화주의와 관련하여서는 다음과 같은 점을 신중히 검토해야 할 것이다. ① 한국문화의 실상이 그러한 용어와 상부하는가 ② 한국사회의 '다문화 현상'이 외국의 경우와 같은 성격의 것인가 ③ 다문화를 형상화한 소설이 충분히 논의할 만한 수준과 양이 확보되었는가.[17]

사회 전반적으로 통용되는 글로벌은 더 이상 경제적인 용어에 한정되지 않는다. 문화 및 국가의 정체성의 변화에도 작용하기 시작한 것이다. 한 국가는 개별적인 민족만의 삶의 장소가 아니라, 이미 국가의 장벽을 넘는 사람들로 인해 '디아스포라'의 현상으로 나타난다. 디아스포라와 관련된 소설에 대한 연구는 앞으로 해외에 거주하는 동포들의 정체성의 혼

---

[17] 우한용, 「21세기 한국사회의 다양성과 소설적 전망」(40호), 10쪽.

란에 대해 함께 고민하며 해결방법을 찾아가는 데 근거를 제시해 줄 수 있을 것이다.

북한소설은 남한에서 통제를 거의 받지 않고 있다. 때문에 이에 대한 연구는 앞으로도 계속될 전망이다. 이제는 작품의 소개 차원을 넘어 심층적 연구가 이루어져야 할 것이다.

다음으로 인터넷소설 및 판타지소설과 관련된 소설의 연구다. 소설의 위기를 그 어느 때보다 실감하고 있는 이 시대에 주목할 것이 인터넷소설과 판타지소설이 아닐까 한다. 이들이 소통으로서의 즐거움뿐만 아니라 문학의 독자적 가치체계를 준수하는 문예미학적 인식의 즐거움을 제공할 때, 새로운 세계를 온전히 개척하게 될 것이다. 다시말해 대중화된 이들 소설이 나름대로 현실을 폭넓고 진솔하게 담아낼 때, 소설을 떠난 독자들이 다시 돌아올 것이기 때문이다.

판타지소설이 비록 비현실적인 환상적 요소로 독자들의 의식을 마비시킨다 할지라도 엄청난 독자를 이끄는 만큼 그 기능을 면밀히 파악할 필요가 있다. 뿐만 아니라 그러한 독서를 가능하게 하는 현실적 맥락에 대해서도 탐구해야 한다. 이모티콘 또한 전혀 무시해서는 안 된다. 심리의 서술보다는 신리의 전달과 묘시에 효율적인 이모티콘이 어떻게 삭가와 독자를 연결하는 문화적 장치로 사용되는지 관심을 가질만하다.

이러한 상황에서 인터넷소설과 판타지소설의 가능성을 적극 활용하고 한계점을 극복하는 노력이 필요하다. 이와 함께 예상해야 할 것이 디지털 텍스트의 대두와 무한 복제가 가져오는 正典 파괴, 저자와 독자의 관계 변화, 이후 예고되는 하이퍼텍스트 소설 · 인터랙티브 픽션, E-Book 등에 대한 문제 등이 풀어야 할 과제다.

연극 및 영화와 관련된 소설, 페미니즘 및 생태환경 관련 소설 등에 대한 연구는 요즈음의 새로운 현상이 아니다. 전부터 지속적으로 연구되어 오고 있는 분야이므로 앞으로도 계속될 전망이다. 기존소설의 내용을 연극이나 영화에 차용하는 것도 오래전부터의 일이다. 요즈음에는 뮤지컬에도 차용되고 있다. 소설의 방대한 양을 줄여서 시각화하는 경우가 많은만큼 각색과정과 상상력이 필요하다. 여기서 소설 연구자들은 소설과 그소설을 차용한 문화를 단순 비교하는데 그치지 말고 각색과정에서 어떤상상력이 발휘되었는지 고찰해야 할 것이다.

페미니즘의 경우 여성의 역할이 증대되고 있는 현실에서, 이 방면의 소설은 더욱 양산될 것이고, 이에 부응되는 연구 또한 심화되어야 할 것이다. 즉 근본적이고 본질적인 문제에 접근한 연구가 이루어져야 할 것이다. 생태환경 분야의 연구는 인류가 직면한 생태위기의 현상 속에서 문학적 상상력을 통한 문제인식과 그 해결방안의 모색에 초점을 맞추어야 할것이다. 소설에서의 생태학적 담론의 가치는 단순히 자연환경적 파괴의문제점만 부각시키는데 머물지 말고 인간 상호간의 관계단절이라는 보다근본적인 문제에 접근해야 하기 때문이다18)(『경학연구』, 대만 고웅사범대 경학연구소, 2009.12).

---

18) 차봉준, 「조세희 소설의 생태학적 상상력 연구」(34호), 177쪽.

제3부

탄생 100주년 맞은 문인들에 대한 행사를 보면서

1.

2002년 올해 우리 문단의 주요 관심사 중 하나는 탄생 100주년을 맞은 문인들에 대한 기념 행사일 것이다. 이를 반중하듯 대산문화재단과 민족문학작가회의가 공동 주최하여 9월 26일과 27일 양일간 세종문화회관에서 그 기념문학제를 개최하였다. '식민지의 노래와 꿈'이라는 제하의 이 문학제에서 유종호·황현산·이주형·최유찬·김대행 등 이 분야의 전공자들이 진지하게 논의하였다.

여기에 해당한 문인은 소설가 3인과 시인 3인으로, 나도향(1902.3.30-1927.8.26), 주요섭(1902.11.24-1972.11.14), 채만식(1902.6.17-1950.6.11), 김상용(1902.8.27-1951.6.22), 김소월(1902.8.6-1934.12.24), 정지용(1902.5.15-?) 등이다.

물론 작년에도 탄생 100주년을 맞은 문인들이 있었다. 올해와 마찬가지로 대산문화재단과 민족문학작가회의에서 2001년 9월 20일과 21일 양일간 '근대문학 갈림길에 선 작가들'이라는 표제를 내걸고 기념제를 열었다. 김동환(1901.9.21-?), 박영희(1901.12.20-?), 박종화(1901.10.29-1

981.1.31), 심훈(1901.9.12−1936.9.16), 이상화(1901.4.5−1943.4.25), 최
서해(1901.1.21−1932.7.9) 등 6인이 그들이었다. 이들에 대해 김윤식·정
과리·최동호·박상준·임규찬·황종연·김재용 등의 논의가 있었다.

이런 행사가 여기에서만 그친 것이 아니다. 몇몇 문예지와 신문이나 문
학관런 단체에서 특집이나 기획 기사 혹은 이벤트성 형식으로, 이들 문인
을 기리거나 그들의 작품을 집중 조명하기도 하였다. 올해의 경우, 3월 30
일 한국소설가협회가 서울 '정동교회' 사회문화관에서 '나도향 탄생 100
주년 기념 세미나'를 개최하고, 5월 6일 서울 서초동 '예술의 전당' 문화사
랑방에서 '서울 지용제'가 열린 것이 그 예다.

그 뿐만이 아니다. 5월 9일부터 5월 12일까지 충북 옥천군 옥천읍 관성
회관에서는 '옥천 지용제'가 열리고, 5월 15일에는 서울 사간동 대한출판
문화회관에서 지용회의 주최로 '지용문학포럼'을 가졌다. 5월 18일 육군
사관학교에서는 한국시학회 주관의 '지용심포지엄'이 있었고, 같은 날 경
기대 수원캠퍼스에서는 한국근대문학회의 '채만식 탄생 100주년 기념문
학제'가 개최되었다. 8월 8일 서울 인사동 통인가게 5층 전시실에서는 김
소월·김상용·정지용·채만식·나도향·주요섭 등 6인을 기념하는 시
낭송회가 열리기도 하였다. 이들 6인에 대한 특집(문학사상 7월호)과 채
만식과 김소월에 대한 특집(현대문학 6월호와 8월호)도 꾸며졌다. 이렇게
본다면 내년은 말할 것도 없고, 특별한 사정이 없는 한 이 같은 행사나 특
집은 해마다 계속될 것이 예견된다.

2.

탄생 100주년을 맞은 문인들을 기념하거나 재평가하여 그들의 위상을
정립하려는, 기념문학제의 개최나 문예지의 특집 기획에 대하여 반대할

의사는 추호도 없다. 이들 문인은 한국 문단의 초석이 되었고, 일제시대라는 암울한 상황에서 활약하였으며, 그래서 어떤 의미로든 한국 근·현대문학에 많은 영향을 끼쳤음에 틀림없기 때문이다.

하지만 이런 행사나 특집에 몇몇의 문인들이 아무런 해명 없이 빠져 있다는 점은 여전히 의문으로 남는다. 다시 말해 동일한 연대에 탄생한 문인을 놓고 어떤 기준으로 행사나 특집에 참여시키거나 제외시키는지 알 수 없다는 말이다.

올해가 끝나려면 아직 한두 달 더 남아있어 이런 주장은 다소 성급할는지 모른다. 그러나 지금대로의 추세라면 이 상태에서 큰 변동은 없을 듯하다. 친일작가라고 해서 배제한 것도 아닌 듯하다. 친일작가의 명단에 오른 문인도 행사 목록에 당당히 올라 있는 실정이니 말이다.

물론 우리 문학사에서 그 많은 문인을 모두 거론한다는 것이 무리라는 사실은 잘 안다. 그럴 필요도 없거니와 그래서도 안 될 것임도 알고 있다. 이와 관련하여 현재의 우리 문단 인구는 가히 폭발적이라고 할 만큼 그 숫자가 늘어나고 있다. 많은 세월이 흐른 뒤 그 엄청난 문인 중 몇 명이나 문학사에서 논의될지는 몹시 궁금하다. 이렇듯 문인이라고 해서 모두 문학사에서 문제시하고, 탄생 100년을 기념할 수는 없는 것이다.

문학적 업적의 많고 적음이 선정 기준이 되지 않았나 하는 생각은 할 수 있다. 그러나 양적 기준이 반드시 질적 기준이 되지 않음도 주지의 사실이다. 그렇다면 업적을 포함해서 한국 현대문학사에 끼친 영향의 정도가 그 기준이 될 수 있겠는데, 그에 상응하는 충분한 해명이 뒤따라야 할 것이다.

2001년도의 경우 독견 최상덕(1901.6.15−1970.6.5), 일도 오희병(1901.2.24−1946.2.28), 석송 김형원(1901.11.16−?), 노초 김말봉(1901.4.3−1962.2.9), 춘성 노자영(1901−1940), 석영 안석주(1901.4.10−1950.2.24), 최승일(1901−?) 등은 배제된 듯한 느낌이다(김말봉 및 안석주는 한국문

학비평가협회에서 펴낸『문학비평』3호에서 재조명되었다). 2002년도에
는 백웅 백기만(1902.5.12−1967.8.7), 金華山人 권구현(1902.8−1937) 김
영팔(1902.10.4−?) 등을 배제시키고 있다. 이들은 모두 문학적 업적도 많
은 편이고, 한국현대문학사에서 자기 위치를 확보할 수 있는 작가들인데
도 말이다.

월탄 박종화도 일부에서 논의되기는 했지만 다른 작가에 비하면 역시
소홀히 평가 받고 있다는 인상을 지울 수 없다. 그는 오랜 문단 생활 동안
한국 현대문학사에 공적을 남겼다. 활동 초기에는 평론으로 후기에는 역
사소설로 득의한 그의 업적을 보면 3권의 시집, 18편의 장편소설(대부분
대하소설), 12편의 단편소설, 5권의 수필집과 평론집이 있다.

3.

최상덕은 황해도 신천 출신으로 중국 상해의 혜령 전문학원 중문과를
졸업하고,『중외일보』학예부장,『평화신문』부사장 등을 거쳐『서울신
문』편집국장을 역임한다. 당시 많은 문인들이 언론사에 근무했던 것과
같은 길을 걸은 셈이다. 이외에도 동양극장 지배인, 연극협회 이사를 역
임하는 등 연극 분야에도 관심을 보인다. 1921년 중편소설「蹂躪」을『상
해일일신문』에 연재하고, 단편소설「정화」(신민, 1925.12)를 발표하면서
문단 활동을 시작한다. 그 후 신경향파적인 소설「소작인의 딸」,「유모」,
「바보의 진노」등을 발표하고, 장편소설『승방비곡』(『조선일보』, 1927.
5.10−9.11)으로 많은 독자를 확보한다. 대중소설이면서도 '기발한 착상
과 참신한 감각'으로 쓴 작품이라는 평가를 받은, 이 작품은 한국 최초로
시도한 영화소설로서도 의의가 있다. 20여 편 이상의 수필 및 평론과 여
러 편의 장편소설을 포함한 수십 편의 소설을 남겨 놓고 있다.

오일도는 경북 영양 출생으로 일본 입교 대학 철학부를 졸업한 뒤, 시
「한가람 백사장에서」를 1925년 『조선문단』에 발표하며 등단한다. 1935
년 시 전문지 『詩苑』을 간행하기도 하고, 시집 『乙亥 명시선집』(1936)을
발간하는 등 많은 작품을 발표한다. 그의 시는 "애상적이며 동양적인 서
정성을 지니고 주정적이며 기교를 탐내지 않은 소박한 시풍으로 청춘의
번뇌와 시대를 노래했다"는 평가를 받는다.

김형원은 충남 강경 태생으로 보성 고보를 졸업하고 파스큘라에 가담
하면서부터 詩作활동에 들어간다. 잡지 『생장』을 주재하는가 하면, 『중
외일보』·『동아일보』·『매일신보』의 기자를 거쳐 『조선일보』의 편집국
장을 역임하기도 한다. 그는 한국 詩史에서 신경향파 시를 처음으로 또
가장 많이 썼다고 전해진다. 그의 시는 "힘 있고 굳센 특색이 있고, 후일
신흥 계급운동이 일어나는데 선구적 역할을 했다"는 평가를 받는다. 초기
에는 미국의 민중 시인 휘트먼에 심취하여 그를 소개하기도 한다. 6·25
때 납북되었고, 1979년 가족들이 시 124편을 모아 『석송 김형원 시집』을
펴낸다. 십여 편의 평론과 십여 편의 수필도 있다.

김말봉은 부산 출신으로 서울 정신여학교와 일본 동지사대학 영문과를
졸업한다. 『중외일부』 기자를 여임하고, 1932년 『중앙일보』 신춘문예에 단
편소설 「망명녀」가 당선되어 등단한다. 본격적인 통속소설 『밀림』(『동아
일보』, 1935.9.26−1938.2.7)과 『찔레꽃』(『조선일보』, 1937.3.31−10.31)
을 양대 일간지에 연속해서 발표하여 비평가와 독자의 주목을 받는다. 당
시에 임화는 "요컨대 수년래의 조선 소설계는 마치 의자를 작만해 노코
어느 한 사람을 기대리는 거처럼 한 사람의 완전한 통속작가를 대망하고
잇엇다. 그때에 나타난 것이 김말봉씨다"라고 하여, 그녀의 등장에 큰 의
미를 부여한다.

노자영은 황해도 장연 출생으로 일본 니혼 대학 문과를 수료하고, 1919
년 『매일신보』에 「月下의 夢」을 발표하면서 등단한다. 『백조』 창간 동인

으로 활약하였으며 1934년에는 『신인문학』을 창간하여 후진 양성에 힘 쓴다. 시집에 『처녀의 화환』, 『백공작』 등이 있고 수상집에 『인생안내』가 있다.

안석주는 서울 태생으로 휘문 고보를 졸업하고 서양화 연구에 몰두하 는 한편 영화와 문학에도 소홀하지 않는다. 파스큘라와 카프에 가담하고, 1930년 단편소설 「그 여자의 딸」, 「여사무원」을 발표한다. 1934년을 기 점으로 영화계로 전환, 첫 작품 『심청전』을 감독하고 해방 이후에는 대한 영화사 이사장을 역임한다. 25여 편의 수필과 10여 편의 소설을 남기고 있다. 1984년 『안석영문선』(관동출판사)이 발간되어 그에 대한 관심을 환기시키고 있다.

최승일은 서울 출신으로 배재 고보를 중퇴하고 일본 니혼 대학 미학 과를 중퇴한다. 1923년 염군사 결성에 가담하고, 이어 KAPF 맹원으로 활동하고, 신극운동가로도 활약한다. 1924년 단편소설 「떠나가는 날」을 『신여성』에 발표하면서 창작활동을 시작한다. 십 수편의 소설을 남기 고 있다.

백기만은 대구 출생으로 대구 고보와 일본 와세다 대학에서 수학하고, 3·1운동시 대구학생운동 주모자로 투옥되기도 한다. 양주동 등과 『금성』 발간에 참여하고 시·수필·평론에 걸쳐 두루 작품을 발표한다. 해방 후 『상화와 고월』(청구출판사, 1951), 『씨뿌린 사람들』(사조사, 1959)을 출 간하여 우리 詩史上 귀중한 자료를 제공한다.

김영팔은 서울 태생으로 일본 니혼 대학을 중퇴하고, 1920년 봄 김우 진·조명희·홍해성 등과 함께 극예술협회의 동인으로 연극운동에 참여 한다. 카프 맹원으로 가입하고 1920년대 대표적인 경향극작가로 활동하 기 시작하여, 1924년 『개벽』에 희곡 「미쳐가는 처녀」를 발표하면서 등단 한다. 「부음」, 「여성」, 「싸움」, 「곱창칼」 등의 희곡과 「봄이야기」, 「해고 사령장」, 「공지」 등의 소설이 있다.

　권구현은 충북 영동 출생으로 1926년 『조선지광』에 시조 6장을 발표하며 창작활동을 시작한다. 시 · 소설 · 수필 · 평론에 걸쳐 두루 활동하였지만, 주로 힘을 쓴 분야는 시조와 그에 준한다고 생각되는 소품 단곡들이다. 시집으로 『흑방의 선물』(영창서관, 1927)이 있다.

4.

　위에서 소개한 문인들이 모두 탄생 100주년을 맞았음에도 불구하고 특집이나 기념제에서 소외된 것은, 위대한 업적을 남긴 작가에 비해 그렇지 못했기 때문일 것이다. 그러나 여기서 잠깐 생각해 볼 것이 있다. 어떤 건축물을 예로 들어보자. 그 건축물은 다양한 재료들로 구성되어 있다. 그 재료들은 커다란 자재부터 조그만 벽돌 한 장에 이르기까지, 모두가 버려서는 안 될 소중한 것들이다. 이것처럼 한국문학사라는 한 구조물은 대형 작가들만의 공적으로 이룩된 것이 아니다. 여러 작가들이 함께 쌓아 올린 것이다. 때문에 대형 작가가 되지 못하는 작가라고 소홀히 하거나 도외시해서는 안 될 것이다.

　그렇다고 모든 작가들을 꼭 같은 비중으로 취급하자는 것은 아니다. 비록 차별적이지만 대형 작가는 대형 작가인 대로, 그렇지 못한 작가는 그렇지 못한 만큼이라도 관심을 기울이자는 것이다.

　행사나 특집에 선정된 문인들을 보면 시인과 소설가에만 편중된 느낌 또한 없지 않다. 다시 말해 평론가나 수필가 극작가 등을 등한시한 경향이다. 이들을 시인이나 소설가에 비해 홀대하는 바람에 평론이나 수필 · 희곡이 소홀이 대접받는지 모른다. 특히 희곡의 경우 중 · 고등학교의 교과서에서조차 시나 소설에 비해 상대적으로 적게 다루어지고 있다. 어느 특정 장르에만 관심을 쏟는 것은 바람직한 문학의 발전 방향이 되지 못할 것이다.

　위에 작가들을 소개하면서, 생몰 연대를 월일까지 자세히 적었는가 하
면 물음표로 표시했거나 아예 공백으로 놓아둔 곳도 있다. 이것은 그만큼
작가들의 생몰 연대를 정확히 알 수 없다는 말도 된다. 실상 1902년생으
로 올해 집중 조명을 받은 정지용도 1903년생이라는 주장이 만만치 않고,
한설야도 1901년생이라는 설에서부터 1900년생 혹은 1902년생 등으로
분분하다. 노자영도 1898년부터 1901년까지 말하는 사람마다 달리 전하
는 형편이다.

　호적과 실제의 나이가 상이한 경우도 허다한가 하면, 양력과 음력으로
따지는 가운데 착오가 생기는 수도 있다. 납·월북으로 인하여 확실히 알
수 없는 경우도 많다. 따라서 우선 작가 연보가 정확히 작성되어야 한다.
그렇지 않다면 문인들의 출생 년월일을 따지는 것은 별로 의미가 없을는
지 모른다.

　유관순의 탄신일이 지금까지 알려졌던 1902년 3월 15일에서 1902년
11월 17일(음력)로 지난해 고쳐졌다. 1926년 무성영화 '아리랑'을 만든 춘
사 나운규(1902-1937)도, 최근에 생일이 10월 27일에서 11월 22일로 수
정되었다. 이런 사실에서 우리는 시사 받는 바가 크다고 하겠다.

　탄생 연도가 미상인 작가는 또 어떻게 할 것인가. 김교제를 비롯한 많
은 신소설 작가들. 구인회 창립 회원으로, 새로운 문학 창조를 위해서 관
념과 감각의 혁신을 주장한 소설가 이종명. 1930년대 초반부터 카프의 맹
원으로 활동하면서, 민족주의 문학파 및 해외문학파와 계급문학운동을
둘러싼 논쟁에 참여하고, 잡지『형상』을 발행하기도 한 평론가 이갑기.
1930년대 후반 지성론·전통론·세대론에 관련된 여러 편의 평론을 쓰
고, 평론집『역사와 문화』(학예사, 1939)를 남긴 평론가 서인식. 평필을
휘두르면서도 프롤레타리아 연극운동을 전개하며, 다수의 희곡 작품을
남긴 극작가 박영호. 30여 편의 소설과 두 권의 소설집을 낸 강노향(鷺鄕).

해방 후 조선문학가동맹에 가담하고, 김동리와의 순수논쟁을 펴는 등 본격적인 활동을 한 평론가 김병규. 1920년대 말 예술대중화 논쟁에 참여하면서, 프로문학운동에 참가하여 많은 평문을 남긴 평론가 민병휘. 1933년 『조선일보』 신춘문예에 단편소설 『아들의 소식』이 당선되면서 등단하여, 인간의 애정과 사회의 윤리적 규범 사이에서 발생하는 갈등을 주제로 한, 센티멘탈리즘적 요소가 강한 순수소설을 썼던 소설가 석인해. 이들은 출생 년도가 밝혀져 있지 않다는 이유로 탄생 몇 주년 기념 행사는 아예 꿈도 꾸지 말아야 하는가.

작가와 작품을 별개의 존재로 보자는 형식주의자가 아니라도, 일반적으로 작가의 탄생 년월일이 작품을 이해하는데 그렇게 중요한 것은 아니라고 할 수 있다. 그러나 우리의 경우 탄생 100주년을 맞은 문인들의 의미는 매우 심장하다. 세월이 지난 뒤에는 달라질 수도 있겠지만 당분간 그 의미는 퇴색하지 않을 것이다. 앞에서도 언급했지만 식민지라는 시련 속에서 우리 근대문학을 가꾼 분들이기 때문이다. 따라서 그분들의 삶과 문학을 탐색하고, 그것이 이 시대 우리문단에 어떤 의미가 있는지 살펴보아야 한다.

이것은 이들의 100주년 탄생을 요란하게 기리자는 뜻이 아니다. 나름대로 의미를 지닌 문인을 도외시한 채 선택된 몇몇 문인만을 대상으로 할 때, 그 의의도 반감되려니와 문단 귀족주의와 엘리트주의를 넘어서지 못하는 처사라고 비난받을 수도 있다.

내년에도 예외 없이 탄생 100주년을 맞는 문인들에 대한 재조명 작업이나 기념제가 행해질 것이다. 필자가 알아본 바로는 김영랑(1903.1.16-1950.9.29), 김기진(1903.6.29-1985), 양주동(1903.6.24-1977), 이은상(1903.10.22-1982), 최명익(1903.7.14-?), 송영(1903.5.24-?), 김진섭(1903.8.24-?), 김해강(1903.4.16-1963), 정래동(1903.11-1985), 한인택(1903-1939.5.13), 윤극영(1903.9.6-?), 윤기정(1903-?), 권환(1903.1.

6-1954.7.30), 고두동(1903.9.18-?) 등이 해당될 듯하다.

이들 중 몇 명만이 선택되어 문학 잡지의 특집에서 다루어지고, 기념제의 프로그램 명단에 오를 것인지 궁금하다. 그럴 것이 아니라, 해당되는 각각의 작가를 다시 조명하고 재평가하여, 진정한 그들의 문학적 가치를 찾아내야 할 것이다. 여기서 더 나아가 생몰 연대를 알 수 없거나 혹시 은폐된 작가가 있다면, 발굴하고 탐색하여 그의 진면모를 세상에 드러내어야 할 것이다(『예술세계』146호, 2002.11).

친일문학인 논의에 붙여

1.

2002년 8월 14일 서울 여의도의 의원회관 소회의실에서 친일문학인 42명의 명단을 공개 발표하는 행사가 있었다. 여기에는 민족문학작가회의와 민족문제연구소 및 '민족정기를 바로 세우는 의원 모임', '나라와 민족을 생각하는 의원 모임'이 함께 했다. 그 42명은 곽종원·김동인·김동환·김기진·김문집·김상용·김소운·김안서·김용제·김종한·김해강·노천명·모윤숙·박영호·박영희·박태원·백철·서정주·송영·유진오·유치진·이광수·이무영·이서구·이석훈·이찬·이헌구·임학수·장혁주·정비석·정인섭·정인택·조연현·조용만·주요한·채만식·최남선·최재서·최정희·함대훈·함세덕·홍효민 등이 곧 그들이다.

이에 앞서 2002년 2월 28일에는 '민족 정기를 바로 세우는 의원 모임'에서 친일파 708명에 대한 명단 발표가 있었다. 친일문학인 문제는, 서정주의 예에서처럼 산발적이고 개인적인 차원에서, 해방 후부터 지금에 이르기까지 끊임없이 제기 되어 왔다. 그러나 이처럼 공식 기구에 의하여

공론화된 것은 해방 후 반민특위 활동 이후, 천주교의 '2000년 대회년 참회', 기독교계의 '21세기 한국 기독교 신학 선언' 등 종교계를 제외하고는 처음인 것 같다.

친일문학인들의 명단을 공개하면서 주최 측은, '진실의 토대 위에 잘못을 반성하고 당당한 민족으로 거듭나기 위한 피할 수 없는 선결 과제'로서, 그들의 '반민족적 행위를 단죄 혹은 보복을 위한 것이 아니라 숨겨진 진실을 밝혀냄으로서, 진정한 반성과 용서의 토대를 마련하기 위함'이라고 주장한다. 또한 '우리 민족의 정신세계에 끼친 해악과 아직도 위력을 잃지 않고 남아 있는 일제 잔재를 청산하는 계기로 삼고자' 했기 때문이라고 말한다.

지극히 옳은 말이다. 과거사를 적당히 얼버무리거나 흐지부지 덮어두면, 더구나 그것이 깨끗하지 못하고 오염된 구석이 있는 경우, 두고두고 냄새를 풍길 것이기에 철저히 청산하는 것이 마땅하다. 따라서 왜곡된 역사를 바로 잡고 진실을 알리기 위해서라도 명단 공개는 이루어져야 한다. 다음과 같은 예만 보더라도 그간 얼마나 진실이 은폐되어 왔는지를 충분히 짐작할 수 있다.

2002년 10월 14일부터 15일까지 이틀 동안, 민족문제연구소 전북 지부와 태평양전쟁 희생자 유족회의의 공동 주관으로, 전라북도 고창에서 친일예술인들의 작품전시회가 열렸다. 고창은 대표적인 친일문학인으로 알려진 서정주의 고향으로, 그의 기념관이 위용을 자랑하는 곳이다. 서정주는 자신의 반민족 행위에 대해 어떠한 속죄나 참회도 없이 합리화와 무책임한 변명으로 일관하다 세상을 떠난 것으로 알려져 있다. 아마도 그래서 이곳에서 이런 행사가 열렸는지도 모른다.

그런데 이 행사에 대한 이곳 주민들의 반응이 다양했다는 점이다. 그중에도 많은 사람들이 서정주가 위대한 시인이요, 그래서 고창의 자랑스런 인물로만 알고 있더라는 것이다. 더구나 군청의 어떤 직원은 이 행사를 못마땅하게 생각하며, 비아냥거리는 태도로 비협조적이었다고 한다. 전자의 예를 보면 아직도 대다수의 사람들이 진실을 모르고 있고, 후자의 예로서는 진실이 왜곡되어 전달되고 있음을 알 수 있다. 그들은 서정주가 위대한 시인이라는 한 쪽 사실만을 알고 있을 뿐, 친일문학인이라는 다른 한 쪽의 사실은 모르고 있었던 것이다.

그러므로 친일문학인 명단 공개 같은 의미 있는 작업이 하루 빨리 공론화되고 여론화되어 전국가적으로 확대 파급되어야 할 것이다. 아무리 의의 있는 일이라도 다수의 호응을 얻지 못하면 공염불이 될 테니까 말이다.

국가적인 차원이며 다수의 호응을 얻어야 하는 만큼 민족문학작가회의 등에서 공개 발표한 친일문학인에 대해 몇 가지 생각해 볼 사항이 있다. 먼저 그 선정 기준에 전혀 문제가 없을까 하는 것이다. 물론 그에 대한 여러 가지 해명을 하고 있지만, 1937년 중일전쟁 이후의 친일 활동만을 문제 삼은 것부터가 쉽게 납득되지 않는다. 친일 활동 기간으로 말하자면, 적어도 일제 식민지 시대와 준식민지 시대를 통틀어 설정해야 할 것이다. 따라서 이인직 · 최찬식 등을 비롯한 개화기 문학인들도 예외로 해서는 안 될 것이다.

'식민주의와 파시즘 옹호 여부'에 중점을 두어 '내선일체의 황국신민화론'과 '대동아 공영권의 전쟁동원령'의 관련 여부가 기준이 된 듯한데, 이것은 편협한 판단인 듯하다. 문학보다는 문학 외적인 이데올로기나 정치적 측면에 무게 중심이 놓이지 않았나 생각되기 때문이다. '신체제'를 부르짖으며 당시 국책에 적극적으로 호응한 문인이나, 일본어로 작품활동을 했거나, 창씨 개명을 하고 친일 단체에 적극적으로 참여했으면 그 사실도 낱낱이 반영해야 할 것이다. 비록 편수가 적더라도 친일적 편향을 보인 작품이 있으면 그 또한 문제삼아야 할 것이다.

말이 문인이지 거의 창작활동은 중단한 채, 친일적인 논설 몇 편을 발표한 사람도 과거 전력이 문인이었다고 해서, 그를 친일문학인으로 규정할 수 있을지도 의문이다. 그는 차라리 친일 논객이라고 하든지, 아니면 다른 분야에서 거론해야 할는지 모른다.

또 현재 우리 사회에 만연하고 있는 많은 범죄와 부정·부패가 친일파로부터 야기되었다고 보는 시각도 과장되었다고 할 수 있다. 지금 우리가 목도하고 있는 각종 윤리적·도덕적 타락은 그 원인을 결코 한 가지에서 찾을 수 있는 성질이 아니다. 그럼에도 불구하고 이 타락과 추락이 친일파로부터 기인된 것처럼 주장하는 일은 설득력을 얻을 수 없을 듯하다.

2.

친일문학인과 직, 간접으로 연결되어 있는 사람들이 이러한 명단 공개에 제일 먼저 반기를 들 것임은 말할 것도 없다. 해방 후 57년의 세월이 지났기 때문에, 현재 생존해 있는 극히 소수의 친일문학인을 제외하면 대개가 그들의 후손일 터이다. 전하는 바에 의하면 친일파의 후손들은 여러 가지 혜택을 누리고 있다. 막대한 재산의 상속, 고등교육을 받을 유리한 기회, 사회 진출과 활동에서의 연줄 지원 등이 그것이다. 이에 비해 독립 운동가들의 후손은 오히려 사회의 뒷전으로 내몰려 이들과는 정반대의 길을 걸었다고 한다.

현재로는 친일파 후손들에게 어떠한 혜택도 돌아갈 리가 없겠지만, 개인 정서를 중시하는 한국의 풍토에서는, 가문의 명예와 결부시켜 명단 공개에 단호히 거부 반응을 보일 것이다. 그러잖아도 주최 측은 명단 공개를 준비하면서 각종 음해와 공작으로 훼방을 당했다고 토로하지 않는가. 그들의 방해 논리가 얼마나 다양한 지를 한 연구자가 10가지로 요약해 보여주고 있다.

첫째, 친일파 청산을 주장하는 집단은 빨갱이라는 색깔론. 둘째, 비록 한때 친일을 했더라도 민족에게 끼친 공로가 많으니, 한 때의 친일로 한 인간을 매도해서는 안 된다는 功過論. 셋째, 그때 친일하지 않은 사람이 어디 있느냐는 共犯論. 넷째, 50여 년이 지난 이 시점, 당사자들도 다 죽었는데 친일파 청산은 궤변이라는 망각론. 다섯째, 권력의 강제에 의해 친일을 했기 때문에 연약한 개인(범부)이 이를 감당하기엔 무리였다는 범부피해론(호구책론). 여섯째, 박정희나 김활란처럼 자신의 직분에 충실하려한 나머지 친일하게 되었다는 직분충실론(희생론). 일곱째, 당시 자신들의 친일 행위를 민족의 선각자로서 겪어야 했던 수난이라고 주장하는 순교자론. 여덟째, 이제 와서 친일파 명단을 거론하는 것은, 죄 없는 후손에게 불이익을 주는 것이라는 연좌제의 부활론. 아홉째, 약육강식의 세계화 시대에 민족을 분열시키고 국력을 소모하는 불필요한 담론이라는 국론분열론. 열째, 정치권에서 종종 나오는 야당 정치인을 음해하기 위한 정치적 모략과 결합된 음해라는 정치적 음해론(박한용, 『친일옹호하는 10가지 궤변들』).

방해 공작까지는 하지 않더라도 다음과 같은 주장이 있는 한, 그들은 여전히 명단 공개를 두려운 눈으로 바라보며, 주최 측이 강조하는 '단죄 혹은 보복'이 아닌 '용서의 토대 마련'을 믿으려 하지 않을 것이다.

어떤 사람은 왜 민족적 화합을 깨냐고 한다. 그러나 친일파 민족반역자도 우리 민족인가? 암세포도 우리 몸이니까 떼어내지 말고 잘 보호해야 하는가? 우리가 건강하기 위해서는 암세포를 남김없이 철저히 도려내야 하듯이 친일파 민족반역자를 철저히 심판해야 우리의 민족적 사회적 건강을 되찾을 수 있다(민족문제연구소, 『친일파란 무엇인가』, 아세아문화사, 1997).

여기서 주장하는 의미가 무엇인지 확실하지는 않지만, '암세포를 남김없이 철저히 도려내야 하듯' 친일파를 철저히 심판한다 하니, 이들과 관련된 사람들의 가슴이 철렁할 것만은 사실일 것이다. 따라서 여기에 해당하는 후손들이 앞장서서 명단 공개를 방해할 것은 불을 보듯 뻔하다.

실상 이럴 경우 한 순간의 실수로 친일문학인이 되었고, 그 후 그것을 뼈저리게 후회하고, 속죄하고 참회하면서 한평생을 살았을 그 문인은 어쩌란 말인가. 혹자는 그간 변명할 기회가 얼마든지 있었다고 말할는지 모른다. 그러나 이광수의 경우처럼 변명이 오히려 역효과가 있을 듯하여 그만두고, 속앓이 끝에 세상을 떠났을지도 모른다.

여기서 필자는 친일문학인을 옹호할 생각은 추호도 없다. 단지 친일 가담에도 농도의 차이가 있으니 한꺼번에 싸잡아 명단을 공개할 때, 형평을 잃은 처사가 되지 않을까 염려스럽다는 말이다. 누구나 수긍할 수 있고, 또한 진정한 '단죄나 보복이 아닌, 용서의 토대 마련'에 힘을 실어야 한다는 것이다. '암세포를 도려내듯' 하다가는 서로 간에 반목과 갈등이 심해져서, 모처럼의 의미 있는 일이 성공하기 힘들는지도 모른다.

이처럼 명단 공개에 거부 반응을 일으킬 사람은 친일문학인 당사자나 그들과 관련 있는 사람들뿐일까. 그렇지 않다는 것이 필자의 생각이다. 일반일들 중에서도 부정적 시각일 수가 있다. 그 이유는 무엇일까. 우선 지적할 사항이 공개 발표를 주도하는 단체들에 대한 불신이다. 그들 단체의 저의를 의심할 수도 있다는 것이다. 위에 소개한 박한용의 '망각론'처럼 과거지사로 그냥 지나쳐도 될 것인데 문제삼아, 상대적으로 자신들을 정의의 화신처럼 보이게 하려한다고 생각할 수도 있다. 그 누구나 꺼리는 일을 행함으로 영웅이나 의인으로 대접받으려는 속셈이 있다고 생각할 수도 있다. 그것을 주관하는 단체도 몇몇 소수에 불과하다고 할는지도 모른다. 따라서 이러한 생각을 불식시키는 것이 우선 해결해야 할 과제다.

이를 위해서는 친일적인 요소만을 집중 거론할 것이 아니라, 대상 문인의 전체적인 모습을 최대한 객관적으로 보여주어야 할 것이다. 민족주의 문학을 하다가 어느 순간에 친일문학으로 돌아섰다면, 그러한 사실도 명백히 밝혀야 한다. 그래서 이러한 변절이 개인적 · 국가적 · 민족적으로 얼마나 불행한 일인가를 상기시키고, 그것을 후손들에게 알려주어 교훈으로 삼아야 할 것이다.

무엇보다도 功과 過를 있는 그대로 객관적 · 사실적으로 검증하고, 판단은 개개인에게 맡기는 것이 좋을 듯하다. 친일문학적 행적을 조금이라도 더 부각시키려는 의도를 보인다든지, 반대로 비친일적인 공적을 강조하려들면, 오히려 객관적 시각을 잃은 처사라고, 쉽게 수긍하려 들지 않을 것이다. 이럴 경우 친일문학인을 가운데 두고 끊임없이 논란만 계속될 것이다. 정확한 결과물을 근거로 더 이상 불필요하고 소모적인 논쟁은 종식되어야 할 것이다.

일찍이 임종국도 『친일문학론』(평화출판사, 1966년 8월 15일 초판 발행)에서 친일문학인에 대해 언급한 적이 있다. 여기에는 민족문학작가회의에서 발표한 명단 중 김해강 · 박영호 · 박태원 · 서정주 · 송영 · 유치진 · 이서구 · 이찬 · 이헌구 · 임학수 · 함대훈 · 함세덕 · 홍효민 등이 빠져 있다. 이처럼 민족문학작가회의가 발표한 42명의 명단과 임종국의 저서에서 거론된 명단에 차이가 있음을 발견할 수 있다.

임종국이 서정주와 유치진 등 그 당시만 해도 친일 행적이 뚜렷하게 밝혀졌던 사람들을 왜 배제시켰는지 이해되지 않는다. 김사량과 이효석이 임종국의 저서에는 친일문학인으로 분류되어 있는데, 이번 명단 공개에서는 제외되어 있다. 민족문학작가회의는 김사량과 이효석 이외에도, 최근 논란이 되고 있는 정지용 · 유치환 · 김정한을 친일문학인에 포함시키기 어렵다는 잠정 결론에 도달했다고 밝힌다. 이러한 상치된 결과를 놓고 과연 독자들은 어떠한 판단을 내릴 것인가 궁금하다.

3.

친일문학인 명단 공개에서 무엇보다도 중요한 것은 누구나 공감할 수 있는 객관적 사실의 검증이다. 그것을 유치진(柳致眞, 1905-1974)의 경우를 예로 들어 살펴보자. 다소 지리한 감은 있지만, 확실한 자료를 보이기 위해 다음에 그의 전기와 문학에 대한 설명을 소개한다.

① ㉠ 약력 : 1905년 경남 통영 출신 / 1940년 조선극작가동호회 회장·조선연극협회 이사 / 1941년 현대극장 대표·조선문인협회 상무간사 / 1943년 8월 25일 대동아 문학자 대회 2차 대회 참가 / 1944년 6월 조선문인보국회 극문학부 회장/ 1945년 조선문인보국회 평의원.
　　㉡ 작품 목록 : 「대륙인식」(『인문평론』, 1940.7), 「국민연극 수립에 대한 제언」(『매일신보』, 1941.1.3), 「신체제하의 연극」(『춘추』, 1941.2), 「아름다운 도시」(『신시대』, 1941.3), 「연극계의 회고」(『춘추』, 1941.12), 「축 싱가폴 함락」(『매일신보』, 1942.2.19), 「북진대 여화」(『국민문학』, 1942.6), 「개척과 희망」(『매일신보』, 1942.7.30-8.5), 「극장은 연극을 결정한다」(『신시대』, 1942.9), 「만주 분산 개척민촌을 보고」(『춘추』, 1942.9), 「대추나무(희곡)」(『신시대』, 1942.11-1943.1), 「싸우는 국민의 자세」(『국민문학』, 1943.6)(민족문학작가회의외 선정 친일작가의 경력과 작품목록).

② 극작가, 호는 東朗. 경남 충무 출생. 1910년부터 서당에서 한문을 배우다가 1918년 보통학교를 졸업, 부산 체신기술원 양성소를 거쳐 통영우체국 직원으로 근무했다. 1919년 3·1운동 후 渡日, 東京 豊山中學에 재학하면서 연극운동에 투신했다. 1931년 立敎大學 학부 영문과를 졸업하고 귀국, 洪海性·李軒求·異河潤 등과 民族劇 수립을 위해 劇藝術硏究會를 창립했다. 이듬해 同會 극단인 '실험무대' 제1회 공연으로 고골리 원작의 「검찰관」에 단역으로 출연, 처녀 희곡인 「토막」을

『월간문예』지에 발표하면서 극작가로서의 기반을 닦은 후, 「버드나무 선 동네」(32)와 첫 장편희곡 「소」, 단막극 「당나귀」를 각각 동아일보와 조선일보에 연재했다. 1935년 일본 築地小劇場에서 상연한 「소」가 문제되어 종로경찰서에 구금, 그 후 1939년 극예술연구회가 강제 해산될 때까지 「皆骨山」, 「춘향전」, 「信仰과 고향」, 「제사」 등의 작품을 발표, 1941년 극단 '현대극장'을 창립하여 「대추나무」, 「부부」 등을 상연했다. 1946년 극예술협회를 조직하는 한편 숙명여대에서 연극개론을 강의, 이듬해 창립된 한국무대예술원 초대 원장을 역임하였다. 1950년 중앙국립극장을 창설, 1955년 서울시 문화상과, 제1회 예술원상을 수상했고 1957년부터 1년간 세계 연극 시찰여행을 통해 한국의 극예술연구에 실질적인 노력을 했다. 이듬해 국제극예술협회 한국본부 위원장을 거쳐 동국대학교 연극학과 교수로 있으면서 한국연극연구소(드라마센타) 설립에 노력, 1962년에 동 연구소의 발족을 보았다. 드라마센타 연극 아카데미에서 연극학 및 극작법을 강의하는 한편, 후진양성에 공헌하여 문화훈장 대통령장과 5월 문예상, 3·1연극상 등을 수상, 1971년 이후 한국극작가 협회 회장을 역임하면서 현재 드라마센타 소장직에 있다(『한국문학대사전』, 문원각, 1975).

③ 유치진은 우리 나라 최초의 본격적인 리얼리즘 희곡작가로서, 역사극의 장르를 개척한 극작가이며, 극작·연출·연극비평·연극교육·연극행정 등 연극 전반에 걸쳐 활동한 근대 연극사의 대표적 인물로 평가된다.

희곡 「토막」(『문예월간』, 1931.12 − 1932.1)을 발표하여 문단에 나왔으며, 이어 30여 편의 희곡을 발표했다. 그의 문학 세계는 작품이 쓰여진 시기와 성격에 따라 초기·중기·후기로 나뉜다. 초기는 1930년대 중반까지이며, 주로 일제에 수탈 당하여 가난에 허덕이는 농촌의 현실을 사실주의 기법으로 드러내는 작품을 썼다. 「토막」, 「버드나무 선 동리의 풍경」, 「소」, 「마의태자」 등이 이에 속한다.

「마의태자」를 제외한 세 작품은 일제시대에 고통받는 농민의 삶을 통해 민족의 현실을 보여 주려는 의도로 쓰여졌으며, 특히 대표작으로 평가되는 「소」는 1935년 동경 학생 예술좌에 의해 공연되었는데, 내용이 불온하다고 해서, 박동근 · 이해랑 등과 종로 경찰서에 3개월 정도 구금되었다. 「마의태자」는 「소」로 인해 옥고를 치르고 나서 현실에 대한 직접적인 비판이 불가능함을 깨닫고 쓴 작품이며, 신라 경순왕의 아들인 마의태자를 등장시켜 현실을 간접적으로 비판했다.

중기는 일제의 탄압이 극도로 심해진 1930년대 후반부터 해방 전까지 시기이며, 이 시기에 그는 일제의 강요에 의해 친일을 내세우는 희곡을 쓰거나 연출했다. 이 시기의 그의 작품들은 역사극과 낭만주의로 경도되어 주로 애정을 주제로 한 작품을 쓰는 등 현실 도피적인 경향이 강하였다는 평가도 있다. 희곡 「흑룡강」, 「북진대」, 「대추나무」 등이 친일 희곡에 속하며, 「흑룡강」은 일제의 군국주의를 합리화하고 홍보하는 내용이고, 「대추나무」는 조선 농민에게 만주로 이민갈 것을 권장하는 내용이다.

후기는 해방이후부터 활동한 시기로서, 민족 분단과 전쟁의 참혹함을 드러낸 사실주의 극을 주로 썼다. 역사를 소재로 한 「원술랑」, 「자명고」, 「별」, 「사육신」 등과, 반공 이데올로기를 내세운 「나도 인간이 되련다」 등이 있다(민족문제연구소, 친일문학인 소개).

①, ②, ③을 읽은 독자라면 한 작가를 두고 이렇게 현격한 차이를 두고 기술할 수 있을까 의아해할 정도다. ②의 어디에서도 유치진의 친일 흔적은 발견할 수 없다. 이러한 현상이 어디 유치진에게만 해당되는 사항일까. ①이 의도적으로 친일문학인 쪽에 무게를 두었다면, ②는 민족문학가 쪽에 비중을 둔 것이다. 물론 ①은 친일문학인 소개란 단서를 달고 기술된 것이지만, 한쪽으로 치우쳐 있기는 마찬가지다.

이에 비해 비록 '친일문학인 소개'로 되어 있지만 ③이 비교적 중립적 입장을 취하고 있다. 유치진과 관련된 사람들이 ①을 읽고 거부감을 일으킬 것은 자명한 일이다. 여기서는 ②, ③에 들어있는 종로경찰서 구금 내용이 빠져 있다. ②를 읽은 사람들의 대부분이 친일에 대한 많은 부분을 누락시킨 사실에 허탈해 하며 비난할 것도 확실하다. 따라서 우리는 작가론이나 문학사를 어떻게 기술해야 하는가에 대한 교훈도 얻을 수 있다.

한쪽에 치우치지 않은 ③의 입장을 취해야 많은 사람들에게 공감을 얻을 것이다. 다시 한번 반복하거니와, 과거를 청산하기 위한 명단 공개는 우선 다수의 공감을 얻어야 한다. 그러자면 진실과 사실을 바탕으로 객관적이고도 중립적인 태도로 그 작가의 전모를 드러내야 할 것이다(『예술세계』148호, 2003.1).

한국문학의 세계화를 위하여

1.

21세기에 접어들면서 세계화·국제화가 더욱 심화되고 있다. 그러한 현상이 모든 분야에서 목도되고 있다. 문학도 예외일 수는 없다. 따라서 이 문제를 좀 더 진지하게 생각해 볼 때다. 그렇다고 지금까지 우리문학의 세계화를 위해 관심이나 노력을 기울이지 않았다는 것이 아니다. 이제는 더욱 적극적이고 본격적으로 이에 대해 반성해보고 발전적인 방법을 실천에 옮겨야겠다는 것이다.

한국문학의 세계화를 위해서는 우선 외국 문인들과의 활발한 교류가 요청된다. 외국작가들과 대화를 나누다 보면, 외국 문학의 변모를 알 수 있음은 물론이거니와, 자연스럽게 한국문학에 대해서 그들의 관심과 흥미도 불러일으킬 수 있을 것이다. 외국 문인들이나 문학 분야 관계자들을 자주 국내에 불러들여, 각종 심포지엄과 세미나를 개최하거나 이와 관련된 여러 가지 행사를 갖는 것도 이런 까닭일 것이다. 2002년 후반기를 중심으로 한국문학의 번역과 관계된 몇몇 대표적인 행사를 살펴보자.

서울 국제 도서전(6월 7일-6월 12일) 기간인 6월 8일, '한국문학 번역

출판 국제워크숍'이 개최되었다. 여기서 미국·독일·프랑스의 출판 관계자들은 한국문학 번역 환경의 여건을 개선할 방향을 모색하였다. 대한민국 학술원에서는 10월 18일 학술원 대회의실에서 '외국에서의 한국문학 연구'란 주제로 외국 문인들을 초빙하여 국제학술회의를 개최했다. 11월 1일부터 11월 3일까지 대구에서는 '대구 세계문학제를 위한 한국문학인 대회'가 열렸다. '2003년 대구세계문학제'를 준비하고 있는 준비위원회(위원장 김준성)가 예비행사로 개최한 것이다. 행사명이 암시하듯 외국에서 활동하고 있는 한국계 문인들을 초대한 모임이다.

한국문학번역원에서는 12월 11일부터 12월 12일까지 서울대학교 호암교수회관 컨벤션 센터에서 '2002문학과 번역, 서울 심포지엄'을 개최하였다. '세계를 향한 한국문학'이란 주제로 열린 이 행사에는 국내외 문인·출판인·번역가 등 60여 명이 참가하는 매머드 행사로, 번역만을 주제로 이런 대규모 행사가 열리는 것은 이번이 처음이다. '문학의 번역', '해외 수용—한국문학 읽기', '문학의 정체성과 보편성', '한국문학 해외 소개 정책' 등 총 4개 분과로 나뉘어 진지한 발표와 토론이 있었다.

이러한 행사들이 한국문학의 세계화에 대한 문제점을 파악하고, 그에 대처하기 위한 방법을 모색하는데 일정한 역할을 할 것임에 틀림없다. 그러나 이제부터는 이와 같은 국내 행사 외에, 직접 한국 문인들이 외국에서 그들의 미디어와 대중 속에 스며들어가 한국문학을 알리는 것은 어떨까. 한국 문인들이 세계의 문인들과 어울려 작품 낭독회를 갖고, 한국문학의 현황을 알리는 등의 행사 말이다. 지금까지 외국인을 불러들여 소개했던 것과는 달리, 우리가 외국으로 나가 홍보하는 것 말이다.

2.

한국문학의 세계화를 위해서 재외 동포 문인들의 도움도 필요할 듯하다. 통계에 의하면 재외 한국인의 숫자는 대략 530만 명에 이른다. 그중 일본·중국 등 아주 지역에 270만 명, 미국·캐나다 등 북미 지역에 180만 명, 브라질 등 중남미 지역에 10만 명, 독일 등 유럽 지역에 2만 5천 명 등 분포를 이루고 있다. 한국어의 독해 여부를 떠나, 재외 동포들은 순수 외국인보다 아무래도 한국문학에 쉽게 접근할 수 있을 것 같다. 이들을 통해 홍보할 때, 보다 쉽게 한국문학은 세계속으로 전파될 듯싶다.

이와 관련하여 2002년 가을 미국 LA에서 계간『문학 아메리카』(편집주간, 시인 송순태)가 창간된 것은 큰 의미가 있다. '미국에서의 한국문학 활동과 국내 문학활동의 가교 역할'을 맡겠다는 발간 취지만 보더라도, 재미 동포 문인의 작품을 쉽게 접할 수 있음은 물론, 그들을 통해 한국문학을 미국에도 소개할 수 있기 때문이다.

특히 교포 문인들과 유학생들 중 문학적 소양이 있는 경우, 이들의 활동에 기대를 걸어도 좋을 듯하다. 모국어를 모르는 경우도 없지는 않겠지만, 이들은 대체로 한국어 외에 1개 이상 외국어에 능통하여, 한국어와 외국어 사이의 미묘한 의미나 뉘앙스의 차이를 파악할 수 있을 것이다. 참고로 최근에 알려진 교포 문인과 그들의 업적과 근황을 간략히 소개해 본다.

프랑스어로 시를 써 프랑스 시단에서 활동한 최초의 한국인으로 기록될 문영훈(46세)은 프랑스어 시집『수련을 위한 노래』(1999),『무한의 꽃』(2002) 등을 출간하였다. 특히『무한의 꽃』은 현지의 문인들로부터 프랑스 시의 새 경지를 보여주었다는 극찬을 받기도 했으며, 2개월 만에 1쇄가 매진될 정도로 프랑스 문단의 관심을 끌었다. 그는 현재 프랑스의 대학원 박사학위 과정 재학생으로 있다. 프랑스의 시나리오 작가 겸 영화감

독 주지홍(朱志烘, 31세)도 눈여겨볼 만하다. 프랑스 국립영화학교(라 페미스)를 졸업한 그는, 장학금을 받으며 연출수업을 받는 동안 10여 편의 단편영화를 통해 일찌감치 신인 영화작가로 떠올랐다.

미국에서 활동 중인 린다 수 박(Linda Sue Park, 42세)과 캐시 송(Cathy Song, 47세)도 주목할 만한 작가다. 전자는 미국 최고의 아동문학상인 뉴베리상을 받은 교포 작가이고, 후자는 1982년 예일대학교가 선정한 '예일 젊은 시인상'을 받은 교포 시인이다. 특히 린다 수 박의 동화『사금파리 한 조각』과『연싸움』은 한국에도 널리 알려져 있다.

이신호(25세)는 미국 아시아태평양 엔터테인먼트연합(CAPE) 재단이 수여하는, 신인 시나리오 작가상을 받은 한국계 영화학도다. 그의 수상작은 『赤雪』(The Red Snow)로, 1970년대 미국에서 화가로 살아가는 50대 한인 여성이 암 선고를 받은 뒤, 일제의 '성노예'였던 과거를 아들에게 밝히고, 아들 또한 친어머니가 아니라는 사실에 갈등하는 내용을 담고 있다. 그는 1996년 조지 워싱턴대에 유학한 뒤 뉴욕대 대학원에서 시나리오를 공부하고, 미국 영화연구소(AFI)에서 각본 공부를 하고 있다.

미국명이 케이티 로빈슨(Katy Robinson)인 김지윤(32세)은, 어머니와 고국을 되찾기 위한 자신의 여정을 담은 영문판『커밍홈』(원제, A Single Square Picture)을 출간하여 미국에서 호평을 받았다. 이 책은 그가 입양 한국인으로서 자신의 뿌리찾기 과정을 담은 논픽션으로, 2002년 6월 미국에서 출간 당시『워싱톤 포스트』紙로부터, "개인의 이야기를 인간의 보편적 주제인 가족·문화·정체성의 문제로 승화시켰다"는 격찬을 받고,『시카고 트리뷴』紙의 '여름에 읽을 만한 책'으로 추천되었다.

이외에도 일본 아쿠타가와(芥川) 상을 수상한 재일 동포 소설가 현월(玄月, 37세), 재미 동포 시인이자 평론가인 월터 K 류 등도 활동이 활발한 편이다

한국문학을 외국어로 번역할 때, 외국인이나 재외 한국인 2세가 주번

역자가 되고, 어려운 표현에 한해서만 한국인에게 문의하는 것이 이상적이라는 것은 주지의 사실이다. 따라서 문학적 재질이 있는 이들 교포 문인들의 역할은, 일반인의 그것에 비해 한국문학의 해외 진출을 돕는데 기대되는 바가 크다고 하겠다.

3.

외국 문인들과의 교류와 재외 동포 문인들의 역할도 중요하지만, 우선 한국의 많은 문학작품이 세계 각국어로 번역되어야만 할 것이다. 그에 대한 단적인 예를 우리는 노벨 문학상 수상작에서 쉽게 찾아 볼 수 있다. 수상 작가의 대부분이 전세계에 많이 통용되는 영어·독일어·프랑스어로 작품활동을 했거나, 그들의 작품이 여러 나라 국어로 번역되었기 때문이다. 이를 인식했기 때문인 듯 한국문학의 번역도 매우 활발히 진행되고 있는 편이다. 참고로 2002년 후반기에 번역된 중요한 작품의 현황을 들어본다.

먼저 극작가이자 연출가이며 시인인 이윤택의 프랑스어판 희곡집 『O gu, Masque de feu, Pabogaksi』의 출간을 들 수 있다. 「오구」, 「불의 가면」, 「바보각시」 등 세 편의 희곡을 임혜경(숙명여대 불문과 교수)과 카티 라 팽이 공동 번역한 것이다. 시와 소설 위주에서 희곡의 번역은 다소 이례적이라 하겠다. 문학평론가 조동일의 『한국문학통사』가 대산문화재단의 지원으로 프랑스 파야르 출판사에서 프랑스어판으로 출간되었다. 조동일과 다니엘 부세(전 파리 7대학 동양학부장)가 17년간 공동 작업을 벌여, 원래 전 5권으로 된 책을 1권으로 펴낸 것이다. 부세는 "책의 순서는 그대로 따르되 글을 쓸 때는 원문을 완전히 떠나서 서양인을 위해서 새로 썼다"고 말한다.

시인 문정희의 시 「비의 사랑」, 「할미꽃」이, 서남아시아 시인들이 주축이 되어 반년간으로 간행되는 영문 문예지『식스 시즌즈』(2002년 여름호)에 영역 게재되었다. 이상·함동선·최영미 시인의 시선집『한국의 현대시인 3인선』(Three Poets of Modern Korea)이 영어로 번역 출간되었다. 유정열과 제임스 킴브렐(미국 플로리다대 교수)의 공역으로 미국 사라반드 북스에서 발행한 것이다.

황석영의 소설『오래된 정원』이 대산문화재단의 지원으로, 아오야기 유코(한일장신대 교수)의 일본어 번역으로 일본 이와나미 서점에서 출간되었다. 한승원의 소설『아버지와 아들』이 한국문학번역원 지원으로 유영난과 줄리 피커링에 의해 영어로 번역되었다. 이 영역본은 미국의 '2002년 기리야마 환태평양 도서상'에서 '주목할 만한 상'을 수상하였다.

이외에 대만 문방문화사업유한공사가 신경숙의 소설집『딸기밭』을 중국어로 번역·출간하기로 지난해 여름 계약을 체결하고, 대산문화재단은 2002년 10월 중순경 정지용의 시선집을 일본에서, 김소월의 시선집을 2002년 내에 러시아에서 출간할 계획이라고 밝힌 바 있다.

이와 같은 현황은 그만큼 한국문학이 점차 세계적으로 독자를 확보해 가고 있음을 의미한다. 하지만 양적으로 풍부한 번역만이 능사가 아니다. 양질의 작품을 선별하여야 하고, 번역의 수준 또한 최고를 유지해야 한다. 이와 함께 편집도 매우 중요함을 인식해야 한다. 가령 영국식과 미국식 영어의 차이를 무시하고, 영국식 영어로 번역된 작품을 미국에서 펴낼 경우, 미국인에게 크게 환영받기는 힘들 것이다.

번역을 마친 다음, 외국인들의 정서에 맞는 표현을 잘 살려줄 수 있는 작업도 뒤따라야 할 것이다. 이와 관련하여 영어권에서 한국문학번역의 대표적인 인물로 평가받는 브루스 풀턴(Bruce Fulton, 브리티시 칼럼비아대학 한국문학 교수)의 다음과 같은 언급은 우리에게 시사하는 바가 적지 않다.

한국에서 호평받는 작가와 작품이 영어권에서도 똑같이 높은 평가를 받는 것은 아니다. 영어권 국가에서 이제까지 번역되어 가장 많은 주목을 받은 한국 현대문학은, 한국 밖의 세계와 공감대를 형성할 수 있는 소재를 다룬 작품이다.

한국인에게 잘 알려진 최인훈의 『광장』이나 이청준과 이문열의 작품들이 최상급의 번역가인 케빈 오록 등이 번역했지만, 외국인의 별 관심을 끌지 못한 것도 이 때문일 것이다.

데이비드 맥캔(미국 하버드대 한국학 연구소 부소장)도 "사실 미국에서 한국문학에 대한 인식은 높지 않다"며, 미국인들의 감성을 건드릴 수 있는 작품을 선정하여 번역해야 한다고 주장한다.

실상 영어로 번역되거나 씌어진 한국소설 중 가장 많이 팔린 작품으로는, 안정효의 『하얀 전쟁』(White Badge)과 『은마는 오지 않는다』(Silver stallion), 오정희 등의 단편을 모은 소설집 『별사』(Words of Farewell) 등으로 알려져 있다.

한편 앞에서 소개했던 다니엘 부셰는 "프랑스 말로 번역된 한국문학 작품은 100여 종에 달할 정도지만, 어느 출판사에서 나왔는지를 조사해보면 그리 낙관할 것이 못된다. 일부는 한국에서만 출판돼 유럽에서는 배포조차 되지 않았고, 다수는 이름 없는 출판사에서 발간돼 거의 반향을 얻지 못했다"고 말한다.

이 말은 수준 높은 작품의 선정과 양질의 번역만으로 문제가 해결되는 것이 아니라는 지적이다. 번역본을 영향력 있는 출판사에서 출판해야 얼마간 효과를 본다는 것이다. 한국문학 작품이나 작가를 원해서라기보다는 출판사가 번역 보조금을 타기 위해 출판하는 예도 있다고 한다. 이럴 경우 보조금을 받고 책을 낸 뒤, 도서관에 몇 권 납품한 후에는 대개 절판한다는 것이다. 번역본을 위해 편집 기준이 뚜렷하고 견실한 마케팅과 유통망을 갖춘 출판사를 찾아야 하는 이유가 여기에 있다(『예술세계』149호, 2003.2).

문학은 쉬운 것이 아니다

1.

수학능력 시험 문제가 쉬웠다느니 어려웠다느니, 점수의 반올림으로 피해를 입었다느니 이익을 얻었다느니 등등, 말도 많았던 한바탕의 입시 전쟁이 끝나고 새 학기가 시작되었다. 입학생의 감소로, 특히 지방 대학의 학생 확보에 비상이 걸렸다고는 하지만, 올해도 극심한 입시 경쟁은 예년과 벌로 차이가 없었던 것 같다. 여기에서 승리한 전사(?)들이 겨우내 얼어붙었던 캠퍼스에 활력을 불어넣고 있다.

이렇게 대학의 입시와 연관되어 생각나는 것이 문예창작학과다. 컴퓨터를 포함한 영상매체의 다량보급으로, 문학의 위기에 대한 화두가 크게 설득력을 얻고 있는 요즈음이다. 그런데 이를 비웃기라도 하듯 대학가에는 요 몇 년 사이에 문예창작학과가 다수 증설되었다. 전문대학은 물론 산업대학을 포함하여 4년제 대학, 대학원에까지 이 학과가 개설되었다. 그로 인해 많은 문인들이 대학의 강단에 서게 되었고, 이들은 창작 작업 외에 제자들을 길러내기에 여념이 없게 되었다. 이 방면의 종사자들에게 매우 고무적이고 희망을 불어넣은 현상이 아닐 수 없다.

대학에서의 문예창작학과만 늘어난 것이 아니다. 인문대학이나 문과대학에서 학부제나 광역화로 학생을 모집한 후에 전공을 결정할 때, 국어국문학 전공지망자가 타 전공에 비해 훨씬 많다는 것이다. 그런데 그 이유가 문학이 타 분야에 비해 공부하기 쉽기 때문이란다. 그러고 보니 대학에서만 문학 방면의 학과가 인기 있는 것이 아니다. 문예잡지도 넘쳐나고 있는 실정이다. 현재 우리가 접할 수 있는 문예잡지가 실로 백여 종을 상회하고 있다. 중앙에서 나오는 월간 · 계간 문학잡지는 말할 것도 없고, 각 지방 · 지역마다 적어도 한두 권쯤은 정기적으로 발간되고 있다. 가히 문예부흥시대라고 해도 과언이 아닐 정도다.

그렇다면 문예창작이나 국어국문학은 공부하기가 쉽기 때문에 그처럼 학과가 많이 늘어나고, 전공 결정에 학생들이 몰렸단 말인가. 문학은 쉬운 것이라서 너도나도 할 수 있고, 따라서 그 많은 문예지가 발간되고 있단 말인가. 문학은 과연 소문처럼 그렇게 쉬운 것일까. 결론부터 말하면 그렇지 않다는 것이다. 문학을 쉽다고 생각하는 사람은 뭔가를 오해하고 있다고 볼 수 있다. 문학이 매우 어렵다고 말하기도 뭣하지만, 결코 쉽다고는 말할 수 없기 때문이다.

2.

문학에 대한 이해를 돕기 위해 우선 정치학을 예로 들어보자. 政治學이란 무엇인가. 제대로 대답하기가 만만치 않을 것이다. 그러나 아무리 이 방면에 문외한이더라도 가장 기본적인 답변은 할 수 있을 듯하다. '정치에 대해 연구하는 학문'이라고. 이것을 다른 분야에도 적용할 수 있을 것이다. 즉 經營學은 '경영에 대해 연구하는 학문', 行政學은 '행정에 대해 연구하는 학문', 心理學은 '심리에 대해 연구하는 학문' 등등으로 말이다. 이와 같이 —學처럼 '學'자가 붙은 낱말은 '무엇을 연구하는 학문'으로 설명하면 될 것이다.

다소 설명하기에 껄끄러울 수도 있는 化學 · 醫學 · 哲學도 가만히 살펴보면 예외가 아니다. 化는 될 화 · 화할 화 · 변화할 화이므로, 化學은 '어떤 것이 다른 어떤 것으로 되는(변하는) 것을 연구하는 학문'이 된다. 이것을 사전식으로 정리하면, '물질의 조성 · 성질 및 화합 · 분해 등 물질간의 변화의 법칙 현상을 연구하는 학문'이라고 할 수 있다. 醫는 의원 의 · 병고칠 의 · 구할 의이므로, 醫學은 '병이나 의료에 대하여 연구하는 학문'이 된다. 哲은 밝을 철 · 슬기로울 철 · 슬기로운 이(사람) 철로, 哲學은 '인간의 슬기로움 즉 지혜를 연구하는 학문'이 된다. 이들 역시 '—을 연구하는 학문'에서 벗어나는 것이 아님을 알 수 있다.

그러면 文學이란 무엇일까. 위에서 살펴본 바에 따르면, '學'자 붙은 낱말은 모두 그 앞에 나온 글자(명칭)를 '연구하는 학문'이라고 했다. 그렇다면 글월(文) 즉 '문자를 연구하는 학문'이 되어야만 할 것이다. 과연 그럴까. 문학이란 '文을 연구하는 학문'이란 말인가. 결론부터 말하면 그렇지 않다는 것이다.

모든 학문은 모두 문자로 되어 있다. 어떤 학문이 글월(문자)로 되어 있지 않은 것이 있단 말인가. 체육학 · 수학마저도 그 대부분을 차지하는 것은 문자일 것이다. 그러니 '문학이란 文字를 연구하는 학문'이라고 했을 때, 문학이란 '전 학문을 모두 연구하는 학문'이라는 말이 된다. 문자로 되어 있지 않은 학문은 없기 때문이다. 여기서 문학이 문자를 연구하는 학문이 아님은 명백하다. 다시 말해 文學에서의 '學'은 —을 연구하는 학문이 아니다. 그렇다면 문학이란 무엇을 말하는 것일까. 이제 다음 문제를 생각해보자.

가령 어떤 사람이 "내게는 문학하는 친구가 있다"고 말했다고 해보자. 이럴 경우 그 친구가 한다는 문학은 무엇을 말하는가. 아마도 시나 소설 혹은 수필이나 희곡·평론 등을 창작하는 행위를 그렇게 말했을 것이다. 문학을 연구하는 친구를 그렇게 말할 수도 있다. 그러나 그것은 옳지 않다. 정치학을 연구하는 친구를 두고, '정치하는 친구'라고 말할 수 없는 것과 같은 이치다. 따라서 문학은 '문'을 연구하는 학문이 아니다. 결론부터 말한다면 문학은 시·소설·수필·희곡·평론 등을 말한다.

이럴 경우 혹자는 문학이란 '인간의 사상과 감정을 문자로 나타낸 것' '인간의 체험과 상상력이 결합된 산물' 등등으로 말하면서, 시·소설·수필·희곡·평론 등은 문학의 종류라고 할지 모른다. 그러나 과일이 무엇이냐고 물었을 때, 사과·배·감·귤 등이라고 말했다고 해서 크게 잘못이 아닌 것과 마찬가지이다.

이렇게 문학을 시·소설·수필·희곡·평론 등이라고 했을 때, 그것들을 연구하는 학문의 이름은 무엇일까. 제일 먼저 떠오르는 것이 '문학을 연구하는 학문' 즉 文學學일 것이다. 그러나 學자가 겹쳐나오는 것은 자연스럽지 않다. 詩學이라고 하면? 詩만을 연구하는 학문이라는 의미가 연상되므로, 시나 소설, 희곡이나 평론은 배제된 듯하다. 문학평론이라고 할 수도 없고, 文藝學이라고 할 수도 없다. 문학평론이 문학전반에 대한 논평이긴 하지만, 문학을 연구하는 학문과는 엄연히 구별되어야 하기 때문이다. 문예학은 문학과 예술을 동시에 연구하는 학문처럼 생각되어 역시 마땅하지 못하다. 그러면 문학을 연구하는 학문의 명칭을 무엇이라고 해야 할까. 아직까지는 적당한 명칭이 없는 것 같다. 적당한 명칭이 없으니 궁여지책으로 '문학연구'라고 쓰는 수밖에 없는 형편이다.

이제까지 논의한 것에서 우리는 두 가지 사실을 알아낼 수 있다. 첫째, 모든 학문의 '學'자에는 무엇인가를 연구하는 '학문'이라는 의미가 있는데, 문학에 쓰인 '學'자만 예외라는 것이다. 둘째, 무엇을 연구한다는 학문에는 모두 그 명칭이 있는데, 문학을 연구하는 학문만은 그 명칭이 없어 '문학연구'라고 한다는 것이다. 이러한 사실은 무엇을 말하는가. 문학이 우리가 생각하는 것과 같이 단순하고 쉬운 것이 아니란 얘기가 된다.

따라서 '정치학개론', '정치학자' 식으로 하자면, '문학개론', '문학자'라고 해서는 안 될 것이다. '문학연구개론', '문학연구자'라고 해야 옳을 것이다. 써서는 안 되는데 쓰고 있다는 것도 문제지만, 일반적인 상식으로 이해 안 되는 것이 더 문제인데, 이런 결과가 문학에서 야기되고 있는 것이다. '정치인', '경영인'을 줄여서 '정인', '경인'이라고 쓰지 않는데, '문학인'은 줄여서 '문인'이라고 쓰고 있는 것도 타분야에서 볼 수 없는 현상이다. '정치가', '경영가'처럼 '문학가'라고 써야할 것 같은데, 그런 말을 쓰지 않는 것도 이상하다. 이왕 내친 김에 다른 이야기를 하나 더 해보자.

시를 전문적으로 쓰는 사람을 시인이라고 한다. 그러면 소설을 전문적으로 쓰는 사람은 소설인, 수필을 전문적으로 쓰는 사람은 수필인이 되어야 할 것이다. 이처럼 평론인·희곡인 해야 마땅하다. 그런데 소설가·수필가·평론가라고 말한다. 희곡과 시조는 또 다르다. 희곡작가나 극작가라고 하고 시조시인이라고 부른다. 같은 문학의 범주에 속하는 장르의 전문가를 이렇게 통일성 없이 호칭해도 되는 것인가. 그러나 이것은 엄연한 사실이고 그 나름대로 타당성을 지니고 있다. 그것을 우리는 어떻게 이해해야 할까.

시를 전문적으로 쓰는 사람을 시인이라 하는 것은, 시쓰는 행위를 도예인·공예인·공인 등 장인이 하는 작업에 비유했기 때문이라 한다. 소설이나 수필은 장인이 하는 작업이라기보다는, 그 방면의 전문가가 쓴다고 판단해서 '家'자를 붙인다는 것이다. 즉 시를 짓는 행위는 전문가가 하는 일과는 다른, 장인 정신이 투철한 기능인이 작업을 하듯, 문자로 무언가를 만든다는 의미가 들어 있다는 것이다. 충분히 공감이 가는 말이다. 그렇다 하더라도 소설이나 수필 그 외의 장르는 장인 정신이 필요 없다는 말인가는 여전히 의문으로 남는다.

여기서는 우선 이처럼 동일한 문학의 장르이면서도, 그것을 창조하는 주체자의 명칭에 통일성이 없다는 것만 지적한다. 그 이유는 무엇일까. 한 마디로 아직 이 방면의 연구가 충분히 이루어지지 않았기 때문이라고 하겠다.

학문이라 하면 우선 논리적·과학적·합리적이어야 하고, 그러려면 일정한 규칙과 법칙이 적용되어야 한다. 그러나 시인·소설가·극작가라고 일컫는 것은, 어떤 기준이나 법칙에 의해 통일되어 있지 않다. 그것은 아무래도 어떤 원칙에서 많이 벗어나 있는 것 같다. 이점을 보더라도 문학은 아직 학문적으로 연구할 여지가 많고, 그만큼 많은 연구가 필요함을 알 수 있겠다.

같은 문학의 카테고리 안에 있으면서도, 각각의 장르가 그 성질이 매우 다른 것도 문학만의 특색일 것이다. 가령 시나 소설 등은 자립할 수 있는 장르인데 비해 평론은 그렇지 못하다. 평론은 우선 비평해야할 대상이 있어야 한다. 그렇지 않은 경우도 없지는 않겠지만, 평론은 어디까지나 논평할 대상이 있어야만 존재할 수 있는 비자립형 장르다. 그러니 시나 소설이 존재하지 않는다면 평론은 존재할 수 없는 것이다. 이에 비해 평론과는 무관하게 시나 소설 등은 존재할 수 있는 것이다.

수필은 또 어떠한가. 문학이라는 그릇에 담을 수 없을 정도로 범위가 넓어, 문학으로서는 수용하는데 항상 골칫거리다. 역사학자의 역사적 색깔이 짙은 수필이, 역사인지 수필(문학)인지 구별이 모호한 경우가 있고, 철학자의 철학적 냄새가 짙은 수필이 철학인지 수필(문학)인지 구별이 안 되는 경우가 많다. 파브르의 곤충기를 두고 자연과학분야의 글이라고 하는가 하면 수필(문학)이라고 하기도 한다. 이처럼 문학의 분야를 뛰어넘으려는 수필을 문학은 수용하고 있는 것이다.

3.

　　지금까지 문학에 대해 이런 저런 이야기를 해보았다. 이를 종합해보면 문학은 결코 쉬운 것도 단순한 것도 아니라는 점이다. 문학을 무슨 고차원적인 것으로 여기자는 것이 아니다. 공포의 대상처럼 두려워하거나 무서워하라는 것도 아니다. 단지 문학을 다른 분야에 비해 무턱대고 쉽게만 생각하는 것은 지양해야 한다는 말이다. 쉽다고 판단하므로 경시하고 가볍게 접근하므로 문학을 심히 왜곡하는 일은 더 이상 없어야 할 것이다. 문학을 쉽게 생각한 나머지 무작정 덤벼들거나, 놀면서 해도 된다고 생각하거나, 연구하지 않고도 잘 이해할 수 있다고 생각하면 안 된다.

　　문학에 관심을 갖는 사람들은, 문학이 신비한 면이 없지 않고, 아직 연구가 이루어지지 않은 부분이 많이 있으므로, 진지하게 도전해야겠다는 신념으로 임해주었으면 한다. 창작을 하든 연구를 하든 언제나 치열하게 성심·성의를 다해 대해 주었으면 하는 바람이다(『예술세계』150호, 2003.3).

제4부

다시 페미니즘을 생각하며

한 동안 한국문학 작품 특히 소설을 중심으로 페미니즘(feminism) 논의가 활발했던 것이 사실이다. 이것은 그 만큼 우리의 여권이 신장되지 못하였음을 의미하고, 소설이 이러한 현실을 반영하였음을 뜻한다. 그 영향으로 페미니즘에 대한 관심이 그 어느 때보다 고조된 듯하다. 그러나 이 문제는 소설만의 전유물도 아니고, 소설로써 해결될 성질도 아니다. 단 시일에 매듭지어질 수 있는 사항도 아니다. 사회적 · 정치적 · 법률적인 측면을 포함한 많은 분야에서 지속적으로 관심을 갖고 모색해야 할 과제다.

김유경의 「공허한 여자」(『지구문학』 겨울호, 2001)와 정선교의 「멍에를 지고」(『지구문학』 겨울호, 2001)를 읽는 순간, 가장 먼저 떠오른 것이 바로 페미니즘 문제다. 남북현실이니, 정치적 부패와 비리니, 사회제도니하는 거창한 항목으로 목소리를 높이는 작품에 비해 페미니즘에 주목하는 작품은 다소 격이 떨어진다고 생각할는지 모른다. 하지만 소박하고 평범한 우리 주변의 잔잔한 이야기에서 더욱 공감대를 형성하고 감명을 받을 수도 있다.

　이들 작품에는 공교롭게도 부부가 핵심인물로 등장한다. 이들 두 부부는 말다툼할 때를 제외하곤 일상 대화에서 아내만 존대어를 쓴다. 두 작품의 차이라면 전자가 60대 부부로서 30여 년간 결혼 생활을 했으며, 자식들을 모두 결혼시키고 단 둘이만 살고 있다면, 후자는 30대 부부로서 8년간 결혼 생활을 했으며, 어린 자식들과 함께 살고 있다는 점이다. 이들 부부는 각각 크게 다투게 되는데, 결과는 모두 아내들의 패배로 끝난다. 이것은 그 원인이야 어쨌든 그만큼 아내는 남편 앞에서 무기력할 수밖에 없음을 보여준다. 좀 더 자세히 살펴보자.

　「공허한 여자」의 주인공 아내(한여사)는 바람둥이 남편으로 인해 고충이 말이 아니다. '짐승 같으면 잡아먹기라도 하겠지만 그렇지도 못하고 부모가 맺어준 緣이라 어물어물' 그냥 살아간다. 그런 남편이 60세가 넘어서자 한여사에게 달라진 모습을 보인다. 자신의 불륜을 고백하며 용서를 구하기도 하고, '늘 인색하게 굴던 사랑한다는 말을 요즘 부쩍 자주' 쓰기도 한다. 과거의 언행을 뉘우치고 매우 친절하게 대하며 애정 표현도 적극적이다.

　어느 날 남편이 장미꽃 한 바구니를 한여사에게 배달시킨다. '사랑합니다. 진정 당신을 사랑하는 남편'이란 꼬리표를 달아서. 평상시에 안 하던 행위다. 이 과정에서 한여사는 남편을 오해하여 사정없이 몰아세운다. 내심으로는 남편이 더 많은 애정으로 감싸주기를 바라면서. 남편이 집을 나가자, 그녀는 자신의 의도에서 빗나간 결과에 비통한 심정으로 몸부림친다. 「멍에를 지고」에서는 어느 날 남편이 아주 늦은 시각에 술이 잔뜩 취해 귀가한다. 아내(세미)가 가까스로 부축해 침대에 눕힌다. 갑자기 남편이 저돌적으로 그녀에게 덤벼든다. 그녀는 끝까지 저항하며 불결하다고 소리친다. 자존심이 상한 남편은 비웃으며 집을 나간다. 세미는 이 일로 생긴 매듭을 풀어야겠다고 '썩 맘내키는 일은 아니었지만, 여자인 죄로 자신이 한발 뒤로 물러나 타협을' 시도한다. 남편은 여전히 냉담하다. 마침내 그녀는 남편 앞에서 '여자이기를, 여자가 누릴 평범한 행복의 권리마저 스스로 포기해' 버린다.

이처럼 이들 작품은 부부의 갈등을 축으로 전개되고 있다. 그 갈등을 야기한 일차적 책임은 당연히 남편들에게 있다. 그들의 행동에서 그것은 충분히 증명된다. 그 예를 들어보자. 「공허한 여자」에서 남편이 정여인과 사귀었던 전말을 한여사에게 고백한 이면에는, 자신이 여자들에게 인기 있는 잘난 남자라는 자부심과 우월감이 깔려 있다. 거기에는 한여사를 무시하는 한편 그녀의 질투심을 유발시켜 자신에게 더욱 관심과 애착을 갖게 하려는 의도도 포함되어 있다. 진정으로 그가 지난날의 바람둥이 시절을 뉘우치고 반성한다면, 한여사에게 진심으로 애정을 쏟고 헌신적으로 봉사하면 그만일 텐데 말이다. 「멍에를 지고」의 남편은 이혼남이라는 사실을 숨기고 학벌 등을 속인 채 결혼한 사람이다.

남편들 행위의 근간에는 아내 혹은 여자를 비하하는 의식이 지배하고 있음은 말할 것도 없다. 이 같은 의식 하에 남편들은, 아내들이 가정에서 성취하고픈 소박한 꿈과 희망을 빼앗아버렸던 것이다. 그렇다고 그 책임을 전적으로 남편들에게만 전가해서는 안 된다. 이것이 이들 작품이 우리에게 전해주는 의미디. 아내들에게도 그 책임의 일단은 엄존한나는 것이다.

먼저 한여사의 경우를 보자. 남편이 정여인과 정분이 나서 정신차리지 못하는 것을 알면서도 '달관한 사람'처럼 수수방관한다. 남편에게 이 사건을 추궁해보았자 '서로 감정만 격해'질 것이라고 합리화하면서 소극적으로 대응한다. 클린턴 대통령의 성스캔들을 흉될 것이 없다고 긍정적으로 평가하고, '여자는 남자가 만들기에 달린거'라고 생각한다. 이것은 자기 정체성을 포기한 노예근성이 원인이라 할 수 있다. 여자는 남자의 예속물로 남자의 뜻에 따라 제조될 수 있다는 인식이다. 그녀의 나약하고 잘못된 인식을 지금까지 남편은 이용해 왔는지 모른다. 그녀는 지금의 생활을 혁신할 필요성만 인정할 뿐, 어떠한 대책도 마련하지 못한 채, 막연히 운명의 신이 보상해주려니 하는 희망만을 안고 산다. 이러한 사고로는 자신의 권리를 찾을 수 없다.

세미 역시 한여사와 하등 차이가 없다. 자신의 이상형과는 거리가 먼 사람이지만 '주위의 권유를 매몰차게 뿌리치지 못해' 결혼한다. 결혼 후에는 '남편과의 사이에 가로막힌 높고 두터운 벽을 허물려'고 노력하지도 않는다. 그녀는 속아서 결혼한 '남편을 현실로 인정하길 거부했'으면서도 아이들을 낳았고, 어느 때는 그 남편이 없는 식탁 자리를 보면서 가슴 아파하기도 한다. 앞뒤가 맞지 않는 태도다. 폭력을 행사하는 남편을 단호히 거부했으면서도, 사과나 용서의 언질을 받아내지 못한 채 먼저 화해의 손짓을 한다. 이러한 태도로는 남편의 진정한 반성을 기대할 수 없다.

여권 신장을 위해 한여사나 세미에게는 좀 더 적극적인 사고와 행동이 필요하다. 남편들의 그릇된 행동의 시정을 위해 끝까지 그 부당성을 지적하고, 자신들의 잘못된 인식은 새롭게 바꿔야 한다. 여성의 그릇된 사고와 남성의 진정한 반성이 없는 상태에서의 페미니즘 논의는 한갓 구호에 그칠 뿐이다.

이들 작품은 기존의 페미니즘 문제를 다시 생각케 한다. 결론은 우리 사회에서 여권의 신장은 아직도 요원하다는 것이다. 아울러 이 문제는 남녀 어느 한쪽에서만 책임지거나 해결할 사항이 아니라고 강조한다. 지금까지의 많은 작품들이 여권 옹호 혹은 여성 해방의 걸림돌로 남성들의 일방적인 횡포를 그 원인으로 돌린 것이 사실이다. 이에 비해 이들 작품들은 여성들의 처신에 경종을 울려준다는 점에서 주목을 끌기에 충분하다. 이와 함께 우리가 얼마만큼 아내와 남편으로서 역할을 제대로 수행하고, 서로의 인격을 존중하며 원만한 부부사이로 살아가고 있는가를 되돌아보게 해준다.

그렇다고 이 작품들이 긍정적인 측면만을 갖는 것은 아니다. 어떤 주제나 제재를 택하든 그것은 그리 큰 문제가 되지 않는다. 그것을 어떻게 형상화하여 독자에게 공감과 감명을 주느냐가 중요하다. 이것은 치열한 작가정신을 요한다. 이러한 요구를 이들 작품이 과연 충족시켜주고 있는지 회의적이다. 가령「공허한 여자」에서 남편은 왜 슬며시 집을 빠져나와 한 여사로 하여금 정여인을 만나러 간 것으로 오해하게 했는지. 지금까지 바람난 남편에 대해 잘 참아왔던 한여사가 이번에는 왜 '무서운 강새암이 고개를' 쳐들었는지. 집나간 남편을 인파 속에서 어떻게 그리 쉽게 발견할 수 있었는지 등은 쉽게 이해되지 않는다.

「멍에를 지고」에서는 왜 그처럼 남편이 갑자기 세미에게 폭력적 행동을 취했는지, 비록 술 냄새 풍기며 거친 행동이었다고는 하지만 왜 세미가 남편을 그렇게 완강하게 거부했는지 설명되어 있지 않다. 또 비록 사기 당한 결혼이었지만, 그 후에는 얼마든지 행복하게 살 수도 있었을 것이다. 그러나 현재의 삶에 대한 구체적인 언급도 없이, 그 결혼 때문에 세미의 꿈이 여지없이 깨진 것처럼 이끌어 간 것도 아쉬움으로 남는다.

이런 것들이 충분히 납득될 수 있도록 구성되어야 하지 않았을까. 치열한 정신으로 창작에 임해야만, 독자들로부터 더 넓고 깊은 공감을 얻을 수 있다는 점을, 작가들은 한 순간도 잊어서는 안 될 것이다(『지구문학』 17호 · 봄호, 2002).

고통과 시련 혹은 인간의 성숙

대부분의 인간은 태어나서 죽을 때까지 끊임없이 고통과 시련을 겪는다. 이런 까닭에 불교에서는 인간 세계를 苦海라고 하지 않았던가. 고난과 괴로움 혹은 좌절과 불행이 반드시 인간을 파멸이나 종말로 몰아가는 것만은 아니다. 때로는 인간을 한 단계 성숙시키는 계기가 될 수도 있는 것이다. 깊은 사색이나 독서 혹은 종교가 인간의 성숙에 크게 기여하겠지만, 이에 못지않게 역경과 절망도 한 몫 할 것임은 명백하다. 많은 역사적 인물이나 위인·열사가 비극적 삶을 뛰어 넘어 이 세상에 우뚝 섰음이 이를 잘 말해준다.

만약 어떤 사람이 불행의 경험 없이 행복한 생활로 평탄하게 일생을 마쳤을 때, 그 사람도 진정한 생을 영위했다고 말할 수 있을까. 과연 그런 사람이 존재할 수나 있는 것인가. 인생의 의미는 고통과 시련의 반복 속에 그것을 극복하는 데서 발견하는 것이 아닐까. 이것은 마치 대나무나 소나무가 마디나 나이테로 뚜렷한 획을 그으면서 성장하는 원리와 같은 것이 아닐까.

배경열의 「젊은 예술가의 흔적」(『지구문학』 봄호, 2002)은 이러한 인간의 정신적 성숙 문제를 취급하고 있다. 이 작품에는 두 명의 예술가가 등장한다. 소설가인 주인공 준희와 화가인 안경석이다. 준희는 수차례 신춘문예에 응모하였으나 낙방한다. 의욕만 앞설 뿐 글이 잘 써지지 않는다. 자신은 글쓰기에 소질이 없으며 무능하다고 판단한다. 그뿐 아니라, 글쓰기 자체에 대해서도 깊이 회의한다. 지금까지 독재에 저항한다는 구실로 소설 쓰기에 매달렸는데 독재도 사라진 상태다. 설령 소설을 쓴다해도 생계가 보장되는 것도 아니다. 이 때문에 준희는 글 쓰는 일에 갈등과 함께 깊이 회의한다. 자신감을 잃고 좌절한다. 그로 인해 사랑하는 수지와도 헤어지게 되는 아픔을 겪는다.

안경석은 화가 겸 대학 교수다. 그는 처자식이 있는 40대 초반으로 독재에 항거하기도 한 사회적 저명인사다. 한편 스스로 자신의 그림이 예술이 아니라고 절망하는 인물이다. 그때 자기 제자의 애인인 수인을 만나 사랑하게 되고, 그녀를 모델로 누드화를 그리고 또한 정사를 벌이기도 한다. 수인이 자살하자 그는 사회적 명성과 가족을 버리고 등대지기가 된다. 그렇다고 해서 이들이 고통과 시련에 굴복하거나 좌절했다는 것은 아니다. 그들은 그 괴로움과 아픔을 극복하고 새롭게 태어난다. 지금까지의 삶에서 한 단계 성숙하는 기회로 이용한다. 준희가 "그래, 지금까지 실수에 불과한 거야. 난 실수를 안 하고 노력을 해야 해" 하며 새로운 각오를 다짐하고, 안경석이 등대지기가 되어 남에게 봉사하게 된 것이 이를 말해 준다.

다시 말해 준희와 안경석 모두가 자신의 생을 깊이 반성하고 새로운 삶을 개척했음을 암시한다. 준희가 새롭게 거듭나기로 하고, 안경석이 화가와 교수의 길을 청산한 것은, 그러한 삶이 결코 바람직하지 못했다는 자아 성찰에서 비롯된다. 이에 비해, 성찰을 하지 못한 수인과 민우는 자살로 삶을 끝낸다. 수인과 민우도 각각 자신의 삶을 진지하게 성찰하였더라면 죽음을 택하지 않았을 것이다. 자살은 모든 것을 무화시키고, 더 이상 아무것도 기대할 수 없게 하기 때문이다. 절망과 충격 속에서 자살을 택하지 않고 새로운 삶의 탈출구를 찾은 준희나 안경석의 행동은 긍정적으로 해석해야 마땅하다.

따라서 이 작품은 현실의 무게에 짓눌려 좌절과 역경 속에 괴로워하는 사람들에게 자신의 삶을 되돌아보게 한다는 점에서 의의가 있다. 기다림과 인내 속에 노력이 함께 한다면 이 세상은 살아갈 만하다. 인간은 자신에게 닥친 불행을 슬기롭게 극복해야 한다. 고통 속에서도 희망을 갖고 용기를 내자. 지금까지의 삶을 훌훌 떨어버리고 새롭게 출발하자. 시련과 역경은 그 자체만으로는 괴로움이겠지만, 그것은 인간을 성숙시키는 자양분이 될 수도 있는 것이다. 작가는 이러한 내용을 우리에게 전달하려한다.

건전한 메세지를 전하려는 의욕이 앞서다 보니, 작품의 구성이 다소 허술해졌음도 숨길 수 없는 사실이다. 가령 다음과 같은 경우를 보자. 나(준희)가 지하철을 탄다. 어디선가 비명소리가 들린다. '나'에게 밟힌 여인이 지른 소리다. 그녀는 조금 전에 암자에서 보았던 여인이다. 곧바로 '나'는 그녀를 카페에 데리고 가서 함께 커피를 마시고 저녁을 먹는다. 카니발에 동행하기로 약속도 받아낸다. 어느 날 그녀가 소주 두 병과 약간의 안주를 사들고 '나'의 자취방으로 찾아온다. 둘은 술을 마신다. 그녀의 입술이 다가와 내가 받는다. '나'는 옷을 벗는다. 그녀는 '나'를 껴안는다. 둘은 밤새도록 사랑을 나눈다. 그러다가 마침내 헤어지게 된다.

이런 구성이 얼마나 독자에게 공감을 얻을 수 있을지 매우 궁금하다. 지나치게 전개 속도가 빠르다 보니, 독자들이 납득할 수 없을 정도다. 우연도 지나치다. 지하철 속에서 그녀를 만난 것과, 하필이면 그녀의 발을 밟은 것도 우연이다. 그 여인이 또 '내 어릴 때 마음속에 새겨진 소녀의 모습과 너무 흡사'한 것도 우연으로밖에 볼 수 없다. 발을 좀 밟았기로 넘어지는 것도 어색하다.

작품 진행 속도의 빠름과 우연의 남발 외에도 상식적으로 이해되지 않는 사건들이 작품의 리얼리티에 크게 손상을 주고 있다. 예를 들면 안경석이 왜 자기 제자의 애인인 줄 알면서도 수인과 정사를 벌였는지, 왜 수인은 굳이 안경석에게 자신의 누드화를 그려달라고 했으며 또 그에게 몸을 허락했는지, 민우와 수인은 왜 꼭 자살을 해야만 했는지 등이 그렇다.

이런 행위들이 그럴 수밖에 없는 필연성에 의해 이루어졌다기보다 그 이유가 극히 애매모호하거나 막연하다. 민우와 수인이 자살한 경우 '힘든 세상에 대한 저항' 혹은 자신이 '하찮은 존재'라고 생각한 것이라면, 그 이유도 설득력이 너무 미약할 뿐이다.

이러한 일이 전혀 일어날 수 없다는 것은 아니다. 독자가 충분히 납득할 수 있도록 좀 더 많은 미학장치를 동원해야 한다는 것이다. 주제를 곧바로 독자에게 전달하려 하기보다는, 독자가 소설을 즐기면서 내용과 주제를 파악할 수 있도록 작가는 좀 더 소설적 기교에 관심을 기울여야만 할 듯하다(『지구문학』 18호 · 여름호, 2002).

인생의 탐구와 시대의 증언

성하의 계절에 두 편의 소설을 읽으면서, 소설이란 인간을 탐구하고 시대를 증언함을 다시 한 번 확인하였다. 물론 수많은 소설을 놓고 이 소설은 인생을 탐구한 것이고, 저 작품은 시대를 증언한 것이라고 획일적으로 단정할 수는 없다. 인생을 탐구하면서 동시에 시대를 증언하는 작품이 있는가 하면, 시대를 증언하면서 함께 인생을 탐구하는 경우도 얼마든지 있기 때문이다. 따라서 이러한 규정은 인생과 시대 중 어느 한 쪽에 더 무게중심이 놓여있는가에 따라, 단지 논의의 편의상 구분할 수 있을 따름이다.

김동민의 중편소설 「석심가」(『지구문학』 겨울호, 2001 – 여름호, 2002)가 인생을 탐구한 작품이라면, 윤형복의 단편소설 「달콤한 유혹과 협박 편지」(『지구문학』 여름호, 2002)는 시대를 증언한 작품이라고 할 수 있을 듯하다. 이를 좀 더 자세히 살펴보자.

「석심가」는 주인공 김석진의 시점을 통해 전개된다. 하지만 그가 사건의 밖에서 방관자로 이야기를 서술해 나가는 것은 아니다. 관찰자의 입장이기도 하지만 때로는 사건의 핵심에서 행동하기도 한다. 어쩌면 이 소설의 핵심 인물은 김석호라고 할 수 있다. 작품의 주된 서사가 김석호와 연결되어 있고, 김석진은 그것에 대해 전달자의 위치에 있는 까닭이다.

김석호는 수석壽石에 몰두해 있다. 그는 수석을 모으는 한편 집을 나와 수석원에서 일하기도 한다. 수석에 대한 애착은 그를 브라질의 아마존강변 오지 마을까지 이르게 하고, 거기서 수석 채취 중 전갈에 물려 죽게 한다. 그가 그처럼 돌에 집착하게 된 원인은 무엇일까. 자신의 목숨과 교환하면서까지 수석을 수집하게 된 이유는 무엇일까. 다음과 같은 돌에 대한 그의 관점이 어느 정도 이에 대한 해답을 제시해 준다.

> "…넘들은 말이 없는 사람을 놓고, 저 사람 돌 같다고 하지만도, 그거는 한참 틀린 소린기라. 와 돌이 말이 없단 말고? 돌 만큼 많은 말을 하는 것도 없제. 다만 사람들이 듣지를 몬할 뿐인기라."(『지구문학』 봄호, 2002, 134쪽).

김석호는 어려서부터 말할 상대 없이 살아간다. 난폭하게 덤벼드는 배다른 동생들과, 자기 속으로 난 자식들만 감싸는 계모, 정은 주지 않고 구박만 하는 아버지. 이들 모두는 그의 말 상대가 되지 못한다. 때문에 그는 대화할 상대를 찾아 나서고, 마침내 수석에서 그것을 발견했던 것이다. 인간은 말 속에서 일생을 보낸다. 말을 제거한 인간은 생각할 수 없다. 서양의 어느 철학자는 말은 인간 존재의 집이라고 하지 않았던가. 김석호는 돌이 말을 많이 한다고 본다. 물론 그 말을 알아듣는 사람은 한정되어 있을 테지만.

돌이란 무엇인가. 원래는 존재 · 응집 혹은 자아와의 조화로운 화해를 상징한다. 돌이 소유하는 견고성과 내구성은 언제나 인간들에게 강한 인상을 주었으며, 그것은 변화 · 부패 · 죽음의 법칙에 종속되는 생물들과 대립되는 세계를 암시한다(이승훈, 『문학상징사전』, 고려원, 1995, 138

쪽). 따라서 생물(가족)세계에서 외면당한 김석호가 돌의 세계에서 그들과 많은 대화를 나누게 되는 것은 너무나 당연하다. 더구나 여기서의 돌은 아무 데서나 흔하게 발견할 수 있는 평범한 것이 아니다. 자연 속에 감추어진 예술품으로서의 돌이다.

그는 마침내 수석(돌)을 신앙의 경지로까지 승화시킨다. 수석을 대하고 있는 자신의 심경을 "마 사랑도 미움도 시기함도 없이 오직 하나, 禪의 세계에 들게 되능기라. 나중에는 부모 형제, 심지어 내 자신까지도 모도 없게 돼뿌리제"라고 말하는 것이 이를 증명한다.

그가 국내를 벗어나 브라질의 아마존강에서 수석을 수집하는 행위는, 그의 수석에 대한 경지가 그만큼 심화·확대되었다는 의미다. 그는 더욱 폭넓고 은밀하며 신비한 대화를 나누기 위해 태고적이며 원시적인 곳에서 수석을 채취하려 한 것이다. 인간 세계에 환멸을 느낄수록 김석호는 더 깊은 오지로 달음질쳤는지 모른다. 가족들에게 외면당한 그는 혼탁한 현실에서 벗어나 예술의 세계에 귀의한 셈이다.

여기서 작가는 우리에게 현실을 타개할 수 있는 한 방법을 일깨워준다. 암담한 현실을 비관하거나 방황하는 대신 예술로의 귀의로 말이다. 그러나 정작 작가가 힘을 기울여 부각시키고자 한 것은 김석호의 죽음에 관련된 사건이다. 그는 죽어가면서 자신을 아마존강변에 묻어달라는 유언을 한다. 가정에서 버림받고 대화 상대마저 부재인 상태에서 그가 고향이나 고국에 애착을 가질 이유란 없어 보인다. 그 때문에 이런 유언을 했을는지 모른다. 그렇다면 잠자리에서도 안고 잤다는 愛石(그것의 모습은 고향 마을의 초가집 형상이다)은 어떻게 해석해야 할까. 그것은 그가 한시도 고국을 잊지 못했다는 것을 암시해 주는 것이 아닐까. 그의 심층 심리에는 언제나 고향과 고국이 자리잡고 있었던 것이 아닐까.

여기서 다시 의문이 생긴다. 그가 죽어서 아마존강가에 묻히고 싶어했던 마음과 고국에 돌아가고자 했던 사실 중 어느 것이 진실이었을까. 김석진과 데바흐는 후자로 간주하여 그의 시신을 고국으로 옮기는데 의견의 일치를 본다. 하지만 김석호 이외는 누구도 그 진실을 알 수 없다. 그러고 보면 김석호에 대해 알 수 없는 부분은 이것만이 아니다. 그가 왜 배다른 남매인 큰 누나에게 임신을 시켰는지. 수석을 수집한다고는 하지만 왜 하필이면 브라질이었는지 등등.

자세히 살펴보면 김석호 뿐만 아니라, 이 작품에 등장하는 인물들의 면모는 대개가 모호하다. 홍사장과 을수형의 경우도 마찬가지다. 이들은 김석호의 죽음을 진심으로 애도하는 것일까, 아니면 김석호가 수집한 수석만을 노리는 것일까. 김석진은 후자 쪽으로 판단한 듯하나, 반드시 그런 것만도 아닌 듯하다. 그들의 깊은 속을 누가 알 것인가.

여기서 작가가 전하고 싶어하는 내용은 무엇인가. 인간은 알 수 없는 존재라는 것이 된다. 인간은 매우 다면적이어서 진면모가 무엇인지 속단하기 어렵다는 의미다.

「달콤한 유혹과 협박편지」는 박정희 정권하의 비정상적 상황을 코믹하게 전해주는 작품이다. 등장하는 주요 인물들은 모두 비이성적이고 몰상식하다. 주인공 윤형복에게 50억 원을 벌 수 있게 해주겠다고 한 사촌 동생. 함께 세들어 살고 있으면서 옆방 노인인 김태식을 뻔히 처다 보며 인사도 안 하는 윤형복의 아내. 인사를 안 했다고 윤형복의 아내에게 쌍소리로 험한 욕을 하면서 부엌문을 걸어차는 김태식. 그런 김태식을, 자신보다 아홉 살이나 많음에도 불구하고 사정없이 내던져 초주검 되게 하는 윤형복.

이들은 상식적인 차원에서 일탈한 사람들이다. 특히 술에 자주 취하는 김태식의 아내는 "에이 씨팔, 내 자식 같은 놈하고 씹이나 실컷 해봤으면 좋겠네" 하는 사람이다. 그녀의 아버지는 전직 인천 병무청장이다. 그녀는 여고 2학년 재학 중에 이미 임신을 한 적이 있다.

이들에게 윤리나 도덕을 운운하기는 힘들 듯하다. 이들에게서 대의와 명분과 체면은 철저히 무시된다. 난폭함과 비정상적 행위만이 노정될 뿐이다. 이들 사이에 벌어진 사건들은 한결같이 폭력으로 시작하여 폭력으로 끝난다. 이들을 지켜보는 동네 사람들도 폭력에 대해 비난하기보다는 수긍하는 편이다.

여기서 특이한 점은 이들이 60대와 70대의 노인이라는 점이다. 노인이란 무엇인가. 집안에서 아래 사람을 계도하고 통솔하는 위치에 있는 어른이 아닌가. 가정을 국가로 확대해 보면 노인은 위정자·지도자가 된다. 따라서 이들의 상식을 벗어난 행위는 이 나라의 지도자나 위정자가 타락했음을 암시한다.

이 작품에는 인물들의 몰지각한 행위만을 보여주는 것이 아니다. 이에 못지않게 불법적이고 정당하지 못한 행태가 곳곳에서 자행된다. 경범자처럼 위장한 경찰의 첩자가 매일 경찰서 유치장을 들락거리고, 주인공의 신분이 소설가로 밝혀지자, 지금까지 딱딱거리며 건방지던 경찰의 태도가 금방 바뀌는 것이 그 예이다. 전자는 경찰의 사찰과 감시가 만연하였음을 보여주고, 후자는 경찰의 권력에 대한 해바라기성 아부를 증언해 준다.

윤형복이 폭력을 행사한 후 결과는 어떠했나. 그 지역의 유지가 洞長을 추천하겠노라고 제의하기도 하고, 統長을 맡아달라고 하기도 한다. 폭력을 행사한 대가가 출세로 이어진다. 이것 또한 당시 행정의 모순점을 그대로 풍자해 보여준다.

박정희 정권하의 세상이 온통 비정상적이었음을 증언한다. 이로 보아 작가는 박정희 정권을 부정적으로 평가하려한 것 같다. 주지하다시피 박정희는 침체된 한국 경제를 눈부시게 발전시킨 지도자, 또는 독재 체제를 고집하여 민주주의를 역행시킨 독재자 등으로 상반된 평가를 받고 있다. 평가 기준이 다르다는 문제점이 있겠지만, 기준이 같더라도 결과는 양분될 수밖에 없을 것이다. 앞으로 더욱 면밀한 검증과 연구를 필요로 하는 사항이라 할 수 있다.

　이 소설에서 보여준 인물들의 작태가 어디 박정희 정권 시절뿐이겠는가. 지금은 그 시절로부터 얼마나 진전되었는지 자문해 보게 하는 작품이다.

　이러한 내용에도 불구하고 이 소설은 비문이 몇 곳 눈에 띄고, 좀 더 다듬었더라면 좋았을 문장들이 자주 보여 아쉬움을 남긴다. 굳이 사용하지 않아도 될 '그러나', '그런데' 등 불필요한 접속사도 남발되고 있다. '어쨌든', '아무튼', '것이었다' 등의 상투어도 많이 사용하여, 소설 창작에 임하는 작가의 자세가 진지하지 못하다는 느낌마저 준다. 이전에도 강조했지만 소설은 어디까지나 언어예술이고, 따라서 작가는 문장 하나라도 절차탁마하여 창작에 임해야 함을 염두에 두었으면 하는 바람이다(『지구문학』 19호 · 가을호, 2002).

운명에 대한 서사

소포클레스의 희곡 「오이디푸스왕」이 2400여 년 동안 전 세계인의 공감 속에, 여전히 공연되는 원인 중 하나가 운명을 다루었기 때문이라는 주장도 있다. 얼마든지 다양한 해석이 가능하겠지만, 인간은 운명 앞에 속수무책일 수밖에 없음을 잘 형상화한 작품이라는 평가가 설득력을 얻고 있다. 굳이 「오이디푸스왕」을 거론하지 않더라도, 운명이라는 제재는 인간의 본질과 관련된 문제이고, 따라서 소설에서 많은 비중을 차지하는 재료 중의 하나가 될 듯하다.

이번에 읽은 양창국의 「갈림길」(『지구문학』 가을호, 2002)과 이경표의 「어떤 사람의 봄날」(『지구문학』 가을호, 2002)은 공교롭게도 운명에 대한 이야기다. 전자는 주인공이 성공한 경우이고 후자는 실패한 처지이지만, 그와 같은 결과가 모두 운명의 소산이라고 작가는 진단한다. 이처럼 운명은 누구에게는 성공을 어떤 이에게는 실패를 가져다 줄 수 있음을 보여주고 있다.

이들 작품은 또 우연히도 1970년대 끝자락을 중심 배경으로 하고 있다. 전자가 1980년 10월경에 발생한 사건을, 20여 년이 지난 후에 한 원로 교수가 회상하는 내용이라면, 후자는 1978년 봄날에 위암 말기 환자가 자신의 지금까지의 삶을 되돌아보는 추억담이라 할 수 있다. 여기서 작가들은 한국의 1970년대 후반기 상황이야말로, 운명으로 해석할 수밖에 없는 형편이었음을 전해주려 한 것이 아니었을까. 이에 대해 좀 더 자세히 살펴보자.

「갈림길」의 주인공 박상호는 현재 해양광물학 분야에서 이룩한 공적으로 훈장과 상을 받은 현직 원로 대학 교수다. 그는 지금의 자기 위치에 대해 만족해하고, 미국에서 박사학위를 받은 뒤 곧바로 귀국한 것을 잘했다고 생각한다. 그런데 그 귀국이 자신의 의지에 의해서 이루어진 것이 아니다. 다음과 같은 그의 생각이 이를 뒷받침해 준다.

> 마누라의 강권에 밀려(?) 미국에 남기로 마음을 정하고 면접을 보러 샌프란시스코까지 갔다가 내 취직을 약속했던 카펜터가 불의의 교통사고를 당하는 바람에 밀리듯이 귀국하게 된 것이 오히려 전화위복이 된 것 같아, 과연 사람의 운명은 우리 의지로 극복할 수 있는 것인지 아니면 미리 정해진 것인지 하는 명제를 생각하곤 한다(237쪽).

박상호는 운명이 인간의 의지로 극복될 수 있는 것인지, 미리 정해진 것인지 알 수 없다고 생각한다지만, 실은 인간 의지로는 어떻게도 할 수 없음을 인식하고 있다.

그는 대학을 졸업하고 군대를 마친 뒤 스물 일곱에 미국 시애틀 국립대학교에 유학간다. 언어의 장벽과 생활고를 극복하는 인고의 세월 속에 마침내 삼십이 넘어 박사학위를 받게 된다. 이 소식을 들은 모교의 김창락 교수로부터 시간강사 1년 후 조교수 발령을 제의 받는다. 그는 매우 기뻐하며 귀국하고 싶어한다. 때마침 미국의 코노코사의 카펜터 부장이 최고의 대우를 약속하며 입사를 권한다. 지도교수인 슈미트도 적극적으로 이를 권유한다.

귀국하려던 그의 마음이 흔들린다. 미국에 남기를 원하는 아내의 강권마저 작용하여 코노코사에 입사하기로 결정한다. 하지만 카펜터가 불의의 교통사고로 사망하자 곧바로 귀국하게 된다. 이후 3년간을 이 대학 저대학 시간강사로 지내다가 모교의 교수로 임용된다. 그 후 탈없이 20여 년 이상 근무하여 원로 교수가 된 것이다.

그는 이러한 결과를 '지금 내가 누리고 있는 지위가 그때 카펜터씨가 사망하여 귀국한 덕분에 받는 대우로 생각하며' 다행스럽게 여긴다. 그는 인생에서 노력을 요하는 부분과, 운명에 맡길 수밖에 없는 부분이 있음을 인식하고 있다. 박사학위는 각고의 노력으로 취득했다면 그 후의 결과는 운명의 처분에 내맡기고 있기 때문이다.

그는 미국에 유학가서 박사학위를 받은 것은 노력의 결실이고, 아내의 만류로 귀국을 미룬 행동, 카펜터의 교통사고로 인한 귀국, 귀국과 더불어 강사와 교수가 되어 살아온 삶 등은 운명의 소산으로 본다. 그러나 작품의 무게가 주인공의 후반부 삶에 놓여 있는 만큼, 노력보다는 운명이 지배하고 있다고 해도 과언이 아니다. 주인공의 삶을 운명에 의한 것으로 구성하다보니, 작품의 긴장감이 느슨해진 것도 사실이다.

> 나는 척박한 환경의 고국에 돌아가서 모교의 교수가 되어 우리 나라에서는 새로운 학문 분야의 선두 주자가 되는 꿈을 그리다가, 미국 회사에 취직을 하여 많은 월급을 받고, 좋은 차에 좋은 집에서 사는 꿈을 꾸기도 하면서 두 길이 다 마음에 들고 두 길을 다 놓기가 싫어 쉽게 결론을 내리지 못하고 망설이고 있었다(234쪽).

박상호는 마음을 정하지 못한 것을 두고 망설이고 있었다고 표현하고 있지만, 실은 첨예한 갈등을 일으킬 수밖에 없는 현실이다. 이것이냐 저 것이냐를 두고 선택의 기로에 서 있을 때, 그것도 어느 한 쪽을 버리거나 선택하기가 힘들 때 갈등은 심화된다. 이러한 상황을 작가는 너무 쉽게 해결해 버려 박진감을 떨어뜨리고 있다.

즉 귀국이냐 미국 잔류냐 하는 갈림길에 선 주인공이 너무 안일하게 태 도를 결정한 것이다. 현지에 남기로 결정한 이상 비록 카펜터가 죽었다고 는 하지만, 지도교수 슈미트와 상의하여 얼마든지 취업처를 다시 찾을 수 있었을 것이다. 더구나 완강하게 귀국을 만류하던 아내 선영이가, 한 순 간에 결심을 바꿔 귀국을 환영하는 것도 쉽게 납득되지 않는다.

「어떤 사람의 봄날」은 현재 54세로 위암 말기 환자인 박수억씨가 자신 의 일대기를 회고하는 형식이다. 그는 지방의 대지주 종가 막내 아들로 태어나, 서울에서 공부하고 일본에 유학했으나, 2차 대전 종료로 학업을 중단하고 귀국하게 된다. 곧 고향의 초등학교 교사로 부임하여 교감까지 승진했지만, 6·25전쟁이 발발하자 인민군에게 치도곤을 당한 뒤 술과 자학으로 세월을 보낸다.

그 후 상경하여 새로운 삶을 모색하던 중, 하숙집 둘째딸과 결혼하게 된다. 그 후 전답을 처분하여 동대문 시장에서 포목 장사를 하다가 실패 해 빈털털이가 된다. 부산으로 내려가 돈벌이를 꾀했지만 여의치 않다. 암울한 세월만 보내다가 하는 수 없이 고향을 찾는다. 어머니의 따뜻한 배려로 처자식을 고향으로 불러들여 새 살림을 시작한다.

고향에서의 6년 동안 그는 실패와 또 다른 시작을 거듭하면서, 삼남 삼녀의 아이를 두게 된다. 그중 세 명을 서울로 유학 보내고, 아내 선희 도 아이들을 따라 간다. 때문에 수억은 혼자서 농사일을 하게 된다. 이러 한 파란만장한 삶을 영위해 오는 동안 위암에 걸려 죽음을 눈앞에 두게 된다.

여기서 우리는 주인공의 삶을 운명의 소산으로 돌리려는 작가의 의도를 읽을 수 있다. 선희의 삶도 운명의 지배를 받은 것으로 처리하기는 마찬가지다.

> …무슨 기구한 운명인지 박수억씨가 교감이 되고 석 달을 채 못 넘긴 해의 6월 25일, 생각지도 못하던 남북한의 전쟁이 일어나게 되었던 것이다(239쪽).
> …하숙집 둘째 딸의 운명이 흔들거리는 박수억씨와 맞물려 춤추게 될 줄은 아무도 몰랐다(240쪽).
> …매서운 운명 앞에 어리광으로 때우지 못하는 수억씨 또한 땅속 깊이 꺼지는 좌절이 되었던 것이다(241쪽).

이를 종합해 보면 박수억씨의 현재 처지는 6·25전쟁이라는 운명적 사건으로 인해 야기된다. 초등학교 교사를 그만두게 되고, 하숙집 딸(선희)을 만나게 된다거나, 삶에서 좌절하게 된 것도 결국은 운명 때문이라는 것이다. '기구한', '매서운'이라는 수식어가 붙은 박수억씨의 운명은 그러므로 그의 삶에 부정적으로 작용했음을 암시한다. 이 작품은 「갈림길」에 비해 갈등이 미약한 편이지만, 운명이 지배하는 분위기로 인해 긴장감이 결여되어 있기는 마찬가지다.

지금까지 살펴본 것처럼 두 작품의 주인공의 삶은 운명이 주도하고 있다. 그러나 운명이 삶을 지배하는 처세 방법은 바람직하지 못하다. 이럴 경우 우리는 이들 작품에서 허무주의와 패배주의 이외는 아무 것도 기대할 수 없을는지 모른다. 성취를 향한 희망보다는 무사안일에 안주하려는 나약함만을 읽어 낼지도 모른다. 운명을 극복하기 위해 처절하게 노력하는 인물이, 오히려 독자들에게 더 힘찬 박수를 받을 수 있고, 밝은 전망을 던져줄 수 있지 않을까.

좀 더 첨예한 갈등으로 처리해야 하는 서사임에도 불구하고, 운명이라는 방법으로 안이하게 처리하여, 작품의 흥미를 떨어뜨린 것이 아쉬움으로 남는 작품들이다. 이 작품들을 읽고 어떤 한 개인의 체험담이나 수기를 읽은 듯한 느낌이 드는 것도 이 때문일 것이다(『지구문학』 20호 · 겨울호, 2002).

암담한 현실, 기대되는 미래

요즈음 경제가 어렵고 정치가 어수선하다는 이야기를 자주 듣는다. 유가가 급등하고 설비투자가 되지 않아 기업의 전망도 밝지 못하다고 걱정이다. 살기도 힘들고 인심도 각박해져 간다는 푸념도 들린다. 누구나 가뭄 속의 단비처럼 시원한 소식이나 상큼한 이야기를 은근히 기다리게 되는 것은 여기에 연유한다. 현실에서 이러한 상황의 반전을 기대하지 못한다면 소설 속에서나마 그것을 구하는 수밖에 없을는지 모른다. 따라서 이번 달(2004년 5월), 『월간문학』에 발표된 세 편의 단편소설은 매우 의미있다고 하겠다.

단비처럼 그렇게 시원하지는 못할지언정 암담한 현실 속에서 희망의 싹을 보여주고 있기 때문이다. 이 작품들은 모두 어떠한 역경도 정성을 다하면 극복할 수 있음을 메시지로 담고 있다. 현실의 난관에 무릎 꿇으며 절망하지 않고, 참고 견디며 끝까지 삶의 의지를 불태우는 인물들에게서 이를 확인할 수 있다. 이러한 인물의 설정은 세상사를 부정적으로만 바라보려는 비관주의가 결코 바람직하지 않다는 작가의식의 소산이다.

매사를 낙관적으로만 판단하는 것도 문제겠지만 비관주의 역시 그에 못지않게 경계해야 함은 물론이다. 이에 대해 좀 더 자세히 살펴보자.

이영실의 「병원 이야기」는 "지구는 한 개의 거대한 병동이다. 인류는 저마다 개인적인 질병에 시달리는 환자들이다"라고 시작된다. 다소 과장된 주장이라고 할 수도 있겠지만, 수긍되는 바가 없지 않다. 실상 따지고 보면 이 지구상에 온전한 사람이 몇 명이나 될까. 대다수가 육체적·정신적 질병을 앓고 있으니 말이다. 병원 이야기이기 때문에 이 작품에서 맑고 밝으며 명랑하고 즐거운 내용은 발견할 수 없다. 전쟁·병실·이라크·자살·암·어둠·싸움·개판 등 음울한 단어들로 차있을 뿐이다. 입원한 환자들에 대해 이야기하면서 작가는 그들의 과거 내력과 함께 현실의 모습을 보여준다. 그것은 어두운 그림자를 드리운 고통스러운 삶이다.

그렇지만 환자들은 "백모래밭에 던져놔도 살아갈 사람이라고 했는데 까짓 당뇨에 쓰러져 떠나갈 나는 아니잖은가. 일어나야지" 하고 질병을 떨어버리고 건강한 삶에 대한 의지를 불태우거나, "비록 패잔병처럼 보일지라도 우리 앞에 어떤 장애물이 있어도 우리는 박쥐처럼 날아갈 것이다. 우리는 아직 살아있으니까"라고 새로운 비상을 꿈꾼다. 늙은 환자가 이런 결의를 보이는 것만으로도 신선한 충격이다. 이들은 어떤 고통과 장애물도 극복할 마음가짐이 되어 있는 인물들이다.

이종학의 「어느 간호사의 일생」은 72세 된 안젤라박(박순옥)이 헤어진 아들 大路를 만나게 되는 내용이다. 간호사 출신의 파란만장한 한 여인의 핏줄찾기라고 할 수 있다. 그녀의 생애에 가장 큰 충격을 안겨준 사건은 6·25전쟁이다. 이 전쟁을 전후하여 그녀는 두 오빠와 할머니의 죽음, 친구의 배신, 인민군 소좌의 성적 노리개, 10년 동안의 감옥생활, 아들과의 이별 등 괴롭고 고통스런 일을 당하거나 그 일의 중심에 서게 된다. 아들은 인민군 오성식 소좌와의 사이에서 낳은 대로를 말하는데, 그와의 헤어짐은 커다란 마음의 상처로 남는다.

40여 년이 지나 대로를 만나게 되는 극적 순간을 통해 작가는 "피는 못 속인다"는 아포리즘(aphorism)을 강조한다. 즉 박순옥은 생전 처음 보는 중년 남자에게서 오성식 소좌의 모습과 목소리를 발견하는 감격을 맛본다. 아버지와 아들은 핏줄로 연결되어 있는 것이지 사상이나 이념과는 무관하다는 메시지를 담고 있다.

그렇다고 그녀가 지난 시절을 깡그리 잊은 것은 아니다. '피비린내 나는 포성은 멎었지만 죽음과 실의의 후유증은 쉽게 아물지 않'고, 그로 인한 정신적 고통은 계속되어온 것이다. 아들을 찾음으로 비로소 정신적 시련의 긴 터널을 지나 한줄기 희망의 빛을 발견하게 된다. 천만다행으로 그 아들이 친절하고도 따뜻한 마음씨를 가진 의사이니 장차 그들 모자의 행복한 삶이 예상된다.

부모 자식간을 문제삼는다면 김병화의 「풍경소리 한 방울이 심야 속으로 흘러간다」도 같은 범주에 속할 것이다. 「어느 간호사의 일생」이 잃어버린 자식찾기라면 「풍경소리 한 방울이 심야 속으로 흘러간다」는 빗나간 자식 되돌리기라고 할 수 있지 않을까.

이 작품은 제주도 출신 주인공 민구의 삶을 통하여 인생이 苦海임을 확인시켜 준다. 가난했던 그가 악착같이 노력하여 형편이 좀 나아지자 아내가 죽고 만다. 게다가 하나밖에 없는 아들(건달이)에게 배신당하고 실의에 빠진다. 건달이는 결혼을 잘못하여 사기꾼 아내를 만나게 되고 그로인해 감옥에 가게 된다. 이러한 처지의 민구는 괴롭고 고통스럽게 살아가고 어쩌면 더 이상 살아갈 여지가 없어 보인다. 하지만 법천사 부처님께 삼천 배를 올리면서 다시 한번 삶의 의지를 다진다.

민구가 '나무관세음보살'을 암송하며 건달이의 무탈을 비는 것은 그를 용서했다는 의미다. 출옥 후 고모의 손목을 잡는 것은 건달이의 긍정적 변모다. 이처럼 건달이가 개과천선의 기미를 보이고 민구가 건달을 용서했으니 그들 사이의 갈등은 해소될 것이다. 갈등의 해소와 함께 평화로운 가정을 이룰 것이 예견된다.

　위에서 살펴본 것처럼 이들 세 작품은 역경을 극복하고 새로운 삶을 추구하려는 공통점이 있다. 이러한 결말을 혹자는 안이한 해피엔딩(happy ending)이라고 비난할는지 모른다. 그러나 이들 작품은 현실을 고발하고 폭로하는데 그치거나, 현실의 고통에 좌절하는 인물을 보여주는 작품에 비해 훨씬 감동적이다. 전망이 불투명하고 행복한 삶을 기대할 수 없는 현실에서, 비록 허구에서일망정 희망의 빛을 보여주기 때문이다. 그것만으로도 우리는 위안을 받게 된다. 이러한 작가에게 신뢰감을 갖게 되는 것도 이런 까닭이다.

　건전한 내용을 전해주고 있음에도 불구하고 이 작품들은 소설 미학적 측면에서 다소 아쉬움을 남긴다. 먼저 단편소설의 묘미를 보여주고 있는가 하는 점을 지적할 수 있다. 주지하다시피 단편소설은 인생의 한 단면을 압축·요약하여 제시한다. 따라서 통일성(unity)·압축성(compression)·교묘성(ingenuity)·독창성(originality) 등이 요구된다. 이러한 사실을 인식하지 못했을 때 혹은 분량만으로 이해할 때 단편소설의 묘미는 상실된다. 혹자는 단편소설의 짧은 분량 속에 인생의 총체성을 포함시키면 경제적인 효과를 얻는 게 아니냐고 주장할는지 모른다. 하지만 문학에는 장르적 관습이란 것이 엄연히 존재한다.

　가령 「병원 이야기」에서 이라크의 수난사와 이 나라에 대한 미국의 공격 등을 소개하는 것이 구성상 꼭 필요한지 묻지 않을 수 없다. 한 명도 아니고 제각기 내력을 지닌 세 명이나 되는 환자 이야기도 마찬가지다. 이들을 모두 단편소설에서 소화해내기란 벅찬 일이다.

　「어느 간호사의 일생」은 제목에서 암시하듯 간호사 박순옥의 20대에서 70대까지 거의 50여 년 가까운 삶의 이야기다. 공간적으로는 카나다·미국·한국 등 동서양을 넘나들고 있다. 따라서 장편소설로 더 적절한 제재일 듯싶다. 「풍경소리 한 방울이 심야 속으로 흘러간다」 역시 같은 말을 할 수 있겠다. 제주도에서 살던 민구가 고향을 떠나 전라도 무안군 청계면에서 30년 동안 살다가, 다시 제주도로 돌아오게 되는 내용이 결코 간단하지만은 않다. 물론 시공간을 기준으로 단편과 장편을 나눌 수는 없다. 단편소설의 진수를 보여주는 이효석의 「메밀꽃 필 무렵」도 몇 십 년의 시간을 포함하고 있기 때문이다. 이럴 경우 과거회상 등 거기에 상응하는 기교가 필요한 것이다. 위의 세 작품에서는 그러한 기법이 보이지 않는다.

이밖에도 「병원 이야기」에서는 세 환자를 소개하면서 이상영과 한광석에 비해 기노걸은 턱 없이 간략히 서술해 놓아 균형이 맞지 않는다. 일인칭 시점과 삼인칭 시점이 섞여 있어 시점에서도 다소 혼란을 주고 있다.

「어느 간호사의 일생」에서는 박순옥이 윌리암과 결혼하고 그와 함께 아들 대로를 찾기로 했으면서 진작 해외입양아를 생각하지 못한 것이 이상하다. 기껏 네 번의 고국 방문길에만 집중적으로 찾으려 하고, 한국에 이사 가려고 결심한 순간 '한국출신 입양자 대회'를 알게 되고, 그 대회에서 대로를 만나게 된다는 것은 다소 작위적이다. 현실에서는 이런 일이 얼마든지 일어날 수 있다. 그렇지만 소설에서는 좀 더 필연적으로 구성되어야 독자들에게 설득력이 있다. "1954년 살상과 파괴로 한반도를 황폐화했던 무모한 6·25전쟁이 만 4년 만에 휴정 협정을 맺었다"(215쪽)는 부분은 사실을 왜곡할 염려가 있다. 휴전협정은 1953년 7월 27일 맺어진 만큼 좀 더 세심한 주의가 필요하다.

「풍경소리 한 방울이 심야 속으로 흘러간다」는 제목은 좀 어설프다. '풍경소리'와 '한 방울'이 잘 조응되지 않는다. 공감각적 표현으로 보기에도 적절한 것 같지 않다. 작품 내용에 제주도 방언이 걸러짐 없이 사용되어, 제주도 사람이 아니고 과연 몇 명이나 그 말뜻을 정확히 알아볼 수 있을지도 의문이다. 독자들이 제주 방언을 잘 몰라 뜻을 이해하지 못한다면, 작가의 의도가 제대로 전달되기 어려움은 불을 보듯 뻔할 것이다(『월간문학』 424호, 2004.6).

소설과 물음

소설의 역할이란 무엇인가. 소설은 우리에게 무엇을 해줄 수 있는 것일까. 이러한 질문에 먼저, 무엇인가를 가르쳐주고 일깨워준다는 교훈적 기능을 들 수 있다. 다음으로, 즐거움이나 흥미를 제공해준다는 오락적 기능, 감정을 정화해주거나 마음에 위안을 준다는 카타르시스(catharsis) 기능도 있다. 여기에 물음의 기능 또한 빼놓을 수 없을 것이다.

물음의 기능이란 무엇인가. 소설이 인생과 관련된 문제에 대해 우리에게 질문하므로 그에 대해 탐구해보게 한다는 것이다. 실상, 작가는 소설에서 인생은, 사랑은, 우주는, 죽음은, 종교는, 결혼은, 우정은 과연 무엇인지 끊임없이 물음을 제기한다. 그렇다고 누구나 이러한 물음에 속시원히 대답할 수 있는 것은 아니다. 작가들도 답변을 할 수 없기는 마찬가지다. 독자와 작가 모두 어떤 문제의 해결사가 아니기 때문이다. 작가는 단지 문제를 제기하여 독자의 관심을 환기시키고 진지하게 동참하기를 바란다. 따라서 독자들은 소설을 대하면서 작가가 무엇을 묻고 있는지 발견해야 한다. 작가가 제기한 그 물음에 긴장하며 참여하는 가운데 작가와 독자의 교감은 이루어지게 되는 것이다.

이달의 소설 윤진상의 「세속도시」, 정안길의 「유왕산아!」, 김종찬의 「마닐라항의 백사(白蛇)」(이상 『월간문학』 6월호, 2004) 등도 우리에게 물음을 제기한다는 점에서 예외는 아니다. 「세속도시」가 "이 세상에 진정 믿을 만한 사람이 있겠는가"고 묻는다면, 「유왕산아!」는 "모정이란 무엇인가"를, 「마닐라항의 백사」는 "마닐라항은 과연 어떤 곳인가"를 묻는다고 할 수 있다.

이러한 본질적 문제에 대한 질문 외에 이들 작품에는 우리의 의문을 자아내게 하는 사항들이 몇 가지 있다. 이와 같은 의혹들은 결코 바람직한 것이 아니다. 작가의 메시지 전달에도 전혀 도움이 되지 않는다. 이점에 대해서 좀 더 자세히 살펴보자.

「세속도시」에서 우리는 다음과 같은 의문을 제기할 수 있다. ① 강부의 의사 살해 기도는 왜 미수에 그쳤을까. ② 강부는 왜 하필이면 銀呂으로 도망치려 했나. ③ 의사 앞에만 서면 강부가 자신도 모르게 무너져 내리는 이유는 무엇인가. ④ 준우는 왜 하필이면 시장바닥에서 좌판상을 벌였을까. 좌판상을 해야만 정직한 삶을 사는 것일까. ⑤ 정직한 삶을 사는 준우와 그의 사실상의 가정 파탄은 모순되지 않을까. ⑥ 진노인이 찾는 중등학교 2년짜리 손녀는 중학교 2학년인가, 고등학교 2학년인가. ⑦ 손녀를 찾아 헤매는 동안 이사가면, 진노인이 집을 찾아오지 못할 것이라고 며느리는 생각했을까. ⑧ 할아버지를 찾겠다고 며칠 전 폐광촌을 지나갔는데, 소녀의 행동치고는 무리가 아니었을까. ⑨ 작가는 중요한 사건이 발생할 때마다 우연이라고 강조하고 있지만 그런 우연이 설득력이 있을까.

「유왕산아!」에 대해서도 비슷한 의문을 제기할 수 있다. ① 유왕산에 가서 소원을 비는 시기는 따로 정해져 있는 것인가. ② 새울댁은 왜 전라도 땅 거무개에 살고 있는 꼬막을 직접 찾아나서지 않았을까. ③ 유왕산이 어떤 곳이기에 조선 천지의 여자들이 모두 모여들까. 그곳엔 정말 100만 명이란 사람들이 함께 모일 수 있을까. ④ 유왕산 산등성이에서는 하필이면『콩쥐팥쥐』를 무슨 이유로 공연하였을까. ⑤ 이 작품의 시대적 배경은 언제일까. 애매모호하여 알 수 없게 처리하지는 않았는가. 더구나 임금이 당나라로 끌려간 해를 지금부터 1천 년 전이라기도 하고, 1천 2백 년 전이라고도 하여 혼란을 주지는 않았는가. ⑥ 산정에 차려진 제상에 생것만을 배설한 이유는 무엇일까. ⑦ "간헐적으로 생경한 바람이 불어온다", "그래, 그녀는 생경하게 주위를 둘러본다" 등 '생경'이라는 단어를 자주 쓰고 있는데 과연 적절하게 사용하고 있는가. ⑧ 새울댁이 쓰러졌을 때 어떻게 꼬막은 그 자리에 나타날 수 있었을까.

「마닐라항의 백사」에 대해서는 다음과 같은 질문을 할 수 있다.

① 강인규 선장은 선원들에게 진정으로 해적 예방교육을 할 의도가 있었는가(그는 해적의 행적이 유명한 소설의 재료로 사용되었다느니, 해적 가운데는 문필가와 역사적 인물이 있었다느니 하여 해적들을 긍정적으로 설명하고 있다. 해적들은 용감하고 의리 있는 인물들로 소개된다). ② 해상강도(혹은 강도)와 해적과 도둑(놈)은 어떤 차이가 있는가. 마닐라항에 출현한 존재는 이중에서 어느 부류에 해당하나(이 작품에는 이들 용어가 섞여 사용되고 있다). ③ 퍼시픽 레인보호에서 도둑들이 훔쳐간 "계류색 한 사리는 그 만큼 가격이 비쌌다"고 했는데 그 가격을 구체적으로 밝힐 수는 없는 것인가. ④ 작가가 이 작품에서 진정 독자에게 전달하고자 하는 것은 무엇인가(마닐라항의 도둑이나 치안부재를 소개하려 했다면 소설 아닌 다른 방법도 있지 않을까). ⑤이 작품은 소설이라기보다 차라리 르포르타아즈(reportage)라고 해야 되지 않을까.

이러한 의문이 제기되는 원인은 어디서 연유할까. 무엇보다도 구성이 치밀하지 못하고, 서술과 묘사가 충실하지 않았기 때문일 것이다. 단어나 문장에의 관심 소홀도 한몫했을 것이다. 이것은 작품의 리얼리티에 손상을 초래하고, 작품에 대한 독자의 신뢰감을 반감시킨다. 이러한 의문은 소설의 '물음의 기능'과는 전혀 무관하다. 소설의 미적 구조에 역행할 뿐이다. 따라서 작가는 소설에서 되도록 이러한 의문이 제기되지 않도록 힘써야 할 것이다. 그렇지 않을 경우 작가가 안일한 자세로 작품에 임했다는 비난을 면하지 못할 것이다(『월간문학』 425호, 2004.7).

이상과 현실의 괴리

불교에서는 인생을 苦海라 한다. 인간의 삶에 괴로움과 근심이 끊임없이 계속됨을 고통의 바다에 비유한 것이다. 기쁨과 즐거움과 행복보다는 슬픔과 고통과 불행이 더 많은 것이 우리네 삶이다. 그 원인을 여러 곳에서 찾을 수 있겠지만, 이상과 현실의 괴리에서 야기되는 허탈감도 큰 비중을 차지할 듯하다. 이달의 소설(『월간문학』 7월호, 2004) 두 편은 이 문제를 다루고 있어 우리의 주목을 요한다.

박명애의 「나무가 된 그 여자의 심장에 관한 이야기」는 실험적인 기법으로 이 문제에 접근한다. 많은 사람들이 산과 바다를 찾고, 숲과 들을 좇아 떠난다. 생태계 파괴를 우려하며 자연 사랑을 외치는 소리도 요란하다. 그러나 이들 중 과연 몇 명이나 진정으로 자연과 대화를 나누며 교감할까.

작중인물 '여인'은 인간사회에서 소외된 인물이다. 아마도 그녀는 책을 많이 읽어서 머리 속이 관념들로 넘쳐났으며, 그로 인해 다른 사람들로부터 외면당한 듯하다. 그녀는 나무로 종이를 만들고 거기에 글씨를 써넣으면 책이 되므로 책은 나무의 일부분이라고 생각한다. 때문에 그녀는 나무를 친구로 생각하며 대화를 나누고 교감하려 든다. 이러한 행위는 합리적이고 논리적인 사고를 가진 문둥이들에게 통할 리 없다. 그녀가 문둥이들에 의해 정신병원에 실려가는 것은 따라서 너무나 당연하다. 그녀가 생각하는 이상이 나무와의 대화라면, 현실은 나무로부터 그녀를 차단시킨다.

문둥이 동네를 확대하면 한국일 수도 있고 세계일 수도 있다. 이 동네의 문둥이 주인장이 자신의 손가락이 잘려나가는 것도 모르고 권력을 행사하는 것은 상징적이다. 자신의 육신이 점차 훼손되거나 마모되어 가는 줄도 모르고 기고만장해 하는 인간 혹은 권력자를 암시하기 때문이다.

사물과 인간을 결합시키면 어떤 존재가 될까. 그 존재를 인간으로 봐야 할까. 사물(무생물)로 인정해야 할까. 異種사이의 식물이 배합되고, 인간에 동물의 장기를 이식시키는 판에, 언젠가는 사물(무생물)과 인간의 성질(부분)을 접합시키는 현상이 일어나지 말라는 법이 없지 않은가. 그럴 경우 무엇이 문제인가. 그들 간에 함께 소통할 수 있는 언어가 필요할 것이다. '인간이든 사물이든 지구에 존재해 있는 모든 사물이 알아듣고 인지하는 기호체계' 말이다. 그 '기호체계는 바다를 건너지 않고도 다른 대륙을 향해 나아갈 수 있고, 하늘 위로 올라가지 않아도 우주의 생물체와 대화를 나눌 수 있으며, 땅 아래 저쪽의 생물체들과 대화를 나눌 수 있을' 것이다. 그것을 통해 식물과 동물, 동물과 인간, 인간과 식물 사이에 소통과 교감이 이루어질 수 있음은 물론이다. 우주와의 대화와 교감이야말로 인간이 바라는 가장 이상적인 현상일지 모른다.

작가는 그러나 이것은 아직 시기상조라고 판단한 듯하다. 어쩌면 영원히 '이상'으로 그치고 말는지 모른다고 생각했는지 모른다. 그 '이상'은 표출되지도 못하고 물거품처럼 사라졌기 때문이다. 이상적(환상적)인 관념의 소유자는 현실적으로 나약한 노동자에 불과하고, 세속적인 관념의 소유자는 실제적으로는 막강한 권력자다. 권력자 앞에서 노동자는 무력할 뿐이다. 결국 문둥이 동네는 아무런 변화가 일어나지 않는다. 이것은 무엇을 의미할까. 현실의 개혁이 얼마나 힘든가를 암시한다고도 볼 수 있고, 기존 관념의 수정이나 새로운 실험의 성공이 어느 정도 어려운가를 보여준다고도 할 수 있다. 다시 말해 이상과 현실의 괴리 현상이 매우 심각함을 암시해 준다고 하겠다. 그런 과정에서 나무가 인간의 언어를 인지하고, 인간이 나무와 소통할 수 있게 된 계기를 우연으로만 돌린 것은 바람직하지 않다. 이따금 불명확한 문장과 통일되지 않은 어휘가 작품 전체의 의미소통을 지연시키는 것도 아쉬운 점이다.

최지원의 「봄에 만난 남자」의 주인공 수련은 간호사로서, 플로레스 나이팅게일이나 도산 안창호 같은 인물을 숭배하는 인물이다. 그녀는 환자를 보는 순간 '환자의 질병을 치료하는 일에 정성을 다하겠다는 엄숙한 서약'을 하던 수관식 때의 광경을 떠올리며, 간호사로서 충실하며 많은 환자를 돌보고 고쳐야겠다고 의지를 다진다. 다음과 같은 구절에 그녀의 의지가 잘 나타나 있다.

간호사는 사람들의 생명을 돌봐주고 치료해야 할 의무가 있다. 동시에 하나뿐인 인간의 목숨을 다루는 생명존중의 사상을 가지고 환자에게 친절과 봉사정신으로 따뜻하게 대해야 한다. 그것이 간호사가 나가야 할 길인 것이다(113쪽).

죽어가는 한 생명을 살리려는 것이 간호사 수련의 '이상'이다. 그녀는 홍나연을 자신의 책임하에 입원시키고 치료한다. 오직 박애와 봉사정신으로 헌신한다. 하지만 그 결과는 반대로 나타난다. 홍나연은 치료를 거부하고 도망쳤다가 마침내 세상을 떠나고 만 것이다. 그녀의 죽음은 수련의 '이상'의 물거품화를 말한다. 수련은 '이상'과 현실의 괴리 현상을 절감하며 회의에 빠진다.

수련의 행동에는 처음부터 문제가 있다. 비록 간호사라고는 하지만 대책도 없이 홍나연을 입원시키고, 치료비는 차차 갚아도 된다고 말하는 것부터가 그렇다. 홍나연은 수개월 입원하고 치료비도 내지 않은 상태로 죽었고, 그녀의 아들 성민 역시 치료비를 감당할 수 있는 형편이 아니다. 이런 경우가 빈번할 때 병원은 무슨 자금으로 운영되며, 그 원인으로 부도라도 난다면 더 많은 환자들이 피해를 보게 되는 것은 당연하다. 이것은 소수때문에 다수가 피해를 당하는 결과가 될 것이다. 수련은 간호사로서의 '이상'을 실현하는데 급급한 나머지 이성적 판단을 하지 못한 것이다.

성민의 '이상'은 취업을 해서 돈을 벌고, 그래서 떳떳하게 어머니를 완쾌시키는 것이다. 성민의 현실은, 사기 공범죄로 수차례 조사를 받은 나이트클럽을 경영하는 미망인의 덫에 걸려 헤어나지 못하는 형편이다. 성민 역시 이상과 현실의 괴리에서 괴로워하고 있다. 오늘날의 심각한 청년 실업을 이 문제와 연결시키면 그만큼 현실은 절박한 상황이다.

현실을 냉철히 진단하면서도 이 작품은 몇 가지 점에서 아쉬움을 남긴다. 성민이 어머니를 입원시킨 뒤 술주정하여 3개월 가까이 경찰서에서 구류를 산다든지, 성민과 미망인이 하필이면 늦은 밤 해운대에 와서 다툰다든지, 미망인과 다투면서 성민이 "남편 있는 여편네가 외간 남자와 놀아나는게 잘한 짓이냐(119쪽)"고 비난한다든지, 해운대 바닷가 모래 위를 청량한 개구리의 울음소리가 굴러온다든지 하는 상황이 이에 해당한다. 이들은 앞뒤가 자연스럽게 연결되지 못한다. "이야기는 약 3개월 전으로 거슬러 올라갔다"를 포함하여, 현실과 과거회상(환상장면)의 전환도 어색한 곳이 자주 발견된다. 수련이 홍나연을 적극적으로 배려하고 극진히 치료한 행동이 간호사로서의 직분 수행보다, 성민에 대한 애정 때문인 것처럼 비칠지 모른다. 이러한 오해도 불식시킬 필요가 있다(『월간문학』 426호, 2004.8).

제5부

홍명희의 『임꺽정』론

속단할 성질도 아니고, 또 장애물이 한 둘이 아니겠지만, 남북한의 통일은 언젠가는 이루어질 것이고, 그 시기는 점차 가까이 다가오는 듯한 느낌이 없지 않다. 근래의 남북한과 관련한 일련의 상황에서 이러한 분위기를 감지할 수 있다. 근래 북한의 태도를 보면 지금까지 고수해온 전통적인 적대적 태도 외에 남한과의 구조적인 협력의 필요성을 느끼고 있는 듯하다. 따라서 우리는 서서히 통일을 위한 준비를 해야 할 단계가 아닌가 싶다. 이러한 준비는 남북한 어느 한 쪽의 노력만으로는 불가능하다. 어떤 한 분야에만 치우쳐서도 안 된다. 남북 양측의 합심으로 정치·경제·군사·문화 등 전 부문에 걸쳐 그 동안의 분단상황을 점검하고 이를 극복해야 할 것이다. 이와 연관된 국어학 쪽에서의 준비는 괄목할 만하다.

남북한의 언어학자들은 2005년 2월 20일 금강산에서 『겨레말 큰사전』 공동편찬위원회 결성식을 가졌다. 6·15공동선언을 실천하고 민족의 단합과 조국통일에 이바지하기 위한 민족어 공동사전을 편찬하기 위함이다. 남북한이 사전의 필요성을 함께 인식한 결과다. 남북의 언어학자들은 사전편찬사업을 2005년 2월부터 시작하여 빠른 기간 안에 완성하기로 결의했다고 한다.

　문학 방면에서도 물론 통일를 대비한 준비가 진행되고 있다. 문학 쪽의 주목할 만한 현상은 「6·15민족문학인협회」의 결성을 들 수 있을 듯하다. 2005년 10월부터 남한의 「민족문학작가회의」는 북한의 「조선작가동맹」과 몇 차례 공식 접촉을 갖고 이를 결성하기로 하였다. 2005년 7월 20일부터 7월 25일까지 평양과 백두산 등에서 개최되었던 「6·15공동선언 실천을 위한 민족작가대회(남북작가대회)」에서 합의한 사항들을 이행하기 위한 조처라고 할 수 있다. 남북문인들은 「남북작가대회」 당시 「6·15민족문학인협회」 구성, 「6·15통일문학상」 제정, 협회의 기관지 『통일문학』 발행 등을 합의한 바 있다. 이 협회가 결성되면 범문단적 차원에서 협회의 강령·규약의 채택 및 회원조직화 방안 등이 구체화될 전망이다. 이러한 일련의 남북한 합의는 통일을 위한 문인들의 의지임은 물론 통일 후의 남북한 문학의 이질성을 극복하기 위한 토대 마련이라고 볼 수 있다.

　이와 같은 외형적인 노력도 중요하지만, 더욱 절실한 것은 남북한 국민의 정서적 간극을 좁히고 문화적·정신적 조화를 도모하는 작품의 연구라 하겠다. 이때 어떤 작품을 텍스트로 정해야 할까. 무엇보다도 한국적인 정조가 그 기저를 이루면서, 한쪽으로 치우치지 않은 이데올로기의 작품이어야 할 것이다. 가령 목적의식이 강한 작품은 남한에서 거부반응을 보일 것이요, 반대로 지나치게 자본주의를 표방한 작품은 북한에서 거부할 것이기 때문이다. 다음은 우리의 주체성을 강조하면서 모든 계층의 언어를 구사한 작품이어야 할 것이다.

　이럴 경우 가장 먼저 대상에 해당할 작품이 벽초 홍명희(1888-1968) 작 『임꺽정』이 아닐 수 없다. 이 작품은 한국적인 정조가 그 바탕을 이루고 있어 남, 북한의 모든 국민이 친근감을 갖고 호응할 수 있을 것이기에 그렇다.『임꺽정』을 쓸 당시 홍명희는 자신의 심경을 다음처럼 언급하고 있다.

작가의 의도가 그대로 표출된다는 보장은 없지만, 홍명희는『임꺽정』을 순조선 것으로 만들려고 시도한다. 그것은 성공을 거두어 발표 당시 대단한 반향을 일으킨다. 굳이 조선 정조 때문만이라고 할 수는 없겠지만 그것이 큰 몫을 했음에는 틀림없을 것이다. 다음과 같은 신문기사가 그 인기를 잘 말해 준다.

대중적 인기 때문일까. 문인들의 반응 역시 좌우익을 막론하고 찬사 일색이다. 당시 이기영·이효석·박영희·김상용·이광수·한설야·김윤경·김동환·김남천·정인보·박종화 등의 짤막한 독후감에서 이를 확인할 수 있다.

홍명희는 16세기 임꺽정 사건에 주목하고 이를 작품화한다. 이 과정에서 계급보다는 민족을 우선시 한다. 홍명희가 비록 1948년 월북을 단행하고, 북한에서 다른 월북 작가에 비해 고위직을 역임하였다고는 하지만, 『임꺽정』에서는 계급의식보다 민족의식을 앞세운다. 그 때문에 발표 당시 KAPF의 안팎에서 이 작품을 카프와 연계시키지 않는다. 홍명희를 신간회 활동과 관련시켜 보면 이 작품은 민족적 위기 상황에서 그 대응책을 모색하려 한 결과로 보인다.

한편 신문연재소설로 시작한 만큼 광범위한 독자층을 확보할 수 있으리란 점을 홍명희는 일찍부터 인식했는지 모른다. 따라서 그는 어휘와 문장에 주력한다. 당시의 상황을 그는 다음처럼 전하고 있다.

> 물론 이 소설을 구상하고 표현할 때에는 광범한 각층의 인물을 독자로 하는 신문소설이니만치 용어등에도 격별히 주의하여 대중이 닑도록 쓰느라고 하엿스나 얼마나 성공하엿슬넌지 스사로 의심하고 잇습니다(홍명희, 「조선일보의 『임거정』전에 대하야」, 『삼천리』, 1929.6.27).

홍명희는 자신의 의도가 성공했는지 의심스럽다고 겸사의 말을 하고 있지만, 논자들은 훌륭한 작품으로 결론짓고 있다. 홍명희는 선비 집안에서 태어나 일찍부터 동양소설을 읽었을 것으로 추측된다. 이것은 『임꺽정』에서 다양한 민중의 언어나 이야기식 문체로 드러난다. 그뿐만 아니라, 『임꺽정』에는 방언이 보이지 않고 양질의 양반언어를 포함하여 우리의 고유한 말들이 적재적소에 배치되어 있다. 이 작품이 우리말의 보고를 이룬다는 평가를 받는 이유가 여기에 있다. 어휘의 풍부함 외에도 문장이나 문체에서도 여타 작품의 전범이 되기에 충분하다는 중론이다.

분단기간 남북에서 상당히 이질화되고 외세의 영향으로 남한에서 심각히 오염된 상황에서, 『임꺽정』의 언어는 남북이 공유하기에 매우 적합한 것이 될 수 있다.

이러한 사정이 통일문학사를 위한 첫 연구의 대상으로 이 작품을 꼽게 한다. 어느 한 쪽의 이데올로기에 기울어지지 않은, 좌우 모두가 기꺼이 받아들일 수 있는 작품. 조선의 정조가 그 바탕을 이루며, 다양한 계층의 순수 우리 언어가 풍부하게 구사된 작품. 이러한 작품의 연구가 곧 문화적 분단의 극복에 걸맞은 까닭이다.

이와 관련하여「홍명희 문학제 추진위원회」의 활동은 주목할 만하다. 이 위원회는 1996년부터 매년「홍명희 문학제」를 개최하고『임꺽정』에 대한 올바른 평가를 위하여, 관련된 자료를 정리하고 그에 대한 학술연구를 지속적으로 하고 있다. 또한「홍명희 문학제」가 남북한 문학교류의 초석이 되고, 나아가 민족통일의 터전이 될 수 있도록, 1998년부터는 북한에 공식 문서를 전달하는 한편, 북한의 문인과 홍명희의 손자 홍석중을 통해 구체적인 사업을 기획하며 추진하고 있다. 통일문학사를 위한『임꺽정』연구에 크게 기대되는 바 없지 않다. 홍석중은 이미 장편소설『황진이』로 '창작과 비평'사가 주관하는 만해 문학상을 2004년 11월 수상한 바 있어, 남북한 문학교류에 일익을 담당하고 있는 인물이라고 할 수 있다(『문학과 현실』여름호, 2007).

성실한 작가의 교훈적 담론

1.

소설이란 무엇인가. 소설이 우리에게 왜 필요한가. 작가들이 소설을 쓰는 이유는 무엇인가. 이러한 질문들에 대한 대답은 논자들에 따라 얼마든지 달라질 수 있다. 확실한 것은 지식을 전해 주든, 인생에 대해 깨우침을 주든, 소설은 우리에게 무엇인가를 가르쳐준다는 사실이다. 이것을 소설의 교시적 기능·교훈적 기능 혹은 교육적 기능이라 일컫는다. 소설에는 물론 교육적 기능 외에 오락적 기능·카타르시스적 기능·물음의 기능…… 등등이 있을 수 있다. 이렇게 소설의 기능을 놓고 볼 때 이상태는 교훈적 기능을 중시하는 작가처럼 보인다. 소설을 통해서 즐거움·재미·흥미를 주기보다는 무엇인가를 가르쳐주고 일깨워주고자 하기 때문이다.

그의 소설에 화끈한 연애나 사랑 이야기가 거의 나오지 않는 것도 여기에 연유한다. 연애나 사랑 이야기로는 교훈적 효과를 기대할 수 없다고 판단한 것 같다. 그가 시류에 휩쓸리지 않고 유행과도 무관하며, 실험적이지 않다는 것은 그래서 너무나 당연하다. 이를 중심으로 그의 작품 세계를 살펴보도록 하자.

2.

먼저 그의 소설에는 노인이 자주 등장하고, 그들이 대부분 인자하고 도덕적이라는 점을 들 수 있다. 일반적으로 노인은 자식에게 짐만 된다거나, 고지식하고 융통성 없는 사고방식으로 젊은이 위에 군림하려 한다든가, 연륜을 핑계 삼아 무노동·무생산을 당연시한다든가, 회고 취향 속에 자신이 묻힐 묘자리나 찾아다니며 비전 없이 소일하는 사람으로 간주되어온 것이 사실이다. 작가는 이런 부정적 인식의 잘못을 지적한다. 노인도 희망과 이상을 꿈꾸고 젊은이를 충분히 이끌어 나갈 수 있음을 보여준다. 「게발 성님」의 김공득, 「쏘洞」의 설대포, 「하늘의 소리 땅의 소리」의 이생원 등이 이에 해당할 듯하다.

「게발 성님」의 게발 성님 김공득은 고희를 갓 넘긴 노인으로 광산회사의 담당상무로 일하고 있다. 성품이 '고동 창자처럼 꼬이고 팥각지 같이 뒤틀린' 것처럼 보여서 회사내에서 모두 그를 싫어한다. 話者인 '나'와 함께 지방 출장을 가서야 비로소 그의 진면모는 드러난다. 출장의 목적은 태백산맥을 타고 광맥을 탐사하는 일이었는데, 무장공비가 침투한 지역에서 우편 배달부가 살해되었다는 말을 듣자 그는 눈물이 주르르 쏟아질 것만 같았고, '간나새끼들, 쯧쯧'하면서 무장공비를 저주한다. 그가 폭력을 증오하고 인정이 많으며 애국 애족심이 강한 노인임이 증명된다. 이외에도 그는 두 명의 고아를 중학교 때부터 공과대학 4학년까지 남모르게 공부시켰던 터이다. 작가는 그러나 이 같은 긍정적인 모습보다도 그의 생활 자체를 더 부각시키고 싶어했던 것 같다. 젊은이 못지않게 언제나 정열적으로 부지런히 일하는 그 패기와 의욕과 자신감이 넘치는 그를 통해 노인의 참모습을 보여주려 한 것 같다.

「쏘洞」의 설대포 단장도 김공득과 유사한 인물이다. 설단장은 환갑이 지난 나이임에도 불구하고 자기 직분에 충실하고, 의리를 존중하며 광산 업무 전반에 걸쳐 해박한 지식을 지니고 있다. 서세호 부장의 거만하고 옹졸하며 비타협적이고 공격적인 태도를 늘 웃음으로 받아넘기는 아량도 보인다. 설대포는 험한 산속에서 광맥을 탐사하던 중 대못인 마취침을 발견한다. 마취침은 명산을 죽이기 위해 혈맥을 막고 신경줄을 끊어버리며, 산세를 꺾어 지력을 누르려고 日帝가 산 정수리에 박은 쇠못이다. 그것에 대한 설대포의 반응은 민감하여 日帝의 노략질을 폭로하며 비분강개한다. 그의 판단에 의하면 일제가 알짜는 다 빼내가고 속을 텅비게 해놓았으므로, 많은 산이 空洞의 상태로 남아 있다는 것이다.

설대포는 2년여의 탐사 끝에 대규모의 혼합광산을 발견하지만, 그곳이 국립공원으로 확정 고시된 까닭에 개발할 수 없음을 알게 된다. 이에 서슴없이 사표를 제출하고 장차 마취침 뽑는 일에 종사할 것을 결심한다. 늙은 몸으로 보상이 따르지 않은 일에 매달린다는 것, 그것도 日帝의 만행을 규탄하는 일과 직결되는 점을 감안할 때, 그의 결심은 높이 평가되어야 한다. 「하늘의 소리 땅의 소리」의 이생원 역시 학문이 깊고 품성이 온화하며 기품을 잃지 않은 점잖은 행동으로 젊은이의 귀감이 되는 노인이다.

다음은 고향의 문제다. 어디에 살고 있든지 사람은 자신의 고향을 잊을 수 없는 것이며, 그곳은 인간의 영원한 정신적 귀의처가 된다는 점을 작가는 강조한다. 액자소설인 「피자먹은 풀국새」에서 話者인 두태는 수몰된 자신의 고향을 찾아가 풀국 할매의 후일담을 듣는다. 이것이 외부소설에 해당하는 구조라면 내부소설은 풀국 할매의 가족사가 주를 이룬다. 이런 구성에서는 대체로 외부소설에 비해 내부소설에 무게 중심이 놓이게 마련이지만, 이 작품은 그 반대로 되어 있다. 내부소설에서는 풀국 할매 → 만금(풀국 할매의 아들)과 동칠 영감(산음리 구장) → 일호(동칠 영감의 아들)의 두 가족을 대비하여 권선징악의 주제를 내비치고 있다. 전자의 가족은 선량하고 후자의 가족은 악한데, 후자의 권력과 농간으로 한 때 전자가 피해를 입었지만, 마침내 전자의 가족은 번성하게 되고 후자는 패가망신하게 된다는 것이다. 외부소설은 개발논리가 국토를 황폐화시키고 고향을 빼앗아갔다는 경고성 내용을 담고 있다. 내부소설의 풀국 할매 관련 사건은 외부소설의 두태가 고향을 더욱 그리워할 수밖에 없도록 그 의미를 강화할 의도로 구성된 것임을 알 수 있다.

「생멸의 문턱에 서서」에서는 불륜을 저지르고 고향을 떠나 스님이 된 최병강을 통해서, 고향이 과연 무엇인지 생각하게 한다. 그는 스님이면서 사업수완도 있어 안정된 생활을 하게 되자, 오랜 동안 떠나 있던 고향을 찾아가 그곳 사람들에게 용서를 빌며 혜택을 주려한다.

「하늘의 소리 땅의 소리」는 주인공 조팔도의 일대기에 해당하는데 역시 고향과 연결된 내용이다. 조팔도는 떠돌이 생활을 하다가 와룡마을에 정착하여 결혼도 하고 아이도 낳는다. 이곳이 고향이나 다름없게 된 그는 역마살이 도져 한 동안 방황하긴 해도, 늙고 병들자 다시 돌아오게 된다. 인간은 생의 마지막에 결국 고향에 돌아올 수밖에 없음을 보여준다. 그가 농악에 집착하는 것도 진정한 우리 것, 정신적 고향으로 그것을 파악한 때문이다. 「게발 성님」에서 김공득이 남북통일이 되면 고향인 함경도를 찾아가, 헤어진 가족과 재회를 하겠다고 통일될 날을 기다리며 살아가는 것도, 이러한 맥락에서 살펴야 할 것이다. 작가는 심성이 온순하고 개과천선한 인물들이 고향으로 돌아오게 함으로써, 고향을 성역시하고 온전히 보존해야 할 곳이라고 주장한다.

「밝은 날의 은신화」, 「歸去來話」 등에서는 현세태에 대한 고발을 통해 교훈적 효과를 거두려 한다. 「밝은 날의 은신화」의 주인공 모범택시 운전수 반필수는 어느 날 서울 시내를 달리면서 손님들을 태우고 내려준다. 그 가운데는 백발이 성성한 노인 부부, 십대로 보이는 여성, 삼사십 대 초반의 여인, 지방의회 의원, 중년 남자와 삼십대 청년, 시골서 올라온 젊은 남녀와 중년 남자, 10대의 펑크족 남자, 젊은 연인 한 쌍 등 다채롭다. 반필수가 들른 식당의 주인 할머니까지 포함하면 그가 접촉한 사람들은 우리 국민 전체를 대변할 수 있는 인적 구성이다. 이들은 한결같이 왜곡되고 타락한 삶을 살거나, 부정과 비리의 냄새를 풍긴다. 그중에서도 가장 심한 것은 작품의 제목이 말해주듯 위정자라 할 수 있다. 隱身花 즉 몸을 숨기기 위한 꽃. 이 꽃은 정치인의 뺏지 속에 들어 있으면서 비리나 부정을 숨기기 위한 위장의 표지일 뿐이라는 것이다.

오영수의 「화산댁이」를 연상시키는 「歸去來話」는 주인공 신촌댁이 외아들 영호를 따라 서울에서 살다가 회의를 느끼고 다시 시골로 내려온다는 이야기다. 신촌댁에게 비친 서울은 감옥같은 아파트에 집안에서 개를 기르며, 도둑놈들이 대낮에 노인을 속이고 물건을 훔쳐가고, 노인이 외롭게 죽어가는 곳이다. 이를 통해서 도시의 삶이 얼마나 황폐하고 살벌하며 비정하여 사람살 곳이 못되는가를 고발해 주고 있다.

「망각의 늪」은 주인공 김교달의 자살에 이르기까지의 歷程談이라 할 수 있다. 역정을 여섯 살 때부터 서술하다 보니 어머니 황주댁의 내력까지 포함할 수밖에 없는데, 거기에 아들 김기환의 이야기도 덧붙인다. 삼대에 걸친 연대기적 서술에서 작가가 의도한 것은 인간이 분수를 모르면 안 된다는 점이다. 이것은 특히 김교달과 서남옥 부부의 행각에서 보여주고 있다. 분수를 모르고 과욕을 부리며 날뛰던 이들 부부가 맞이한 것은 파멸뿐이었기 때문이다.

위에서 살펴본 것처럼 이상태는 노인 · 고향 · 현세태 · 사람의 분수 등의 내용을 형상화한다. 노인이라고 해서 결코 소외될 인물도 도외시할 인물도 아니다. 오히려 공경하고 존경할 대상이라며 노인 경시 풍조를 비판한다. 고향은 인간의 마지막 삶의 안식처이면서 정신적 귀의처이므로 개발논리로 훼손되어서는 안 된다고 경고한다. 현세태를 고발하면서는 보다 정직하고 진실한 삶을 요구하고, 분수를 지킴으로써 자기 파멸을 방지할 것을 강조한다.

3.

　어느 비평가가 우리의 문학을 '베개의 문학'이라 하고 서양의 문학을 '발의 문학'이라고 진단한 적이 있다. 안일하게 베개를 베고 누워 머리로 꾸며낸 문학(베개의 문학)과 발로 뛰며 하나하나 확인한 것을 형상화한 문학(발의 문학)과는 리얼리티에서 큰 차이가 있다는 것이다. 이런 점으로 미루어 볼 때 이상태는 '발의 문학'을 실현한 성실한 작가라 하겠다. 「쏟洞」의 광산과 「하늘의 소리 땅의 소리」의 굿거리나 풍물에 대한 소개에서 이를 확인할 수 있다. 작가는 이 방면에 대해 조사하고 연구하여 리얼리티를 살리고 독자에게 신뢰감을 주고자 한다. 이러한 지식을 독자에게 전해야겠다고 생각한 듯, 이 분야의 전문가 못지않게 상세한 부분까지 다루고 있다.

　그러나 이런 부분은 긍정적인 측면이 있으면서도 한편으로는 부정적인 면도 없지 않다. 실상 이 방면에 특별히 관심 있는 몇몇 사람을 제외하고 누가 전문적 지식을 소설에다 요구할 것인가. 리얼리티를 염두에 두어 어느 사항을 지나치게 전문화·세분화된 내용까지 서술하는 것은 바람직하지 못할 것이다. 작가가 인물이나 사건에 대해 장황하게 해설하고 전달해 주면 독자는 안이하게 소설을 대하게 된다. 독자들은 안이하기보다는 고민하고 괴로워하면서까지 소설에서 무엇인가를 찾아내고자 한다. 소설에서 플롯이 중시되고 작가의 치열성이 요구되는 것은 이 때문이다. 플롯이 경시된 소설은 이야기에 지나지 않을 것이다.

　이점과 결부시켜 볼 때 이상태는 자유 모티프(free motif)에는 별로 관심을 두지 않은 듯하다. 소설은 사건 전개상 빠져도 지장 없는 자유 모티프와 빠져서는 안 될 구속 모티프(bound motif)로 나뉘어진다. 이상태의 소설은 대체로 구속 모티프로 되어 있다. 서사 위주로 전개하다보니 자유

모티프를 도입할 여지가 없었는지 모른다. 이것은 그가 경제적인 작가라는 의미도 된다. 한 편의 작품에 되도록 많은 의미를 포함시키려 했다는 뜻이다. 따라서 서사의 나열이 주를 이루는 경우가 자주 있다. 장편으로 적합한 제재가 단편으로 무리하게 자리 잡았다고 생각되는 까닭이 여기에 있다. 단편소설의 묘미는 인생의 단면을 심도 있게 해부 혹은 파악하여 제시하므로 인간의 삶을 되돌아보게 하는 것일진대, 이상태는 단편소설을 쓴다면서 실은 장편소설을 쓰고 있는 셈이다. 단편에 요구되는 집중력이 부족한지도 모른다.

작품의 초점이 분산된 경우도 없지 않다. 가령 「空洞」에서 서세호의 부정적인 인간 모습에 초점을 둔 것인지, 설대포의 긍정적인 인간 모습을 그리고자 한 것인지, 광산과 관계된 이모저모를 보여주려 한 것인지, 일제의 만행을 규탄하려 한 것인지 단정하기 쉽지 않다. 인물설정에서도 안이성이 보인다. 긍정적 인간과 부정적 인간이 확연히 구분되어 시종일관 변모하지 않는다. 그 때문에 복잡 미묘한 인간의 성격 내지는 심리를 단순화시켜 버린 결과를 초래한다. 이러한 점들이 바로 그가 극복해야 할 과제인 것 같다(『하늘의 소리 땅의 소리』, (이상태소설집) 해설, 은혜미디어, 1999).

신라 배경 소설의 연구를 제안하며

1.

천년 고도 경주는 유서 깊은 역사도시이다. 우리 민족혼의 원천지이면서 민족문화의 발상지이고 우리 겨레의 정신적 고향이다. 따라서 경주는 그 자체만으로도 지역적·공간적 이상의 의미를 지닌다. 이곳에 깃든 조상의 영적인 힘이 우리의 정신과 영혼을 정화시켜 주고, 새로운 삶을 추구하게 한다고 말할 수 있는 이유가 여기에 있다. 이러한 고장 경주가 개발 논리에 밀려 여타 도시와의 차별화가 희석되고, 관광도시라는 미명하에 얼마간은 퇴폐적이며 상업주의에 오염되어가고 있음 또한 숨길 수 없는 사실이다. 이와 같은 현실 속에서 경주를 올바로 보존하고 발전시키려면, 외형적인 측면보다는 정신적인 측면에 관심의 초점이 맞추어져야 할 것이다. 그 방법 중의 하나가 경주의 역사적 뿌리인 신라에 대한 연구일 것이다.

한국 역사상 화려하고 찬란하게 정신문화를 꽃피웠던 신라는 우리에게 아주 큰 의미로 다가온다. 신라는 고구려나 백제보다 더 열악한 조건 속에서도 마침내 삼국을 통일하고, 당나라를 물리치는 위업을 달성하였으며, 천년의 역사를 지켰기 때문이다. 현대와 같은 국제화 · 세계화 · 정보화 시대에 밀려오는 외세에 적절히 대응하기 위해서, 우리는 국가의 정체성 확립에 온 힘을 경주하여야 할 것이다. 이를 위해 우리는 조상들의 슬기와 지혜를 본받아 매사에 신중하게 대처하여야 하며, 그 방법의 하나로 과거 조상들의 삶을 탐색해야 한다.

신라에 대한 연구는 다방면에서 이루어져야 하겠고, 따라서 문학적 측면에서의 연구도 당연하다. 그중에서도 특히 조상들의 정신과 영혼을 작가 나름으로 해석한 소설을 고찰하고 연구해야 할 것이다.

2.

신라의 역사적 · 정신적 전통은 우리 민족의 저변에 면면히 이어져 계승되다가 정신적 · 윤리적 위기가 팽배할 때마다 되돌아보게 한다. 이것은 위기의 극복이면서 정체성 회복을 위함인데, 이때 우리가 귀의할 곳이 신라정신이라 할 수 있다. 이것은 아마도 그것의 생명력에 그 원인이 있다고 볼 수 있는데, 그것은 어떠한 의미로든 우리의 의식 속에 살아 있기 때문이다. 따라서 이러한 신라정신이 무엇인지, 그것을 어떻게 계승 · 발전시켜야 하는지 소설을 통해 나타난 작가의식으로 규명되어야 할 것이다.

신라정신이라 할 때, 거기에는 버려야할 의식이 아닌 계승 · 발전시켜야 할 정신적 유산임은 말할 것도 없다. 이것은 글자 그대로 정신이지 역사적 현실태가 아니므로 우리가 찾아내야 하는 것이다. 때문에 신라를 제재로 한 소설에서 작가가 형상화하고자한 신라정신은 작가가 파악한 신라인의 긍정적인 의식 혹은 사유체계라고 할 수 있다. 따라서 신라정신을 신라를 배경으로 한 현대소설을 통해서 정리하고 규명하는 것은 매우 의의 있다고 판단된다.

신라정신의 파악을 위해 먼저 신라의 역사적·문화사적 의미를 탐색하고 신라의 변천사와 사회상을 연구해야 할 것이다. 아울러 통일국가로의 신라, 문화 국가로의 신라가 현재 우리에게 어떠한 의미를 갖는지 탐구해야 할 것이다.

다음으로 신라시대의 사건·인물·배경을 다룬 소설들은 물론, 이 지역과 연관된 소설들을 텍스트로 하여, 면밀히 고찰하고 주제별로 분류한다. 그리고 작가들이 왜 신라에 관심을 두었는지, 그 소설을 통해 무엇을 기대했는지, 소설 발표 당시의 시대적 상황과는 어떤 관계에 있는지, 그들 소설이 어떤 의미를 갖는지 등을 살펴보아야 할 것이다.

이를 통해 신라시대의 풍습·언어·종교·철학·사상·문화·예술 등을 파악할 수 있고, 우리에게 끼친 영향이 무엇인지, 그들에게서 물려받은 정신적 유산 중 채택할 것은 무엇이고 버려야 할 것은 무엇인지, 작가들은 그러한 사항을 어떻게 취급했는지 알 수 있을 듯하다. 작가는 '단순한 개인이 아니라 한 시대의 의미를 어떤 방식으로든지 드러내고 있는 대표자로서의 개인'인 만큼, 작가들의 눈에 비친 신라의 모습에서 객관적이고도 보편적이며 일반적인 신라인식을 읽을 수 있기 때문이다.

이때 작가들이 역사소설의 개념을 제대로 파악하고, 역사적 인물의 형상화에 성공하고 있는지의 여부도 살펴보아야 한다. 야담이나 사화를 역사소설인 양 착각하고 있는 경우는 없는지도 검증해야 한다. 아울러 역사적인 사실과 소설 속의 사실에 어떠한 차이가 있고 그 이유는 무엇인지 고찰해야 할 것이다. 이러한 작업을 수행하기 위해 실증주의를 바탕으로 구조주의·역사주의·문학사회학 등의 방법론이 원용되어야 한다. 연구할 중요 작품은 다음과 같다.

김웅, 「원왕생가」(『현대문학』, 1970.12) / 박용숙, 「신종」(『현대문학』, 1973.6) / 윤정규, 「탈선 박충신전」(『현대문학』, 1973.6) / 김웅, 「지귀의 연가」(『현대문학』, 1973.8) / 김용운, 「에밀레종」(『문학사상』, 1977.11) /

하유상,「여인성불」(『한국문학』, 1981.7) / 박용구,『진성여왕』(혜문사, 1955) / 최명희,「만종」(『세계의 문학』 21집, 1981.9) / 황충상,「정예의 종」(『월간문학』 153권, 1981.11) / 박용구,「서라벌의 삽화」(『문예』 10권, 1950.5) / 구인환,「신라집」(『월간문학』 45호, 1972.8) / 김송,「석굴암」(『한양』 110호, 1973.1) / 현진건,『무영탑』(『동아일보』, 1938.7.20－1939.2.7) / 장덕조,『대신라기』(『연합신문』, 1959.7－1960.4) / 강병석,『거꾸로 흐르는 강』(『중앙일보사』, 1986) / 김장동,『소설 향가』(태학사, 1993) / 오세영,『만파식적』(장원, 1995) / 이광수,『마의태자』(1926),『이차돈의死』(1936),『원효대사』(1942),『꿈』(1947) / 김소진,「處容斷章」(『문예중앙』, 1993) / 강노향,「鐘匠」(『백민』 16, 1948.10) / 박용숙,「志鬼正傳」(『문학사상』 6, 1973.3) / 김동리,「阿刀」(『지성』 2, 1971.12) / 이동규,『김유신』(1944) / 김동인,『견훤』(박문서관, 1956) / 김동인,『서라벌』(태극사, 1953) / 이태흡,『성 이차돈의 최후』(1936) / 박용구,『에밀레종』(대문사, 1961) / 손소희,『선덕여왕』(한국문화사, 1974) / 윤승한,『김유신』(숭문사, 1956) / 정소성,「왕릉」(『문예중앙』, 1983.9) / 하근찬,「古都行」(『세계의 문학』 21, 1981.9) / 송기동,「석불」(『신동아』 37, 1967.9) / 강용준,「晩鐘」(『문학』 3, 1966.7) / 한문영,「王都」(『문학사상』 77, 1979.2) / 박용숙,「알의 전설」(『월간중앙』 103, 1976.10) / 오찬식,「신파 아랑전」(『월간문학』 92, 1976.10) / 정한숙,『처용랑』(『경향신문』, 1958.4－1959.4) / 박용숙,「공장 아사기」,「아사기의 후예(중편)」(상황 5호) / 김동리의 신라 배경 역사소설.

이러한 작품 목록은 완벽하다고 할 수 없다. 계속하여 발굴하는 수밖에 없다. 경주 및 영남 지방의 뿌리는 신라이므로 이와 같은 연구는 문화유적이 많고 역사적 의미가 큰 이 지역의 위상을 높이는데 일조할 것으로 기대된다.

또한 지금까지 시행된 관광정책이 과연 바람직스러웠는지를 반성하

고, 보다 발전적인 방안을 입안하고 제시할 수 있는 계기를 제공하는 데
도 도움을 줄 것이다. 정신문화에 대한 중요성을 새삼스럽게 인식시키고
이에 대한 경각심도 높일 수 있다. 아울러 국가의 세계화 · 국제화 시책에
지역 문화가 그 일익을 담당할 수 있음을 알리는 기회도 될 것이다.

어떤 특정한 지역의 역사적인 면모를 문학작품을 통해서도 연구할 수
있음을 보여주어, 점차 타 지역으로 확산되게 하고, 이러한 작품과 연구
물이 귀중한 문화유산이 됨을 입증하는 기회를 만들 수도 있다.

경주는 지금까지 단순히 고적과 유물이 많은 유적도시의 측면에서만
주목을 받아온 터다. 이곳의 역사적인 근원인 신라에 대한 연구는 소홀했
던 것 같다. 더구나 작가의 상상력을 통해 소설로 창조된 인물 · 사건 · 유
물 등에 대한 고찰은 거의 이루어지지 않은 상태다. 실제의 역사적 사건
과 인물을 어떤 시각으로 형상화했는가를 고찰하여, 작가 당대의 가치관
마저 파악할 수 있는 기회가 될 수 있을 것으로 기대된다.

3.

인간의 보다 진전된 삶을 설계하고, 미래를 예측하기 위해서는 과거 인
식에 바탕을 두고 현재를 직시해야 한다. 과거는 단지 지나간 시대가 아
니요, 현재와 미래의 밑거름이다. 따라서 역사의 연구는 가치가 있다. 역
사소설이 의미를 갖는 것은 역사에서 자료를 취해 작가의 상상력을 통해
역사를 재해석하기 때문이다. 정당한 역사는 오랜 기간 동안, 많은 사람
들의 올바른 해석을 거친 뒤에 비로소 정립될 수 있다. 연구자들은 이를
인식하고 역사소설에 지대한 관심으로 연구를 수행한 것이다. 따라서 역
사소설에 대한 연구는 비교적 활발한 편이고 그 성과 또한 괄목할 만하다
고 할 수 있다(신라를 배경으로 한 소설은 몇 작품을 제외하고는 대체로

역사소설이다).

이에 비해 신라의 사회와 문화 및 역사적 사건이나 인물을 문제 삼은 소설의 의미를 검토해 보고자 한 연구는 드문 듯하다. 이러한 연구물과 대상 작품들은 의미 있는 읽을거리로 지역민은 물론 외부 관광객들에게도 관심거리가 될 수 있을 것이다. 만약 경주세계문화 엑스포의 관람객들에게도 이 자료가 제공되면, 그것은 경주문화를 눈으로만 감상하고 지나치는 차원을 넘어서 의미 있는 읽을거리가 될 수 있을 듯하다(『경주문화』, 경주문화원, 2007.3).

한국 현대문학의 이모저모

초판 1쇄 인쇄일	| 2013년 6월 3일
초판 1쇄 발행일	| 2013년 6월 4일

지은이	| 곽 근
펴낸이	| 정구형
편집이사	| 박지연
책임편집	| 신수빈
편집/디자인	| 이하나 정유진 윤지영 이가람
마케팅	| 정찬용 권준기
영업관리	| 한미애 심소영 김소연 차용원
인쇄처	| 월드문화사
펴낸곳	| **국학자료원**

등록일 2006 11 02 제2007-12호
서울시 강동구 성내동 447-11 현영빌딩 2층
Tel 442-4623 Fax 442-4625
www.kookhak.co.kr
kookhak2001@hanmail.net

ISBN	| 978-89-279-0256-0 *93800
가격	| 21,000원

* 저자와의 협의하에 인지는 생략합니다.
  잘못된 책은 구입하신 곳에서 교환하여 드립니다.